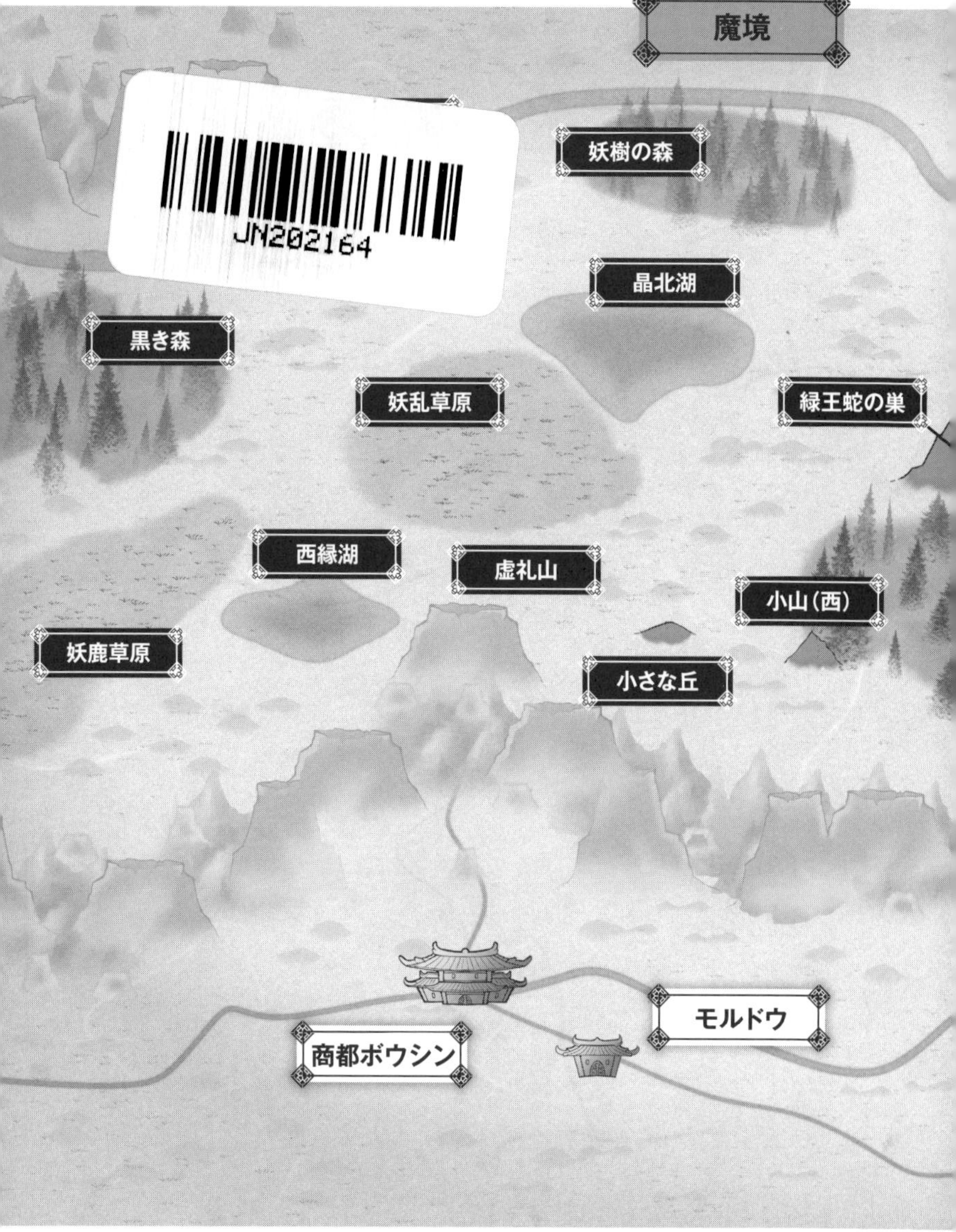
魔境
妖樹の森
晶北湖
黒き森
妖乱草原
緑王蛇の巣
西緑湖
虚礼山
小山(西)
妖鹿草原
小さな丘
モルドウ
商都ボウシン

登場人物紹介

デン・コウ	元刑事の渋谷虹。瞬間記憶能力を持つ。 五人兄弟の末っ子で虚礼洞に入門し外弟子となる
デン・セイ	コウの父親、小さな商店の主
デン・イエン	コウの母親
デン・ウェン	コウの兄、五人兄弟の長男
ハン	コルタの町の衛兵隊長
チアン・シャオウ	チアン商会の主人。ユウロンの父親
チアン・ユウロン	コウの奉公先の次男
レン・シャオドン	武術家。ユウロンの武術教師
タン・シュンリン	ボウシンの街で出会う少女
カン・ユーエン	ボウシンの街の薬屋
ユン・ザオシー	ボウシンの鍛冶屋の親方

【虚礼洞】

コアン・ゼング	外弟子の友達
モウ・アシン	外弟子の友達
ファン・インジェ	外弟子の先輩
ジン・シャオタン	外弟子の先輩。司書担当
ヤオ・ケングン	外弟子
イン・ジュンハイ	外弟子
ドン・イーミン	内弟子。入門試験の試験官
ウー・ミオン	内弟子

ニィ・リキョウ	内弟子。外弟子の指導官
フェイ・カンルウ	内弟子。外弟子の指導官。 剣術のシャンシー長老の直弟子
シェン・ジョンリン	内弟子。外弟子の指導官
リン・チェンファー	内弟子。モン長老の直弟子
ジン・ウェイルー	虚礼洞の始祖。神仙
ウェイ掌門	掌門。仙術の大家
シャンシー長老	長老。剣術の大家
ミン長老	長老。宝具作りの名匠
ツェン長老	長老。外弟子の指導長老と書庫の管理
モン長老	長老。煉丹術の大家で宝具作りも得意

【呉陽洞】

チウ長老	長老
スイ・チユェン	内弟子
バオ・チェンシー	内弟子

【ファン王国】

ファン・フーチョン王	ファン王国の国王
リャンホン王子	第二王子
シゴウ将軍	リャンホン王子の護衛

1　冥明功《めいめいこう》と冥閃剣術《めいせんけんじゅつ》

俺《おれ》は渋谷《しぶや》虹《こう》、警視庁の刑事だ。これでも所轄《しょかつ》ではなく警視庁の捜査《そうさ》二課の刑事である。捜査二課は詐欺《さぎ》、通貨偽造《ぎぞう》、贈収賄《ぞうしゅうわい》などの知能犯を捜査する部署だ。俺はここで実績を上げ、警部補にまで昇進《しょうしん》した。仕事とは関係ないが、周りからダンディなおじさんと言われるように努力している。現在担当しているのは、土建会社の贈収賄事件である。

「渋谷さん、本当に捜査を続けていいんですか？　戸田《とだ》係長から手を引けって言われたんでしょ」

後輩《こうはい》刑事である三越《みつこし》が言った。土建会社と繋《つな》がっている政治家から圧力が掛《か》かったらしい。よくある話だが、俺は手を引かなかった。正義のためとか、権力には屈《く》しないという信念があった訳じゃない。ここで大物を逮捕《たいほ》できれば、出世は間違《まちが》いないと考えただけである。但《ただ》し、その本音を言うべきでないと分かっている。見掛けは正義感に燃えているという感じで三越に目を向ける。

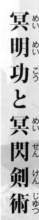

「いいんだよ。証拠《しょうこ》を手に入れれば、係長だって文句は言わないさ。それより三越、その内部告発は本物なんだろうな？」

「大丈夫です。確かな筋からの情報ですから」

問題の土建会社に勤務する社員の一人が、ある政治家と会社の部長が密《ひそ》かに会うという情報を警察に流したのだ。その情報によれば、その二人が建設中のビルで密かに会って賄賂《わいろ》の受け渡しをするという。賄賂という金の性質上、銀行振込《ふりこみ》ではなく現金で受け渡すというのは理解できるので、俺と相棒の三越は、その建設中のビルを見張り、証拠を押さえようと考えた。

車から下りた俺たちは、情報を流した社員から預かった鍵《かぎ》で建設中のビルに入った。そして、階段を上って五階に向かう。五階の部屋で受け渡しがあると聞いているのだ。五階に到着《とうちゃく》して周りを見回すと、まだ窓ガラスが入っていない窓やコンクリートが剥《む》き出《だ》しの壁《かべ》が目に入る。

「本当に、ここか？」

俺が三越に確かめると、三越が暗い表情で頷《うなず》いた。何かがおかしいと感じた時、角から人相の悪い三人の男たちが現れて近付いてきた。すると、三越が俺から離《はな》れる。

「あんたが悪いんだぞ」

「どういう意味だ？」

「係長から手を引けと言われた時、素直に手を引いていれば、こんな事にはならなかったんだ」

ヤバイ、ヤバイ、非常にまずい状況だ。相棒である三越が裏切った。このままでは殺される。近寄ってくる三人は、暴力のプロという雰囲気《ふんいき》がある。俺は少林寺拳法を習っているが、荒事《あらごと》が得意という訳ではない。真剣に練習すれば良かったと強く後悔《こうかい》した。

「お前、弱みでも握《にぎ》られたのか？」

「そうだよ。飲酒運転で事故ったのを知られたんだ」

正直に報告すれば刑事を辞《や》める事になるだろうが、殺人の片棒を担《かつ》ぐよりはマシだろうと言うと、三越は怯《おび》えた顔で首を振る。俺は窓ガラスのない窓に追い詰《つ》められた。その時、三人の一人が前蹴《まえげ》りを放った。鋭《するど》い蹴りだったが、何とか右腕で掬《すく》い上《あ》げると相手の急所を蹴り上げる。男は悲鳴を上げて倒《たお》れた。その瞬間、別の男の拳《こぶし》が腹に突《つ》き刺《さ》さった。俺は立っている事ができずにうずくまる。そして、窓から外に突き飛ばされた。宙を舞《ま》う俺は、何がいけなかったのかと考えた。それは一秒にも満たない時間で、次の瞬間には意識が闇《やみ》に呑《の》まれた。

◆◆◇◇◆◆◇◇◆◆

紫栄《しえい》大陸の南に聖連山と呼ばれる山岳《さんがく》地帯があった。そこは高い山が連なり、その山裾《やますそ》に大小様々な平野が散らばる地形である。しかも、その平野の一つ一つに小さな国があるという状態で、その中央に近い国の辺境に一人の子供が居た。

「なぜだ？　なぜ裏切った？」

寝台《しんだい》に横たわる小さな子供が、うわ言のように意味不明の言葉を発しながら起き上がった。その様子を心配そうに見ていた女性が声を上げる。

「コウ、大丈夫なの？」

日本語ではないが、なぜか理解できる言語を使った優《やさ》しい声が耳に届き、俺は反射的に頷いた。

「大丈夫」

辺境で小さな商店を営む父のデン・セイと母イエンの五男として生まれた俺は、三日前から熱を出して寝込《ねこ》んでいた。なぜ熱を出したかというと、前世の記憶《きおく》を思い出したからだ。その日から俺は、渋谷虹という刑事だった記憶を持つ九歳の子供コウという存在になった。渋谷虹とコウの記憶が融合《ゆうごう》する過程で脳がオーバーヒートを起こして熱が出たらしい。

「何か食べる？」

俺が頷くと、母親が蒸《む》しパンの一種であるマントウと水を持ってきてくれた。そのマントウを食べながら、何が起きたのか考えた。商店を営むデン・セイの五男コウの記憶がある。但し、それ以前に日本の刑事だった頃《ころ》の記憶もあるのだ。混乱した。そのせいで疲《つか》れてしまったので、食べ終えるとまた寝てしまう。

翌日起きると、父親と兄は店に行って残っているのは母親だけだった。コウの家族は両親と四人の兄になるが、長男のウェンだけが家に残って店を継《つ》ぐ事になっており、他の三人の兄は家を出て奉公《ほうこう》している。この家に残っているのは、両親とウェン、それにコウだけだった。心配する母親を何とか誤魔化《ごまか》した俺は、いつもの生活に戻《もど》った。と言っても、コウは九歳の子供なのでちゃんとした仕事はない。家の掃除《そうじ》や水汲《みずく》み、食事の支度《したく》などを手伝う以外は暇《ひま》だった。夕方になって父親が戻ってくると、俺の顔を見て頷いた。

「治ったようだな。これでルーさんに頼《たの》み込《こ》んだ事が、無駄《むだ》にならずに済んだ」

それを聞いた俺は顔をしかめた。ルーというのは奉公人の斡旋《あっせん》をしている人物で、俺の奉公先も探してくれた。それは国で二番目に大きな町であるボウシンで織物問屋を営んでいる『チアン商会』

という店である。そこの主人はチアン・シャオウという大商人だという。チアン家は国でも有数の商家で、当主のシャオウは様々な有力者と繋がっているそうだ。父親は俺をチアン商会に奉公に出してチアン家とコネを作りたかったらしい。

「コウ、お前は頭がいいんだ。奉公に出る前に勉強してご主人に気に入られるんだぞ」

父親は嬉《うれ》しそうだった。そこで町の寺院の住職を紹介《しょうかい》してくれるように頼んだ。九歳のコウは、この世界についてほとんど知らなかった。そこで町一番の物知りである住職から話を聞こうと思ったのだ。

翌日、母親に連れられて寺に行った。小さな寺でかなりボロい。

「よろしくお願いします」

母親が事情を話して頼んだ。

「拙僧《せっそう》に分かる事なら教えます」

母親が頭を下げ、帰っていった。一人残った俺は、境内《けいだい》にある東屋《あずまや》の長椅子《ながいす》に座って住職と話し始めた。東屋というのは、柱と屋根だけの小屋である。住職は小柄《こがら》で痩《や》せているが、背筋がピンと伸《の》びた五十歳ほどの僧侶《そうりょ》だった。

「この国は、王様が支配しているんですよね？」

それを聞いた住職が笑った。

「そう単純ではない。王が全てを支配している訳ではないのです。王の支配から外れている者も居る」

俺は首を傾《かし》げた。

「それはどういう人です？」

「仙術《せんじゅつ》を学び、不死を求める者たち。彼《かれ》らは『道士』と呼ばれており、その中で不死となった者は『不死者』または『神仙』と呼ばれておる」

俺が疑うような目をしたからだろう。住職が苦笑いする。詳《くわ》しく話を聞いてみると、伝説や迷信《めいしん》というものではなく、本当に道士や不死者は存在するようだ。その事により、ここが少なくとも地球でないと分かった。前世で刑事だった頃の俺なら信じなかっただろう。だが、生まれ変わりを経験した俺は不思議と信じられた。

「神仙や道士は、本当に居るのですよ。拙僧も一人だけですが、道士と会った事がある」

「それはどんな人だったのですか？」

「三十歳ほどの男性で、雲に乗って飛んでいったのを見ている」

「道士は、雲に乗れるのですか。俺も乗ってみたいです」

住職が笑う。

「それには道士にならねばならない。しかし、道士になる才能がある者は、一万人に一人と言われるほど少ない」

どうやって才能を調べるかは、住職も知らないようだ。俺は住職から読み書きや国の歴史、地理などについて学んだ。読み書きは母親から教えてもらっていたが、中途半端《ちゅうとはんぱ》なものだったので奉公に出て困らないように勉強した。

この国の文明は、唐王朝《とうおうちょう》時代の中国に存在したものに似ていた。建物の様式や衣服も似ている。と言っても、俺の歴史知識は浅いものなので似ているという事だけしか分からない。ちなみに、俺が着ている服はツギハギがある粗末《そまつ》なものだ。季節は夏なので粗末な服でも我慢《がまん》できるが、冬になれば冬用の服を用意しなければならないだろう。たぶん奉公先でもらった給金で買う事になる。それとも奉公先が支給してくれるのだろうか？


学び始めてから三ヶ月ほどで、俺が奉公先に向かう日が来た。母親は涙《なみだ》を流して別れを惜《お》しんでくれたが、父親と兄のウェンは『頑張《がんば》れ』という一言だけだった。俺は奉公人の斡旋をしているルーという商人の馬車に乗り、馬車で八日ほどの距離にあるボウシンに向かう。そのボウシンは商都と呼ばれるほど商《あきな》いが盛《さか》んで、大きな商家が店を出しているそうだ。一緒《いっしょ》に商都ボウシンへ行く子供たちは四人、全員が同年代の子供でボウシンの店に奉公する事になっている。但し、チアン商会に奉公するのは俺だけである。

馬車で移動中の食事は最低だった。しかも振動《しんどう》が凄《すご》くて尻《しり》と腰《こし》が痛くなる。それ以外は何事もなく六日が経過した。そして、七日目の昼頃、馬車を御《ぎょ》していたルーが急に馬を止めた。

「そんな……」

ルーの声が聞こえてきた。その声には怯えが含《ふく》まれており、何かが起きたと感じて馬車から顔だけ出して外を見た。馬車の前に八人の男たちが立《た》ち塞《ふさ》がっている。後ろにも居るようだ。

「そんな……野盗《やとう》だなんて」

野盗と聞いて子供たちが泣き出した。まずい、非常にまずい状況だ。この世界の野盗について住職から聞いており、襲《おそ》った相手を皆殺《みなごろ》しにするのが野盗のやり方らしい。このままでは殺される。今のタイミングで逃《に》げ出さないと後になるほど不利になる。だが、この子供たちを見捨てて俺だけ逃げ出すのか？

「皆《みんな》、このままじゃ殺される。死にたくないやつは、俺と一緒に逃げよう」

そう言うと、馬車から外に出た。すると、馬車の前後を塞いでいた野盗が気付いて声を上げる。

「小僧が出てきたぞ」

野盗が走り出した。俺は道の横に広がっている森の中に駆《か》け込《こ》んだ。後ろから追い掛けてくる気配がする。必死で逃げ回り、幸運にも逃げ切った。細い木が密集している場所を選んで逃げ、距離が離れたら足跡《あしあと》を残さないように気を付けた事が良かった。

「はあはあ……誰《だれ》も付いてこなかった」

あの怯えていた子供たちは、たぶん動けなかったのだろう。自分だけ逃げ出した事を後悔した。他に手はなかったのか？　この気持ちは刑事だった頃の責任感が影響《えいきょう》しているのだろう。……やめた。俺は九歳の子供だ。野盗相手に何ができる。後ろ向きの事ばかり考えてもしょうがない。せっかく逃げられたのだから、ポジティブに考えて生きていこう。道があるだろう方向へ歩き始めた。すると、三十分ほどで道に戻れた。先に進めば、コルタという町があり、元に戻れば俺たちが乗っていた馬車があるはずだ。

「馬車は……悲惨《ひさん》な状況になっているだろうな」

確かめる気にはなれない。そういうのは、刑事時代に見ている。俺はひたすら次の町へと進み始めた。この街道《かいどう》は最低レベルだが整備されており、人通りも多い。狼《おおかみ》や猪《いのしし》が出没《しゅつぼつ》するらしいが、街道に出てくる事は珍《めずら》しいという。コルタの町に向かって進んでいると、後ろから近付いてくる気配に気付いた。

「まさか、野盗？」

俺は道から外れて森の中に入った。木陰《こかげ》から様子を窺《うかが》うと、大勢の男たちが身体《からだ》のあちこちに血を付けて歩いてくる。その一人がカバンを持っていた。そのカバンに見覚えがある。斡旋仲介商《ちゅうかいしょう》であるルーが持っていたものだ。あいつらは野盗に間違いない。どこに行くのだろう？　気になった俺は後をつける事にした。危ないと分かっていたが、なぜかそうしなければならないと思ったのだ。たぶん他の子供たちとルーを見捨てたという思いが、そうさせたのだろう。尾行《びこう》は得意だ。野盗たちは街道沿いに少し進んでから、街道の側《そば》に聳《そび》える大木のところから森に入っていった。

「この先にアジトがあるのかもしれないな」

俺はアジトを突き止めようかと思ったが、これ以上は危険な気がして街道を町へと進んだ。そして、コルタの町に辿《たど》り着《つ》いた。町の入り口には衛兵が立っており、町に入ろうとする者を確認《かくにん》している。俺が入り口に近付くと、様子がおかしいと衛兵が思ったようだ。こちらに近付いてきて尋《たず》ねた。

「小僧、何かあったのか？」

俺は衛兵を見た。身長は高くないが、がっしりとした体格をしている。そして、魚鱗甲《ぎょりんこう》と呼ばれる鎧《よろい》の中で簡易版と思われるものを着て六尺棒のようなものを持っていた。

「乗っていた馬車が、野盗に襲われた」

「本当なのか？」

「嘘《うそ》は言いません」

その衛兵はジッと俺の顔を見てから、同じ衛兵に合図してから俺に目を向ける。

「付いてこい」

衛兵は町の中に入り、中心部に向かって歩き出した。コルタは人口千五百人ほどの小さな町で、衛兵の数はそれほど多くない。建物は木造で二階建てが多い。その衛兵は兵舎へ行った。そして、隊長を探すと、もう一度俺に話せと言う。俺は野盗と遭遇《そうぐう》してから後の事を話した。

「分かった。まず馬車を確かめる。お前は空いている部屋で待っていろ」

◆◆◇◇◆◆◇◇◆◆

コルタの衛兵隊長をしているハンは、部下であるリアンに先ほどの子供について尋ねた。

「リアン、あの小僧をどう思う？」

「歳《とし》の割には、しっかりしていますね」

「しっかりしすぎだ。もしかして、何か訓練を受けているのだろうか？」

「考えすぎですよ。辺境の商人の子供だそうです」

「そうなのか？　だが、野盗に囲まれた時にすぐに逃げ出した決断力、しかも野盗に追われたのに逃げるのに成功している。大人と子供だぞ。普通《ふつう》なら捕《つか》まるはずだ」

「そう言えば、そうですね」

「そればかりじゃない。街道に戻って野盗を見付けると、尾行してアジトがあるかもしれない方向を調べている。大人でも難しいぞ」

「何者でしょう？」

「分からん。だが、あの年齢《ねんれい》だから罪人という訳ではないだろう。まあいい。小僧を詮索《せんさく》する前に、馬車を確かめよう」

　ハン隊長は、数人の衛兵を連れて街道を辺境へと進んだ。衛兵を率いたハン隊長が、馬で街道を西へと急ぐ。二時間ほど進んだところで馬車を発見した。

「子供が相手なのに、酷《ひど》い事をしやがる」

　リアンが顔を強張《こわば》らせて言う。それを聞いたハン隊長が頷き、殺されている子供の数を数えた。コウが言っていた人数に間違いなかった。

「遺体を町に運ぼう」

「野盗はどうしますか？」

「もう少し人数を揃《そろ》えてから、アジトを探して潰《つぶ》す」

　衛兵たちは遺体を馬車で運ぶ事にした。元々の馬は野盗が奪《うば》ったらしいので、ハン隊長の馬に曳《ひ》かせる。

◆◆◇◇◆◆◇◇◆◆

兵舎の部屋で休んでいると、椅子に座ったまま寝てしまったらしい。起きると外が暗くなっていた。腹が減ったので、部屋を出て食べるものがないか探していると、食堂があったので入る。

「おっ、起きたのか？」

衛兵の一人が声を上げた。俺が寝ていたのを知っているようだ。たぶん様子を見にきたのだろう。

食堂には小さなランプが二つ吊《つ》るされており、食堂の内部を照らしている。

「隊長さんは、戻ってきましたか？」

「まだだ。腹が減ったのなら、厨房《ちゆうぼう》にマントウがある」

「ありがとうございます」

食べて良いという事なので、厨房に入ってマントウを探す。冷たくなったマントウを二つ食べて食堂で待っているとハン隊長が戻ってきた。

「コウだったな。お前の言う通りだった。馬車に残った者は皆殺しになっていた」

それを聞いた俺は、暗い表情になった。予想していた事だが、結果が分かると冷たいもので心が満たされたような気分になる。但し、前世での経験で耐性《たいせい》ができているので、短時間で回復した。

「野盗を退治しないのですか？」

「もちろん退治する。だが、十分な準備をしてからだ」

「それじゃあ、俺はどうしたらいいでしょう？」

ハン隊長は少し考えてから、俺に野盗退治が済むまでここに居るように言った。

「野盗退治が成功すれば、お前の手柄でもある。県令《けんれい》様から褒美《ほうび》が出るはずだ」

このコルタを中心とする地方を治めるのは、国王により任命された『県令』と呼ばれる文官である。この国の地方統治制度は、村長や町長の上に地方を管理する県令を任命して統治するというものだ。その県令が裁判や徴税《ちょうぜい》を行う事になっている。俺はそのまま与《あた》えられた部屋に泊《と》まり、野盗退治が終わるのを待つ事になった。その夜、なぜか夜中に目が覚めて眠《ねむ》れなくなった。外に出てトイレに行ってから部屋に戻ろうとした時、端《はし》の部屋から明かりが漏《も》れているのが目に入る。近付いて中を覗《のぞ》くと、ハン隊長が何か鍛練《たんれん》しているようだった。

「誰だ？」

気付かれたらしい。俺は中に入って顔を見せた。

「俺です。明かりが見えたので、誰だろうと確かめたんです」

「何だ、小僧か。こんな夜中に何をしている？」

「トイレの帰りです。隊長は何をしていたんですか？」

「武術の鍛練だ」

「こんな狭《せま》いところでしなくても」

ハン隊長はテーブルの上にある本を取り上げた。それは薄《うす》い本で武術の秘伝書みたいなものらしい。

「これはコルタの衛兵隊長が、代々受け継いできた武術の秘伝書だ。だが、私の先々代が口伝を引き継ぐ前に急死して、途絶《とだ》えてしまった」

秘伝書と口伝が揃って初めて、秘伝書の武術を習得できるようだ。

「でも、練習しているんですよね？」

「口伝なしでも習得できないかと、研究しているのだ」

「習得できたんですか？」

「やはり口伝なしでは、難しいようだ。……ん？　何でこんな事を話しているんだ？」

ハン隊長は首を傾げた。俺はその秘伝書を見たいと思った。

「その秘伝書を見せてもらえませんか？」

「馬鹿《ばか》な、これは代々衛兵隊長に受け継がれるものなんだぞ」

「でも、口伝がないので習得できないんですよね。それなら見せてくれても」

ハン隊長は苦笑いした。その顔から推測すると、習得をほとんど諦《あきら》めているようだ。ハン隊長が俺に向かって秘伝書を放り投げた。口伝さえ伝わっていれば、そんな粗末な扱《あつか》いはしなかっただろう。俺は秘伝書を受け取ると、パラパラ捲《めく》って中を見た。この国の文字である漢字に似た文字が並んでいる。その中に少しだけ系統の違う文字があった。それは古代インド語の文字である梵字《ぼんじ》に似ている。漢字の部分は読めたが、梵字は意味不明だ。

俺には一つだけ特技がある。これは前世の刑事だった頃からの特技で、『瞬間記憶能力』または

『映像記憶能力』と呼ばれているものだ。目で見た情報を瞬間的に記憶して写真のようにいつまでも鮮明《せんめい》に記憶する能力である。その能力を使って秘伝書の内容を記憶した。但し、記憶しても理解できるかは分からない。こんな記憶力を持っていれば、相当頭が良さそうに思える。だが、記憶以外は普通だったので、学校での成績は上の下というところだった。ただ刑事だった時は、膨大《ぼうだい》な手配写真を記憶して何人もの指名手配犯を逮捕したので警部補まで出世した。

「ありがとうございます」

俺はすぐに秘伝書を返した。

「もう寝ろ」

俺は部屋に戻って寝た。

その翌日は、記憶した秘伝書の中身をチェックしながら過ごした。だが、大まかな部分は分かるのだが、秘訣《ひけつ》を記述したと思われる部分が梵字のため理解不能で習得できないようだ。

「この梵字みたいな文字の意味が分かればな」

その秘伝書には、『冥明功《めいめいこう》』という気の鍛煉《たんれん》方法と『冥閃剣術』という片手剣術が記述されていた。片手剣術の歩法には独特の工夫《くふう》があり、『縮 地法《しゅくちほう》』という言葉が書かれている。縮地法は相手に気付かれる事なく、一気に距離を縮める歩法で相手にとって瞬間移動したように感じられるらしい。この梵字の部分さえ意味が分かれば、もの凄く有益な武術になるだろう。ただ気の鍛煉方法と縮地法の部分は梵字が多いので練習もできないが、片手剣術の部分は練習できそうだった。ハン隊長が鍛練していたのは、この部分だろう。

「また何かあるかもしれないから、片手剣術だけでも練習するべきだな」

俺は片手剣術を練習する事にした。


それから二日後に野盗退治が行われ、野盗は全滅《ぜんめつ》した。そのアジトには奪った金銭や商品が残っており、それは回収したそうだ。アジトの場所を通報した事になっている俺には、県令から銀貨二十枚が渡された。ちなみに、貨幣《かへい》は文銭、銅貨、半銀貨、銀貨、半金貨、金貨という種類があり、それぞれが十円、百円、二千五百円、五千円、二万円、四万円に相当する。銀貨一枚が日本円の五千円に相当するので銀貨二十枚は十万円ほどだ。子供の俺にとっては大金だった。

「スリが多いから気を付けろよ」

衛兵の一人が警告した。それから兵舎を出た俺は、商都ボウシンへ行く馬車を探した。駅馬車があったので、それを利用する事にした。

「ボウシンまでいくら？」

駅馬車の御者に尋ねた。

「一人なのか？」

「ボウシンのチアン商会に奉公にいくんです」

「ほほう、チアン商会か。大きな店に奉公するんだな。おっと、値段だったたな、銀貨一枚だ」

「じゃあ、乗せてください」

俺は駅馬車に乗ってボウシンへ向かった。今回は何事もなくボウシンに到着。その馬車の御者にチアン商会の場所を聞き、そこへ向かう。チアン商会は大きな店だった。店の人に事情を話すと、裏にあるチアン家の屋敷《やしき》に連れていかれた。

「旦那《だんな》様、斡旋仲介商のルーが約束していた小僧を連れてきました」

主人であるチアン・シャオウは、大柄で太った男だった。

「ルーは、一緒ではないのか？」

「野盗に殺されたそうでございます」

「そんな災難にあって、生き残ったのか。運がいいようだな。ユウロン付きの下男にしよう」

ユウロンというのは、チアン家の次男だという。俺はユウロンの世話をする事になり、使用人が使う大部屋で生活する事になった。朝は早く起きてユウロンが顔を洗う水を用意し、部屋の掃除や雑用をする。ユウロンは十二歳の少年で、スラリとした体形と貴公子のような風貌の持ち主だった。

なので、商人たちの娘《むすめ》から人気が高い。それに比べると俺は普通だった。背丈《せたけ》は九歳という年齢を考えると平均で、顔はまあまあ整っている。だが、ドラマの主人公ではなく脇役《わきやく》程度だろう。とはいえ、俺がブサイクだという事ではない。ユウロンが将来凄いイケメンになりそうだというだけだ。

「コウ、部屋から着替《きが》えを取ってこい」

「分かりました」

武術の先生から教えを受けたユウロンは、汗《あせ》まみれなので水浴びをするつもりのようだ。ユウロンは俺に向かって部屋の鍵を放り投げた。それほど俺を信用しているのか、というとそうでもない。

大事なものは鍵が掛かった物入れに入っているので、部屋に入っただけでは貴重なものは盗《ぬす》めないのだ。ユウロンの部屋に行って着替えを持って水浴び場へ行く。ユウロンに鍵と着替えを渡した。

「水浴びした後に昼寝するから、お前は庭の草むしりでもしていろ」

「分かりました」

また草むしりかと思いながら、庭の方へ向かう。ユウロンは休む暇を与えない、人使いの荒《あら》いガキだ。おっと、ユウロンの方が年上だった。前世の記憶があるので、どうしてもユウロンを年下の子供だと考えてしまう。ユウロンは道士になる事を目指している。そのためには道士の集まりである宗門に入らなければならない。宗門の道士は、道教に似た教義に基《もと》づいて鍛煉。ちなみに、仙術に関係する練習だけは鍛練*ではなく鍛煉*という文字を使っている。

その鍛煉の内容は、仙道の基礎《きそ》知識と気の育成、それに武術である。その中で重要なのが、気の育成だという。神仙になるための第一段階は『煉気期《れんきき》』と呼ばれている。その煉気期は気を育成する段階であり、気のレベルを十五階梯《かいてい》に分けている。宗門の入門試験に合格するには、煉気期の第三階梯に達していないとダメだという。ユウロンはまだ第二階梯であり、必死で鍛煉しているようだ。俺は下男という仕事を熟《こな》しながら、朝早く起きて冥閃剣術の稽古《けいこ》を始めた。それに加え前世で習った少林寺拳法の型も稽古を始めている。それで感じたのは、イメージ通りに身体が動かないという事だ。前世の身体なら動けたのに、現在のコウの身体は動いてくれない。やはり何度も繰《く》り返し、身体に動きを刻み込む必要がある。

そんな生活を三ヶ月ほど続けると、寒い冬が訪《おとず》れて年が明けた。そんなある日、ユウロンに呼ばれて部屋に向かう。

「何か御用《ごよう》でしょうか？」

「お前は字の読み書きができたな。調べものを手伝え」

「何を調べるのです？」

ユウロンは仙術の基礎を教えている先生から、宿題を出されたらしい。それは道士が使う特別な文字で書かれた文章を翻訳《ほんやく》するという宿題で、その翻訳を手伝えという事らしい。渡された宿題が書いてある紙を見て驚《おどろ》いた。そこに書かれていたのは、冥閃剣術の秘伝書に謎《なぞ》の文字として使われていた梵字だったからだ。

「ユウロン様、この文字は？」

「お前のような凡人《ぼんじん》は知らないだろうが、これは仙秘《せんひ》文字だ。この辞書を使って調べるんだ」

分厚い辞書を渡された。厚さが四センチほどで、中にはびっしりと仙秘文字とその説明みたいなものが書かれていた。それを見た俺は、これで秘伝書の仙秘文字を調べれば、口伝の代わりになるのではないかと思い興奮した。

「何、変な顔をしているんだ。その辞書は金貨百枚もするんだからな。絶対に汚《よご》すなよ」

「分かりました」

俺は宿題の紙に書かれている一つ一つの仙秘文字を調べて別の紙に書き出し、それをユウロンに渡した。その作業は夕方まで掛かり、終わった時には疲れ果てた。だが、大きな収穫《しゅうかく》もあった。仙秘文字の辞書を瞬間記憶能力で丸ごと暗記したのだ。食事をしてから部屋に戻り、記憶した辞書を使って、秘伝書を解読する。すると、冥明功という気の鍛煉方法と冥閃剣術の縮地法が分かった。

次の朝から冥明功と本格的な冥閃剣術の練習を始めた。残念なのは冥閃剣術の練習では、長さ六十センチほどの木の棒を使っている事だ。本物の剣で練習したいものだ。本物の剣を欲しいと思ったのは本当で、県令から褒美としてもらった銀貨で買おうと思った事もある。だが、織物問屋の下男が、本物の剣を所有しているというのがバレるとまずい気がした。という事で、相変わらず木の棒で冥閃剣術の練習をしている。ただ始めた頃に比べると、その動きが随分《ずいぶん》と様になっていると思う。六割くらいはイメージ通りに動けている。

一方冥明功による気の育成は、成果が上がっていない。冥明功は動功と呼ばれているものの一種で、身体をゆっくりと動かしながら気を育成する。これを気を練るというらしい。その動きはゆっくりした動きの太極拳《たいきょくけん》に似ている。

「気というのは、何なのだろう？」

まだ感じた事がないので、気がどういうものなのか分からない。ただ一ヶ月、二ヶ月と続けているうちに体内に熱いものを感じるようになった。初めて感じた時は、飛び上がって喜んだものだ。それから確実に気を感じるようになり、それが煉気期の第一階梯のようだ。それからも冥明功を続けて気の操作が可能になって体内で循環《じゅんかん》できるようになった。

「これで煉気期の第二階梯をクリアした事になる。何でこんなに早いんだ？」

ユウロンは二年ほど気の鍛煉をしているが、まだ俺と同じ煉気期の第二階梯だ。それに比べると進歩が早いように思える。才能の差だろうか？　自分に特別な才能があるとは思えないのだが、もしかすると冥明功が優秀《ゆうしゅう》なのかもしれない。ただ秘伝書の冥明功は、第五階梯までの鍛煉法しか書かれていない。それ以降は別の方法を探さなければならないだろう。

俺は冥明功を続けて気のレベルを第三階梯まで進めた。第三階梯は体内の気を筋肉に流し込んで一部の筋力を強化する。平常の筋力の二倍ほどの力を出せるようになるらしい。その御蔭《おかげ》で冥閃剣術の動きが大人並みになった。野盗程度なら倒せると思う。但し、得物が本物の剣だったらの話で、木の棒だとやはり難しいだろう。

◆◆◇◇◆◆◇◇◆◆

チアン商会に入って一年ほどが経過した頃、突然《とつぜん》ユウロンに呼ばれた。

「何か御用でしょうか？」

「鍛冶屋《かじや》へ行って、注文していた剣を取ってこい」

詳しい場所を聞いた俺は、家令のリー・ファンから引換券《ひきかえけん》と剣を包むための風呂敷《ふろしき》をもらった。

「お前が受け取る剣は、金貨五十枚で作ったものだ。本当は大人に取りにいかせたいのだが、ユウロン様がお前でいいと命じられた。気を付けるのだぞ」

そこそこ有能な家令であるファンは、子供の俺に高価な剣を取りにいかせるのは反対のようだ。だが、世間知らずの坊っちゃんは俺を指名したらしい。ユウロンが何を考えているのか分からない。店を出て鍛冶屋に向かう。街の中を通るのは久しぶりだ。つい寄り道したくなるが、それを抑《おさ》えて鍛冶屋へ向かう。鍛冶屋は店から西へ八百メートルほど離れたところにあった。中に入ると、大小様々な武器が並べられているのが目に入る。俺は剣が並んでいる場所に吸い寄せられるように行って眺《なが》めた。

「小僧、お前には剣は早いぞ。何の用だ？」

親方らしい男が俺を見ながら言った。そうだった。ユウロンの用を済ませなければ。

「チアン商会のコウです。ユウロン様が頼んだ剣を受け取りにきました」

「ああ、チアン商会の注文か。儂《わし》はユン・ザオシーだ」

やはり親方だった。引換券を見せると親方は奥に行き、一本の剣を持ってきた。ゴテゴテと装飾《そうしょく》が施《ほどこ》してある剣である。切れ味は分からないが、高そうなのはひと目で分かる。親方は不満そうな顔をしている。親方自身はこんな装飾ゴテゴテの剣は好きじゃないようだ。

「間違いないか確かめろ」

「そう言われても、どういう剣を注文したかまでは聞いていないので……」

「引換券を見ろ。切れる剣で、金で龍《りゅう》の模様を施した鞘《さや》と柄《つか》に赤い宝玉を嵌《は》め込む、という注文だ」

引換券に同じ事が書かれていた。外見は注文通りだ。ただ切れるかどうかは、見ただけでは分からない。

「試し切りをするか？」

親方が苦笑いしながら言った。

「試してもいいんですか？」

「試さないと切れ味は分からないだろ。藁束《わらたば》でいいな」

親方が藁束を持ってきて、専用の器具に固定した。その器具は藁束を固定するために作られた物のようだ。俺が試し切りなどしていいのだろうか？

疑問を持ちながら剣を抜いた。鞘は傷付けないように近くにあった台の上に載《の》せる。親方が馬鹿にするような目を俺に向けている。自分で言い出したくせに、試し切りなんかできるのかと思っているようだ。ユウロンの剣は片手剣だった。その重さは俺が最適だと思うよりちょっと重い。ユウロンの筋力に合わせているので、年下の俺には重く感じるのだろう。だが、振り回せないほどの重さではない。素振《すぶ》りをしてみると、小さく空気を切り裂《さ》く音がする。それを見ていた親方の顔色が変わる。

「お前、剣を習っているのか？」

「少しだけ練習しています。大したものじゃないです」

俺は藁束の近くに寄って袈裟懸《けさが》けに剣を振り抜いた。藁束が簡単に真っ二つになり、切り離された藁束の上部が宙を舞う。さすが金貨五十枚の剣だ。

剣の刃《は》を確かめると刃こぼれなどはない。親方が落ちた藁束を拾い上げ、その切り口を確かめる。

「断面が綺麗《きれい》だ。これなら人の首でも断《た》ち切れる」

俺は苦笑いする。但し、まだ子供なので苦笑いが似合わない。

「怖《こわ》い事を言わないでください。でも、確かに切れ味はいいようです」

剣を鞘に戻して風呂敷で包んでいると、親方が呟《つぶや》いている声が聞こえた。

「この小僧、何者なんだ？　ガキの技量じゃないぞ」

聞こえなかったふりをした俺は、引換券を置いて礼を言うと鍛冶屋を出た。店に向かって少し歩いた時、後を付けられているのに気付いた。子供が大切そうに荷物を持って出てきたので、狙い目《ねらいめ》の獲物《えもの》だと考えたのだろう。店までの間には人通りが少ない場所がある。空き地が多く、貧困者の多くが住み着いている場所だ。遠回りしても寂《さび》しい場所はある。俺は度胸を決めて進む事にした。万一に備えて剣を包んでいる風呂敷を解《ほど》き、すぐに抜けるようにする。人通りが途絶えた時、一人の大男が俺の前に飛び出した。

「小僧、止まれ」

俺の前に立ち塞がった男は、気持ち悪い笑《え》みを浮《う》かべていた。その手にはナイフが握られており、俺を脅《おど》すようにひらひらと動かしている。

「金目のものを全部置いていけ」

俺が逃げようとすると、脅すようにナイフを突き出す。

「逃げられる訳ないだろ。さっさと金目のものを置け」

その時、追い剥《おは》ぎの背後から馬車が近付くのに気付いた。そして、追い剥ぎの背後で止まる。

「何をしているのです？」

かなり若い女性の声が聞こえ、馬車から同年代の少女が降りてきた。裕福《ゆうふく》な商人か高官の娘らしい高価な服を着ている。装飾を施した馬車も高価だと分かる。

「近付くな。こいつは追い剥ぎだ」

そう警告したのに、その少女は平然と追い剥ぎに近付いた。馬車には御者と使用人らしい女性が乗っていたが、『戻ってください』と声を上げるだけで馬車から降りようとしない。

「私は道士を目指す者です。こんな追い剥ぎなど問題ではありません」

ユウロンと同じように宗門に入ろうとしているらしい。当然、仙道の基本や気の育成、武術を習っているのだろう。よく見ると手足が長いモデル体形の凄い美少女だった。その手には杖《つえ》みたいなものが握られている。

「邪魔《じゃま》をするな」

その大男はナイフを少女に向けて薙《な》ぎ払《はら》う。少女は素早く避《よ》けて手に持つ杖を大男の手に叩き付けた。その衝撃《しょうげき》で男のナイフが飛んだ。

「クソッ！」

大男は少女に体当たりするように突進した。少女は華麗《かれい》なステップで躱《かわ》そうとしたが、地面が荒《あ》れていて石につまずいた。

「あっ」

よろっとした少女が声を上げるのを見て大男がニヤッと笑う。大男は少女を捕まえようと手を伸ばした。その瞬間、俺が動き出す。大男の手を掴《つか》んだ俺は、両手で手首の関節を極《き》めた。

「痛っ、何しやがる！」

馬鹿じゃないのか、と思いながら関節を極めた大男の手に体重を乗せるようにして投げた。硬《かた》い地面の上に受け身も取れずに叩き付けられた大男は気を失ったようだ。少女がジト目で俺を見ている。勝てるのなら、最初から戦えと言いたいらしい。だが、相手はナイフを持っていたんだ。万一という事もあるので、逃げられるのなら逃げようとするのが正解だと思う。

「助けてくれて、ありがとう」

俺を助けようとしたのは事実なので、礼を言った。

「余計なお世話だったみたいね」

「いいえ、相手はナイフを持っていました。それを奪っただけでも助かりました」

俺は少女を助けるために地面に落とした剣を拾い上げた。

「それは剣なの？」

少女に質問に対して俺は頷いた。

「はい。ユウロン様の剣です」

ユウロンという名前を聞いた少女は眉《まゆ》をひそめた。少女はユウロンの知り合いで、あまり仲は良くないのだろうか？

「チアン商会の者なの？」

「ユウロン様付きの下男をしているコウです」

「私は、タン・シュンリン。この事はユウロンには言わないで」

ユウロンとは関わり合いになりたくないという事だろうか？　だが、恩人の言う事だから素直に従おう。

「分かりました。ただ追い剥ぎはどうします？」

「使用人に衛兵を呼ばせるわ。ちょっと待ってくれない」

　という事で衛兵が来るまで待ち、衛兵に事情を話してから追い剥ぎを引き渡した。それからシュンリンと別れてチアン商会に戻ったのだが、ユウロンに遅《おそ》いと叱《しか》られた。これはシュンリンとの約束を守り、追い剥ぎに遭《あ》った事を言わなかったからだ。ただユウロンから叱られても、子供から叱られてしまったと思うだけで冷静に受け止められた。そういう気持ちを何となく感じ取ったユウロンは、不機嫌《ふきげん》な表情を俺に向けた。

「明日から武術稽古に参加しろ。特別に練習相手をさせてやる」

「しかし、武術は……」

「黙《だま》れ。文句を言うな」

　仕方なく武術稽古に参加する事になった。ユウロンが学んでいる武術は南陵派《なんりようは》の武術で、柔軟《じゆうなん》な体捌《たいさば》きとカウンターが得意なようだ。困った。少林寺拳法や冥閃剣術を使えば互角《ごかく》に戦えるかもしれないが、確実にユウロンの機嫌を損《そこ》ねるだろう。今の状況でチアン商会から追い出されるような事になれば困る。なので、俺はやられ役に徹《てつ》する事にした。

　次の日、ユウロンが武術の稽古をしている庭へ行った。ユウロンと武術教師が待っていた。武術の教師はレン・シャオドンという武術家で、四十歳ほどの男だ。今の俺では到底《とうてい》勝てないほどの技量を持つ武術家だった。彼に勝つには本格的な仙術を学ぶのが早道だろう。武術だけで勝とうと思えば、十数年の歳月が必要になりそうだ。但し、それは今の調子で武術の腕を上げる事ができれば、という前提である。

「ユウロン様、コウは武術を習っていないと聞きました。練習相手としては不適格なのでは？」

「それは試してみてから、決めませんか」

「いいでしょう」

俺は良くない。二人とも俺の意思を確かめるつもりがないようだ。結局、俺はユウロンの練習台となる事になった。さすがに剣術の稽古は無理なので、素手での練習相手である。俺は少林寺拳法を使わずに逃げ回ったり、防御した。その結果、身体中が痣《あざ》だらけになった。

「逃げるな。戦え」

ユウロンが理不尽《りふじん》な事を言う。本気で抵抗《ていこう》したら、怒るに決まっているのだ。ユウロンがトドメとばかりに回し蹴りを放った。俺は両腕でブロックしながら自分で飛んだ。地面に叩き付けられてゴロゴロと転がり、気を失ったフリをする。

「チッ、やっぱりこいつじゃ練習台にもなりませんね」

それを聞いたシャオドンが苦笑いする。少し経《た》って気付いたように起き上がり、大袈裟に痛いという芝居《しばい》をする。

「邪魔だ、どけ！」

ユウロンが怒鳴《どな》った。俺は足を引きずりながら屋敷へ向かう。そして、後ろを振り向き、チラリとユウロンを見た。

「好き放題殴《なぐ》りやがって、いつかボコボコにしてやる」

ユウロンは『役立たずが』というような目で、俺の方を見ていた。

◆◆◇◇◆◆◇◇◆◆

コウを追い払ったユウロンは満足そうな表情を浮かべた。

「ユウロン様、あの小僧にどうして相手をさせようと思ったのです？」

シャオドンが質問した。ユウロンの整った顔が歪《ゆが》む。

「あいつは、生意気なんですよ」

「そうなのですか？　命令には素直に従っているように見えましたが」

「命令には従っていても、目が反抗的なんです。僕の事を主人だと認めていない気がする」

「考えすぎでは？　ただ今の稽古を見て、あの小僧は喧嘩《けんか》慣《な》れしているようには感じました」

ユウロンが首を傾げた。

「どういう事です？」

「ユウロン様の攻撃《こうげき》をしっかり見ていたのです。ただ躱す事はできなかったようです」

「ふん、生意気な」

◆◆◇◇◆◆◇◇◆◆

チアン商会に来てから一年が経過した。俺は十歳になり、ユウロンは十三歳になっている。その間に鍛煉は進み、冥閃剣術の縮地法が使えるようになり、気のレベルも第五階梯となった。第四階梯と第五階梯は、第三階梯のパワーアップというもので、第五階梯の気を使って筋力を強化すると、普段の三倍ほどのパワーを出せるようになる。

ユウロンの気のレベルはやっと第三階梯になり、今年宗門の入門試験を受けるらしい。それを聞いた俺も入門したくなった。だが、俺には仙道の基礎知識が足りない。ユウロンなら仙道の基礎知識に関するテキストを持っているだろうが、見せてくれる訳がない。その点をクリアしないと宗門には入れないだろう。

神仙を目指す者は、いくつかある宗門のどれかに入るのが普通らしい。ユウロンが試験を受けるのは『虚礼洞《きよれいどう》』と呼ばれる宗門だ。ちなみに、神仙を目指す道士の集団である宗門は、『××洞』と名乗る事が多いという。昔は本当に洞窟《どうくつ》に住み着いて修行《しゅぎょう》していたので、『××洞』と名付けていたようだ。現在になっても名前に『洞』が付いている宗門が多いが、立派な屋敷を建てて住んでいる。そして、宗門がある場所には、もう一つの特徴《とくちょう》があった。それは魔境《まきょう》と呼ばれる場所に隣接《りんせつ》しているという点だ。

魔境というのは妖魔《ようま》が棲《す》む森などを指す言葉で、危険な場所だった。そこは元の世界で言うパワースポット的な場所で、地脈から星が持つ何らかのエネルギーが湧《わ》き出していると言われている。道士たちはそれを星気《せいき》と呼んでいる。これらの事は故郷の住職から聞いた事である。だが、住職はそれ以上の知識を持っていなかった。

季節は秋になり、ユウロンが宗門の試験を受ける日になった。俺はユウロンと一緒に虚礼洞へ向かった。着替えなどの荷物を持つ役目だ。途中まで馬車で行き、山の麓《ふもと》から山道を歩いて登る。虚礼洞がある場所まで山道を三キロほど登った。山道の両脇は高い木に囲まれており、周りがよく見えない。その道をひたすら登ると、建物が見えてきた。宗門のある場所は、いくつか山が連なる一番高い山の中腹だった。綺麗な建物が見えた時、ホッとした。山の斜面《しやめん》を削《けず》って建てられた建築物は、京都の清水寺を何倍も大きくしたような建物で一部は石造りとなっている。大きな門があった。その前には二人の道士が立っており、試験の受付をしているようだ。

「試験を受けるために来たのか?」

「はい。チアン・ユウロンです」

「どちらの試験を受ける?」

その言葉を聞いて、俺は首を傾げた。大学の試験のように希望する学部とか学科が分かれているのだろうか?

「内弟子《うちでし》を希望します」

「ならば、金貨八枚だ」

ユウロンは金貨八枚を受付の道士に渡した。受験料が金貨八枚……金貨一枚が四万円相当とすると三十二万円、高い、滅茶苦茶《めちゃくちゃ》高い。

「荷物を寄越《よこ》せ」

俺は荷物をユウロンに渡した。すると、そのまま中に入ってしまった。俺はどうしたらいいんだ？

「お前も受験するのか？」

道士の一人が尋ねた。

「試験には、どんな種類があるのです？」

「内弟子試験と、外弟子試験の二つだ」

「外弟子試験も、金貨八枚なのですか？」

「そんな訳はないだろ。外弟子試験は銀貨五枚だ」

外弟子について尋ねると、雑用しながら仙道を学ぶ見習い弟子の事だと教えてくれた。内弟子は宗門の長老などから学び、外弟子は内弟子から学ぶようだ。俺は迷った。このままだとユウロンが宗門に入り、俺は店の仕事を手伝う事になるだろう。そうすると商人を目指して働く事になる。俺は商人を目指したいのか？

野盗に襲われて子供たちが殺された時の事を思い出した。簡単に子供の命が奪われる世界なのだと分かった時、強くなろうと考えた。それだけでなく警察という組織の中で出世しようと懸命《けんめい》になっていた前世を思い出し、今度は自由な人生を送りたいと思った。そのためには王の権力も及《およ》ばない存在である道士がいいかもしれない。弟子の間は苦労するかもしれないが、一人前になれば自由に生きられそうだ。そう考えて決心した。

「外弟子の試験を受けます」

それが俺の答えだった。銀貨五枚を払って中に入り、試験会場だと言われた建物に向かう。内弟子と外弟子の試験会場は異なり、外弟子の試験会場は倉庫のような建物だった。中に入ると六人の受験者が試験が始まるのを待っていた。年齢は俺のような十歳ほどから三十歳ほどの男性も居る。そして、男女比率は男性四人で女性二人だ。

「席に着け、そろそろ試験を始めるぞ。まずは仙道の知識を確認する」

試験官の道士は、ドン・イーミンという名前だそうだ。その試験官が試験用紙を配り、試験が始まった。筆記用具は江戸時代に使われていた携帯用筆記用具である矢立《やたて》と同じようなものを持っているので問題ない。試験内容を見て肩《かた》を落とす。答えられそうな問題が半分くらいしかない。さすがにぶっつけ本番で試験を受けるのは無理があったようだ。ただ今回は試しで受けるだけで、本番は来年だと考えている。なんとか半分ほどを書いて筆記試験が終わり、周りを見回すとできて当然という顔の受験者たちが目に入る。思わず溜息《ためいき》が漏れた。

「筆記試験がダメだったのか?」

俺が情けない顔をしていたからだろう。十五歳ほどの少年が質問した。目をキラキラさせて髪《かみ》の毛がツンツン立っている漫画の主人公タイプの少年だ。

「ダメでした」

「実技で頑張ればいい。実技の成績が良くて合格した者も居たみたいだぞ」

「ありがとう。頑張るよ」

「次は気のレベルを調べる。一人ずつ私の前に来てくれ」

最初に先ほど話し掛けてきた少年だった。

「ゼング、お前からだ。まず第一階梯を見せろ」

指名されたゼングは立った状態で精神を集中させると、気を発生させた。

「よし、第二階梯だ」

ゼングが険しい顔になって全力で気を循環させる。何とか気を動かし始めた。

「合格だ」

試験官のイーミンが言った。

「えっ」

俺は思わず声を上げる。その俺にイーミンが目を向けた。

「どうした？」

「気の合格点は、第三階梯じゃないんですか？」

イーミンが苦笑いする。

「それは内弟子の場合だ。外弟子は第二階梯までできれば、合格になる」

という事らしいので、肩透《かたす》かしを食ったような気分になった。次々に気の試験が終わり、最後に俺の番になった。試験官イーミンの前に進み出ると、自然体で立って指示を待つ。

「それじゃあ、第一階梯だ」

俺はすぐに気を発生させた。イーミンが少し驚いたような顔をする。

「気の発生が素早いな。相当鍛煉したのだろう。よし、第二階梯だ」

俺は気の発生量を増やし、体内を循環させる。それを確認したイーミンは、納得したように頷いた。

「いいだろう。気の試験は合格だ。ところで第三階梯もできるのか？」

俺は返事をせずに気のレベルを第三階梯に進めた。

「見事だ。文句ない」

イーミンが笑いながら言った。

「武術の試験は、どういうものなんです？」

俺は試験官に尋ねた。

「魔境の外縁《がいえん》に居る牙兎《きばうさぎ》を狩ってもらう」

牙兎というのは、体長百二十センチほどの大ウサギで鋭い牙を持つ妖魔だった。それを聞いて受験者全員が意外だという顔をする。今までなら試験官と戦うというのが慣例だったからだ。俺はそんな慣例も知らなかったが、他の者は妖魔と戦うと聞いて驚いた。

「試験官と戦うと聞いていました。なぜ今年は牙兎と戦うのです？」

ゼングが質問した。それを聞いたイーミンが溜息を漏らす。

「去年の合格者が薬草取りに行き、牙兎と遭遇して亡《な》くなった。妖魔の中でも最弱と言われる牙兎に殺《や》られるというのは、合格基準が甘すぎるからだと問題になったのだ」

そう言えば、俺は武器を持っていない。

「済みません。武器はどうするのです?」

「宗門にある予備の武器を使ってもらう。もちろん自前のものがあるなら、それを使ってもいい」

俺たちは外弟子専用の武器庫に案内された。ほとんど物置みたいなもので、中には中古の剣や槍《やり》、斧《おの》などがあった。そこにある武器はあまり良い品質の武器ではないので、小型の片手剣を選んだ。ゼングは槍を選び、女性二人は戦棍《せんこん》、残りの男性は剣を選んだ。俺が選んだ片手剣は両刃の細い剣で、少しサビが浮いている。他の武器も同じようなものだったので、取り替《か》える事はしない。

「武器を決めたら、外へ行くぞ」

イーミンの合図で全員が外へ出た。宗門が存在する山は虚礼山と呼ばれており、その山の北側に広がる魔境の外縁部へ向かう。魔境の外縁部に到着し、イーミンが目を瞑《つぶ》って何かしている。その身体から気を感じたので、気を使っているのが分かった。

「あっちだ」

イーミンが左手の方向を指差した。少し歩くと一匹《ぴき》の牙兎が、木の下で寝ているのが目に入る。

「最初は、ゼングだ」

小声で指示を出したイーミンに、ゼングが黙って頷いた。両手で槍を握り締めたゼングがゆっくりと牙兎に近付く。すると、牙兎が気付いて起き上がり、顔を歪めて牙を剥《む》き出《だ》しにしながら唸《うな》り声《ごえ》を上げた。少し遠くから見ていたが、ウサギだというのに全然可愛《かわい》くない。それどころか凶暴《きょうぼう》だった。牙を剥き出しにしたままゼングに襲い掛かった。それをゼングが槍の穂先《ほさき》で叩いた。地面に転がる牙兎が、起き上がろうとした。そこに走り寄ったゼングが槍で滅多打ちにする。ボロボロになった牙兎に、ゼングが槍を突き出してトドメを刺した。

「よし、武術試験は合格だ」

別の牙兎を探し、次の受験者の番になる。その女性受験者は、牙兎を怖がっていた。結果、牙兎に噛《か》まれそうになり、イーミンが助けた。その次も十五歳くらいの女性受験者だったが、牙兎を戦棍で滅多打ちにして倒した。試験は進み、ここまで三人が牙兎を倒し、残り三人が倒せなかった。そして、最後に俺の番となる。イーミンは牙兎を見付けると俺に合図した。初めての妖魔戦なので緊《きん》張《ちょう》していた。剣を抜いて慎重《しんちょう》に前へ進み出ると、牙兎が大きく口を開けながら跳躍《ちょうやく》して襲い掛かってくる。

牙兎の動きについては、他の受験者との戦いを見て分かっている。冥閃剣術の体捌きを使って躱し、身体を回転させながら牙兎の首に剣を振り下ろす。片手剣の刃が牙兎の首に当たって手応えを感じた。剣が重い、切れ味が悪いのだ。それでも刃が首の大きな血管を切り裂いた。次の瞬間、大量の血を噴《ふ》き出した牙兎が地面に倒れて動かなくなった。それを見てホッとする。

「一撃か。凄いな」

ゼングの呟きが聞こえた。試験官のイーミンも目を丸くしている。

「見事だ。文句なしに武術は合格点だ。但し、筆記試験の点数次第《しだい》で合格かどうかが決まりそうだな」

それを聞き、ガクリと肩を落とす。俺たちは試験会場に戻り、結果を待つ事になった。

◆◆◇◇◆◆◇◇◆◆

イーミンは筆記試験の試験用紙を試験準備室に持ち帰り、採点を始めた。この準備室では内弟子試験の試験官も採点作業をしていた。

「イーミン、今年の外弟子はどうだ？」

同期の道士であるロン・ズーハンが尋ねた。

「まあまあかな。でも、一人だけ気と武術に才能がある子が居た」

「ほう、その子は合格か」

「いや、それが筆記試験の成績が残念なんだ」

七十点が合格ラインなのだが、コウの点数は五十点ほどだった。

「合格にしろよ。任されているんだろ。それにどうせ外弟子なんだ。雑用をさせるんだから、ちょっとくらい頭が悪くても問題ないさ」

「それもそうか。でも、もったいないな。筆記試験の成績も良かったら、内弟子になってもおかしくない才能を持っているんだけど」

「外弟子なんだろ。小利口なやつだと生意気だぞ。ちょっとくらい馬鹿な方が可愛気《かわいげ》があっていい」

それを聞いたイーミンは笑った。

「酷い事を言うなよ。まだ十歳くらいだったんだ。これから伸びるかもしれない」

ズーハンが笑いながら首を振る。

「頭の出来は、十歳頃には決まるはずだ。伸《の》び代《しろ》があったとしても、ほんの僅《わず》かじゃないか」

「分からんぞ。大器晩成型かもしれない」

「ふん、そんなの十年、百年に一人だ」

◆◆◇◇◆◆◇◇◆◆

イーミンが戻ってきて合否を発表した。俺は不合格だと思っていたが、合格だと告げられて嬉しさが込み上げてきた。

「本当に合格なんですか？」

「コウの場合は、筆記試験が合格点に達していなかった。だが、入門してから学ぶ事もできるだろうと判断した。ちゃんと勉強するんだぞ」

「分かりました。ありがとうございます」

それから外弟子となった俺たちに説明があった。外弟子は塀外舎《へいがいしゃ》と呼ばれる寮《りょう》のような建物で生活する。薬草などを採取して薬房に納入すると、それが外弟子のお小遣《こづか》いになるようだ。問題はどうやってチアン商会を辞めるかだが、ユウロンが合格していれば辞めやすい。そう言えば、内弟子試験は終わったのだろうか？

「イーミン師兄《しけい》、内弟子試験は終わったのですか？」

俺はイーミンに確認した。ちなみに、『師兄』というのは兄弟子という意味だ。

「いや、まだだ。知り合いが受けているのか？」

「はい」

後半刻《はんとき》くらい掛かるという事なので、門の前で待っていれば良いだろう。ユウロンが出てくれば、その様子から合否が分かるはずだ。ちなみに、一日を十二分割して時間を表す習慣なので、半刻が一時間ほど一刻《いっこく》が二時間ほどになる。塀外舎には十日以内に入れば良いらしい。イーミンは、外弟子になった俺たちに入門証を配布した。横六センチ、縦八センチほどの板に虚礼洞を意味する焼印が押され、その下に俺の名前が書かれている。

礼を言ってから外に出た俺は、門の前でユウロンを待った。元の世界で言う一時間、こちらの世界で半刻が経過した頃、ユウロンが笑いながら出てきた。どうやら合格したようだ。

「お前、待っていたのか？」

ユウロンが俺を見付けて声を上げた。そして、荷物を俺に向かって放り投げる。俺は荷物をキャッチし、分からないように溜息を吐《つ》いてからユウロンの後ろを歩き始めた。チアン商会に戻ったユウロンは、父親に内弟子試験に合格した事を報告した。

「でかした。これで虚礼洞との繋がりができた。道士はいい服を着ているからな。必ず商売になる」

俺はユウロンの後ろで聞いていたが、主人が機嫌が良い今なら辞めると切り出す好機だと判断した。

「旦那様、ユウロン様が虚礼洞へ行かれるのなら、私はどうなるのです？」

チアン・シャオウがギロリと俺を睨《にら》んだ。

「ふん、他の雑用をするだけだ」

「えっ、まだ雑用をするのですか？」

「嫌《いや》なら、辞めてもいいのだぞ」

他に行く当てがない俺を雇《やと》っている自分に感謝しろ、と言いたそうな目だった。

「それでは辞めます。今までありがとうございました」

俺はペコリと頭を下げて部屋を出ていこうとした。

「待て、何を考えているんだ。故郷にでも帰ろうというのか？」

「いえ、やりたい仕事を見付けたので、職を替えようと思うのです」

シャオウが眉をひそめた。

「馬鹿なやつだ。どうせ叶《かな》わない夢でも見ているのだろう。そういうやつに限って最後には野垂れ死にするのだ。勝手にしろ」

「失礼します」

俺はそう言って部屋を出た。ユウロンが冷たい視線で俺を見ているのに気付いた。ちょっと溜息が出そうになる。このユウロンとは同じ宗門で生活する事になるので、また顔を合わせる事もあるだろう。それだけはちょっと憂鬱《ゆううつ》だ。俺は荷物を纏《まと》めて店を出た。同僚《どうりょう》は馬鹿なやつだという目で俺を見ていた。道士となって成功するかは分からないが、弱いままでいるのは嫌だった。今でも野盗に襲われた時の事を夢に見る。怯えて泣きそうになっている子供たちの顔が脳《のう》に焼き付いている。

2 外弟子《そとでし》の生活

俺《おれ》は街の宿屋で一泊《ぱく》してから、翌朝早くに虚礼洞《きょれいどう》へ向かう。昨日は山まで馬車で行ったので早く着いたが、歩くと時間が掛《か》かった。門番に入門証を見せて中に入り、イーミンから聞いた塀外舎《へいがいしゃ》へ向かう。宗門の周囲に建設された塀の一部が途切《とぎ》れ、その先は斜面《しゃめん》になっていた。その斜面を下《くだ》ると断崖《だんがい》の際《きわ》に建っている古い建物が目に入る。これが塀外舎なのは間違いないだろう。後ろにある塀を見て塀外舎と呼ばれている理由が分かった。その古い建物に近付くと、三十歳くらいの男性が出てきた。その男がこちらに目を向ける。

「見ない顔だな。もしかして新しい外弟子か？」

「そうです。今日からよろしくお願いします」

男は値踏《ねぶ》みするように俺を見た。

「名前は？」

「デン・コウです」

「私はファン・インジェだ。分からない事があれば、何でも聞け」

「ありがとうございます。部屋はどこを使えばいいですか？」

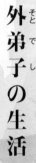

「左側の一階が空いている。そのどれかを使えばいい」

俺は礼を言って中に入った。寮《りょう》のような小さな部屋が並んでおり、左側へ行くとドアに名前が書いていない部屋がいくつかあった。入り口に近い部屋を選んで中に入る。五畳《じょう》くらいの広さで寝台《しんだい》だけがあった。後ろで気配がしたので振り返ると、インジェが立っていた。

「ムシロは納屋《なや》にあるから、それを使ってくれ」

内弟子にはちゃんとした布団《ふとん》が用意されているが、外弟子はムシロを使っているという。ムシロというのは藁《わら》などで編んだ敷物《しきもの》だ。納屋からムシロを持ってきて寝台に敷《し》くと寝《ね》てみた。やっぱりチクチクするのでムシロは嫌《きら》いだ。これから寒くなるので何か用意しよう。食事は食堂で食べられるようだ。しかも無料なので食費の心配をする必要はない。

但《ただ》し、それほど美味《おい》しい料理ではないという。食材はジャガイモと魔境《まきょう》の森で狩《か》った動物の肉がメインだそうだ。食べ物については前世で食べていたものと似ているものが多い。小麦、米、大豆、蕎麦《そば》、各種野菜などはほぼ同じようなものがあった。庶民《しょみん》の料理はシンプルなものが多く、素朴《そぼく》な味のものがほとんどだ。それでも美食家ではない俺には、文句がなかった。ただ時々カレーやラーメンが無性《むしょう》に食べたくなる事がある。まあいい、広い世界には似たような料理があるかもしれないので、それを探そう。俺は聞いておきたかった事を思い出した。

「外弟子に課せられる雑用というのは？」

「基本は水汲《みずく》みと掃除《そうじ》だ。コウには水汲みをしてもらう。午前中は水汲みで、午後から自由となる。何か学びたい事があるか？」

「内弟子の人が教えてくれるんじゃないんですか？」

インジェが肩を竦《すく》めた。

「指導する内弟子は存在するが、基本は自分で学ぶ事になる。そのための書物は二階の書庫にある。但し、司書が管理しているので、見る時に許可を取ってくれ。それに書庫から持ち出すのは禁止だ」

書庫にある書物は高価だという事だ。インジェに頼《たの》んで書庫に案内してもらった。

「ここが書庫だ」

二階に上がって中央付近にあるドアを開けると、二十畳ほどの部屋が見えた。そして、壁際《かべぎわ》には数多くの書棚《しょだな》が並んでおり、そこは数多くの本と巻物で埋《う》まっていた。俺にとって宝の山だ。

「紹介《しょうかい》しよう。司書のジン・シャオタンだ。こっちは新しく外弟子になったコウだ」

「よろしくお願いします」

「書庫の本や巻物については、何でも聞いてくれ」

「ここの本は、何でも読んでいいんですか？」

「残念だが、煉気期《れんきき》の階梯《かいてい》により制限がある。それに一部は仙秘《せんひ》文字で書かれたものもあるから、たぶん読めないと思う。コウの気のレベルは？」

「第五階梯です」

それを聞いたインジェとシャオタンが顔を見合わせた。

「本当に第五階梯？」

「やってみせましょうか？」

俺は気を練り始め、第五階梯まで高めた。その気が身体《からだ》の外にまで漏《も》れ始《はじ》めると、インジェとシャオタンの二人にも分かったようだ。

「うわっ、本当に第五階梯だよ」

インジェが驚《おどろ》いていた。俺はなぜ驚くのか分からなかった。外弟子とはいえ道士なのだから、第五階梯くらいは通過点にすぎないはずだ。

「どうして驚いているんです？」

「外弟子は、第三階梯になれずに道士を辞《や》める者も多いんだ」

「でも、内弟子になった人も居るんじゃないですか？」

二人が苦い顔になる。

「居ない事もないが、ほとんどは諦《あきら》めて虚礼洞を去っていったよ」

インジェが苦い表情を浮《う》かべたまま言う。

「内弟子になるのは、そんなに難しいんですか？」

それを聞いたシャオタンが、仏頂面《ぶっちょうづら》で頷《うなず》いた。

「内弟子試験では、気のレベルが第三階梯であれば合格ですけど、外弟子から内弟子になるには第八階梯に達する必要があるのですよ」

「納得《なっとく》できませんね。第三階梯と第八階梯では違いすぎます」

宗門の上の連中は本気で外弟子を育てようと考えていないようだ。単に労働力が欲しくて外弟子という制度を設けたのかもしれない。

「内弟子になる条件は、それだけなんですか？」

「いや、仙秘文字が読めるようになり、雷熊《らいくま》を倒すと内弟子になれる」

厳しすぎると感じた。前世で刑事だった俺は、キャリアとノンキャリアの違いを連想した。キャリアは国家公務員試験に合格して警察庁へ入った警察官僚《かんりょう》で、地方公務員として警察に入ったノンキャリアとは出世も給料も違う。ノンキャリアがどんなに頑張《がんば》っても警視総監にはなれないのと同じで、ここの宗門で頑張っても外弟子出身は上に行けないのだろう。ただ俺は宗門の中で出世したいとは思っていない。強くなりたいのだ。それには内弟子となって長老から直接教えを受けるのが近道だろう。なんとか内弟子にはなりたい。

シャオタンにどこまでの本を読めるのか確かめると、左から六つまでの本棚に収められている本は読んで良いという。本棚は全部で七つあるので、禁止されたのは七番目の本棚だけである。明日から書庫の本を調査しよう。


朝起きると水汲みである。外弟子たちは協力して湧《わ》き水を汲み上げ、九ヶ所に設置してある大きな水瓶《みずがめ》を一杯《いっぱい》にする。その方法は桶《おけ》に湧き水を汲んで担《かつ》いで運び、水瓶に入れるという肉体労働である。気を使って筋力を上げる鍛煉《たんれん》だと言われているが、ちょっと疑問だ。朝食の時間になると、中断して食事をしてからまた水汲みを続け、昼頃《ごろ》に終わるようだ。食堂では昼食は出ない。その代わりに自炊《じすい》して食べるのは問題ないらしい。

俺は昼食を食べずに書庫に行くと、一番左の棚本から調べ始めた。そのほとんどは仙道の基礎知識に関するものだった。これを先に読んでいたら、試験の時に満点を取っていただろう。もちろん一日では調べきれずに何日か掛けて調べた。二番目の棚には気の基礎知識などに関する本が多かった。三番目の棚には歴史書、四番目と五番目の棚には武術の本が多くなる。ただ武術書は徒手格闘《としゅかくとう》から剣《けん》、槍《やり》、斧《おの》などの武器を使うものなど様々で、数が多すぎて何を選んだら良いのか迷うほどだ。そして、最後の六番目の棚には仙秘文字で書かれた巻物が並んでいた。ここの先輩たちは、この中から一つの巻物を選んで仙秘文字を解読し、中の武術や気の鍛煉法を習得しているようだ。俺も巻物を一つずつ調べて自分に最適な武術や気の鍛煉方法を選び始めた。

「ん？　これは……」

六番目の棚の下の段にあった巻物を手に取った。その巻物には『冥明功中伝《めいめいこうちゅうでん》』と書かれていた。それを持って司書のシャオタンのところへ行って読む許可をもらった。部屋の中央にあるテーブルの上に巻物を広げて読み始める。ただ仙秘文字で書かれているので、記憶している仙秘文字辞書で調べながら解読する事になった。分厚い辞書を使って調べるよりは早いが、それでも時間が掛かる。

『冥明功中伝』には第六階梯から第十階梯までの気の鍛煉方法が書かれていた。ただ第六階梯以上になるには、仙丹《せんたん》の助けが必要になるようだ。仙丹というのは、様々な薬草や霊草《れいそう》などの材料から作った霊薬や仙薬の事である。『冥明功中伝』には必要な仙薬の作り方が書かれており、その仙薬は『気旺丹《きおうたん》』と呼ばれているようだ。問題は気旺丹の材料が魔境でしか採取できないという事だ。購入《こうにゅう》する事はできるかもしれないが、たぶん高額なので買えないだろう。

「自分で薬材となる薬草を採取に行かないとダメか。でも、魔境なんだよな」

魔境には熊や狼《おおかみ》、虎《とら》などの危険な野生動物の他に、妖魔《ようま》も居る。最弱な牙兎《きばうさぎ》でも人間を簡単に殺せるほど、妖魔は強いのだ。冥閃剣 術《めいせんけんじゅつ》だけでは心 許《こころもと》ない。冥閃剣術は強力な武術だが、どちらかというと対人用のものだ。この剣術で妖魔を倒すには、名剣、宝剣と呼ばれるような特別な剣が必要になるだろう。……はあ、買えないな。取り敢《あ》えず、『冥明功中伝』を瞬間記憶能力で頭に刻み込《こ》む。

その様子を見ていたシャオタンが近付いてきた。

「コウは、仙秘文字を読めるのか？」

俺は首を振って否定した。

「いくつかの文字を知っている、という程度です」

「そうなのか。辞書も使わずに仙秘文字の文章を見ているから、読めるのかと思ったよ」

「気の鍛煉方法が書かれた本みたいなんですが、この初伝はないんですか？」

「『冥明功中伝』か。これは初伝が消失したので、ここに流れてきたものだ。内弟子の連中が何かへまをしたんだろう。残念だ」

初伝がないので、習得するのが難しくなっているという。文章の中に『初伝で書かれているように』とか『第三階梯と同じように』という言葉で表現されており、その部分が意味不明になっているのだ。

「奥伝《おうでん》はないんですか？」

「奥伝は、まだ本堂の書庫にあるようだ」

本堂というのは、内弟子たちが修 行《しゅぎょう》している建物で、そこに書庫や薬房《やくぼう》がある。ちなみに、外弟子は本堂の書庫に入る事を許されていない。

俺が虚礼洞で生活を始めて十日ほどが経過した頃、珍《めずら》しく内弟子が塀外舎を訪《おとず》れた。ニィ・リキョウとフェイ・カンルウという二十代後半の男だ。その二人が外弟子たちを集めた。

「ツェン長老からの指示を伝える。最近、万象傷軟膏《ばんしょうきずなんこう》が不足している。外弟子は魔境へ行って、シシルア草を集めてくれ」

外弟子たちがガヤガヤと騒ぎ始めた。その中には一緒《いっしょ》に合格したコアン・ゼングともう一人の合格者であるモウ・アシンという少女も居た。ゼングとアシンが俺の傍《そば》に来た。

「こういうのは、頻繁《ひんぱん》にあるのか？」

ゼングより先に来ていた俺に尋《たず》ねた。

「いや、初めてだよ。そんなに頻繁にはないと思う」

アシンが小声で尋ねた。

「シシルア草というのを、知っている？」

小遣《こづか》い稼《かせ》ぎに必要だと思ったので、金になる薬草は記憶していた。シシルア草はタンポポに似ている薬草で、この季節だと黄色い花を咲《さ》かせている。その薬効は根の部分にあり、根ごと採取する。

それを二人に説明した。

「一緒に行かないか？」

ゼングが提案した。話を聞いただけでは自信がないようだ。俺が頷くとアシンも一緒に行くと言い出した。

「女性の先輩たちと一緒に行かなくていいの？」

　俺が尋ねると、アシンは首を振る。

「まだ親しくなっている先輩が居ないの」

　ゼングとアシンは、塀外舎へ来たばかりなので、俺に質問してくる事がよくある。年下《としした》なのにと思うが、先輩より俺の方が話し掛けやすいのだろう。俺たちは武器を借りるために武器庫に行った。やはり片手剣を借りて魔境へ向かう。

「自分の武器は用意しないの？」

　アシンが質問した。

「いずれは購入するつもりだけど、今は金がないんだ」

　アシンは両親に戦棍《せんこん》を買ってもらったという。六十センチほどの柄《え》の先端には、鋼鉄製の棘《とげ》が多数付いている。凶悪《きょうあく》そうな武器だ。それを小柄《こがら》で可愛い系のアシンが嬉《うれ》しそうに持っているので、ちょっと引いた。ゼングは背が高く鍛《きた》えられた肉体の持ち主で、両親が武術家だという。剣や槍、棒を習っており、その中でも槍が得意だそうだ。今日は実家から持ち込んだ槍を持っている。

「コウの剣術は、何という名前なんだ？」

「冥閃剣術だ。ゼングが習っているのは？」

「おれの槍術《そうじゅつ》は、『長星槍術《ちょうせいそうじゅつ》』というんだ。古くから家に伝わる武術らしい」

　ゼングは武術に関して自信を持っているようだ。俺たちは虚礼山の中腹にある山道を進んで山の裏側に出た。そこから山を下りると魔境の外縁部に辿り着く。この外縁部にシシルア草があるはずなのだ。三人で外縁部を西へと向かう。間違っても魔境の奥へと行くような事はしない。それさえ守れば、強い妖魔と遭遇《そうぐう》する事はないと先輩たちから聞いていた。

「あれじゃないか」

俺はタンポポに似た草を見付けて近付いた。葉っぱをひっくり返すと特徴的な白い筋がある。この筋があるのが、シシルア草である。

「これがシシルア草か。どんどん集めようぜ」

シシルア草の実物を見たゼングが張り切って声を上げた。それから次々にシシルア草を見付け、根元を掘《ほ》って回収した。採取したシシルア草は背負《せお》い袋《ぶくろ》に入れる。リュックに似ているが、布と紐《ひも》で出来たシンプルなものだ。目標の半分ほどを集めた時、前方から何かが近付いてくる気配を察知した。俺がいきなり剣を抜《ぬ》いたので、ゼングとアシンが慌《あわ》てて身構える。

「どうした?」

ゼングが声を上げる。

「何かが近付いてくる。気を付けて」

気のレベルが第三階梯になった頃から、気配に敏感《びんかん》になっていた。俺たちが見守る中、木陰《こかげ》から大きな猿《さる》が二匹《ひき》出てきた。身長が百六十センチほどで、俺より大きい。

「こいつ、額に一本角がある。独角猿《どっかくさる》だ」

ゼングが知っている妖魔だったらしい。普通の猿にしては大きいので変だと思ったが、妖魔なのか。独角猿が近付いてくる。その時には気のレベルを第五階梯にまで高めており、戦う準備はできていた。一匹の独角猿が跳躍《ちょうやく》すると上から襲《おそ》い掛《か》かってきた。ゼングが槍を突《つ》き出《だ》して迎撃《げいげき》する。俺は同じタイミングで回り込むと、独角猿の脇腹《わきばら》に剣の切っ先を突き入れる。独角猿は槍の穂先《ほさき》を腕《うで》で払《はら》って防いだが、俺の攻撃《こうげき》に対応できなかった。剣の切っ先が独角猿の脇腹にめり込み、肺を傷付けた。猿の妖魔は悲鳴を上げて逃《に》げようとする。そこにアシンが走り込んで、戦棍を頭に叩き込んだ。ふらふらと足取りが覚束《おぼつか》なくなった独角猿に、ゼングの槍がトドメを刺《さ》す。

それを見た残りの一匹が吠《ほ》えながらゼングに襲い掛かった。独角猿は鋭《するど》い爪《つめ》で引き裂こうとするが、それを槍で防ぐゼング。俺は跳《と》び込んで独角猿の背中を薙《な》ぎ払う。手応えがあったが、独角猿の筋肉は硬《かた》く傷が浅い。独角猿が振り向いて俺に向かって爪を伸ばす。その時、アシンが戦棍を独角猿の後頭部に叩き付けた。チャンスだ。俺は独角猿の首を剣で切り裂いた。

「ふうっ、何とか倒せた」

そう呟《つぶや》いた時、ゼングが倒れている独角猿を見下ろしていた。

「こいつの肉は不味《まず》いんだよな」

「そうなの？」

「ああ、煮ても焼いても硬いんだ」

俺は独角猿の毛皮を撫《な》でた。思っていた以上に手触《てざわ》りが良い。それに暖かそうだった。

「こいつの皮を剥《は》ぎ取《と》ろう」

「えっ、剥ぎ取ってどうするんだ？」

ゼングがピンと来なかったようだ。

「これから寒くなるから、布団の代わりに寝台に敷こうと思うんだ」

ゼングとアシンが感心したように頷いた。それから苦労して独角猿の皮を剥ぎ取った。これをちゃんとした毛皮にするのは、専門の職人に頼む必要がある。

「ちゃんとした敷物にするには、三匹ぐらい必要だな」

ゼングが言う。それを聞いてアシンが頷いた。

「だとすると、三人分で九匹ね」

アシンも毛皮の敷物が欲しくなったようだ。シシルア草集めは何日か続きそうなので、その間に九匹分くらいは集まりそうだ。シシルア草集めは四日間続いた。その間に十二匹の独角猿を仕留め、その皮を革職人に頼んで毛皮の敷物に加工してもらう。職人に四枚の敷物を作るように依頼したので、ゼングが首を傾《かし》げた。

「三枚じゃないのか？」

「余った一枚は、売って職人への支払いに充《あ》てる」

それを聞いたゼングとアシンは笑った。

「コウって、本当に頼りになるな。十歳だなんて信じられないよ」

ちょっと時間が掛かったが、出来上がった毛皮の敷物は長方形になるように縫《ぬ》い合《あ》わせてあった。手触りは満足できるもので、ムシロの何十倍も良い。それに余った一枚を売ると結構な収入となった。弱いと言っても妖魔の毛皮なので、丈夫だという理由で高くなったようだ。その収入を職人への加工代にする。

「これって、いい収入源になるんじゃない？」

アシンが言うと、ゼングが頷いた。三人は話し合って独角猿狩りを続ける事にした。

「でも、先輩たちはなぜ独角猿狩りをしないのかな？」

インジェたちが独角猿狩りをしていないようなので、ゼングは不思議に思ったようだ。

「そう言えば、熊や虎の敷物は有名だけど、猿の敷物というのは聞いた事がない」

俺が言うとアシンが頷いた。

「普通の猿は小さいから、敷物にするには数を集めなければダメよ。小さな毛皮を縫い合わせて敷物にするには手間が掛かる。それで猿の敷物は作られないのかも」

妖魔の独角猿が例外的に大きいという点に注目する者が居なかったのだろう。まあいい。それより冬が近くなったから、掛け布団の代わりになるものも欲しい。

◆◆◇◇◆◆◇◇◆◆

コウたちが独角猿狩りを始めた頃、それを知ったインジェは不思議に思った。

「ゼングたちが独角猿狩りをしているようだけど、なぜか知っているか？」

書庫で本を読んでいた友人のシャオタンに尋ねた。

「知りませんよ。知りたいのなら、ゼングにでも聞けばいい」

「そうだな」

ゼングを探し始めたインジェは、ゼングではなくアシンを見付けた。アシンもゼングと一緒に独角猿狩りをしている一人だ。

「アシン、ちょっといいか?」

外弟子になったばかりのアシンは、インジェの顔を見て首を傾げた。

「何でしょう?」

「ゼングと一緒に独角猿狩りをしているようだけど、何のためにそんな事をしているんだ?」

アシンは警戒《けいかい》するような表情を浮かべた。

「なぜ、そんな事を聞くんです?」

「もしかして食べるためだとしたら、不味い肉を美味しくする方法を見付けたのか、と思ったんだ」

「食べませんよ。インジェ師兄《しけい》は食べた事があるんですか?」

そう質問されたインジェが、目を逸《そ》らした。インジェは独角猿の肉を食べた事があるようだ、と気付いたアシンは興味を持った。

「どんな味だったんです?」

「聞くな。思い出したくもないんだ。そんな事より、食べるんじゃないとしたら、どうして狩りをしているんだ?」

アシンは信用できるか見定めるような目をインジェに向けた。

「インジェ師兄は、信用できそうですけど、コウから口止めされているので言えません」

「そうなのか。分かった」

それからゼングとアシン、コウの行動を何となく気にしていると、彼らが何をしているのかが分かった。三人は独角猿を狩って毛皮を手に入れ、それで敷物に加工して売っていたのだ。具体的にいくらになるのかは分からなかったが、入門したばかりの外弟子にしては驚くほど大きな利益を上げているようだ。インジェはシャオタンのところへ行った。

「ゼングたちが、何をしているか分かったぞ」

「何の事です？」

「独角猿狩りの目的だよ」

「ああ、ゼングから聞いたのですか？」

「コウが口止めしているようなので、探《さぐ》りだした」

シャオタンが苦笑いする。

「あまりいい趣味だとは言えませんね」

「気になったんだから、仕方ないだろ。それで目的は独角猿の毛皮だった。それを敷物にして売っていたんだ」

シャオタンが首を傾げる。

「独角猿の毛皮ですか。そんなにいいものでしたかね？」

シャオタンとインジェも独角猿を倒した事がある。その時の目的は肉だったので、毛皮を回収しなかった。そして、肉がショックを受けるほど不味いと分かり、独角猿への興味をなくしたのだ。

「独角猿狩りに行かないか？」

「可愛い後輩たちの邪魔《じゃま》をするんですか？」

「そうじゃない。ただ独角猿の毛皮がどれほどのものか、確かめたいんだよ」

「そういう事なら、いいけど」


その翌日、インジェとシャオタンの二人は魔境に向かった。インジェは長剣、シャオタンは槍で武装している。二人が行こうとしている独角猿の棲み処《すか》は、コウたちが独角猿狩りをしているところより、もっと北へ行った場所だった。コウたちの狩り場を荒《あ》らしたくなかったのだ。独角猿を探していると三匹の独角猿が地面を掘っている現場に遭遇した。

「あいつら何をやっているんだ？」

「地面の下に棲んでいる虫を、探しているみたいですね」

「気付かれていないようだから、一気に襲い掛かって仕留めよう」

二人はタイミングを合わせて駆け出し、独角猿に近付くと攻撃した。インジェの長剣が独角猿の首を切り裂き、シャオタンの槍が独角猿の背中に突き刺さる。残った一匹はインジェに襲い掛かったが、蹴《け》りを入れられて転がったところに長剣でトドメを刺された。それから毛皮を剥ぎ取る。剥ぎ取り終わった後、インジェが剥《む》き出《だ》しになった独角猿の肉を見詰《みつ》めた。

「まさか、その肉を持ち帰ろうと、考えているんじゃないでしょうね？」

シャオタンがインジェをジト目で見ながら言った。

「外弟子の中には、独角猿の肉を食べるという貴重な体験をした事がない者が多いだろ。そこで肉を持ち帰って……」

「やめましょう」

シャオタンは最後まで言わせなかった。

「そんな事をしたら、みんなに嫌われますよ」

そう言われたインジェは、溜息《ためいき》を漏らした。独角猿の肉を見ると、昔の出来事を思い出してしまう。毛皮は大丈夫なのに不思議だ。それからもう三匹独角猿を狩って毛皮を手に入れた。二人分の敷物を作る毛皮が揃《そろ》ったので虚礼洞に戻《もど》り、納屋で毛皮を塩漬《しおづ》けにする。塩漬けするのは毛皮に付いている肉片《にくへん》が腐《くさ》るのを防ぐためである。

その翌日、毛皮を持って街に行って革職人に敷物にするように頼んだ。それから数日後に革職人のところへ行ったインジェとシャオタンは、完成した敷物を受け取った。

「独角猿の毛皮というのは、こんなに手触りが良かったのか」

インジェが完成した敷物を撫でながら言う。シャオタンも感触《かんしょく》を確かめて頷いた。剥ぎ取ったばかりの毛皮は汚《よご》れていたので手触りはよくなかったが、出来上がった敷物はまるで別物だった。

「今夜試してみようぜ」

「かなり高額で取引されているようでしたから、良いものなのかもしれませんよ」

虚礼洞に戻ったインジェは、夜に独角猿の敷物を敷いて横になった。

「おっ、暖かい。薄《うす》い敷布団だけの時とは、段違いだ」

インジェは幸せな気分になって目を閉じた。


翌朝、布団から出るのが嫌《いや》だと思った。それくらい独角猿の敷物は暖かくて気持ちが良かったのだ。インジェはシャオタンのところへ行って感想を聞いた。

「あの敷物は、どうだった？」

シャオタンがニヤッと笑う。

「妖魔の毛皮だからかもしれませんが、凄《すご》く暖かいですね。ゼングたちが、独角猿狩りを続けているのも納得です」

「今、ゼングたちと言ったけど、コウたちと言った方がいいかもしれない」

インジェが言うと、シャオタンは『何の事？』という顔をする。

「コウ、ゼング、アシンの中で、中心になっているのはコウみたいなんだ」

「でも、コウは一番年下ですよ」

「シャオタンも、コウと話した事があるだろ。十歳になったばかりの子供にしては、しっかりしていると思ったんじゃないか？」

シャオタンが頷いた。

「そうですね。何者なんでしょう？　気になりますね」

◆◆◇◇◆◆◇◇◆◆

俺たちは独角猿狩りを一ヶ月ほど続け、それぞれが金貨九枚ほど稼いだ。その頃になると、外縁部で独角猿を見なくなって狩りはやめた。

「独角猿狩りは終わりだな。この後はどうする？」

ゼングが俺に尋ねてきた。

「そろそろ寒くなってきたから、掛け布団が欲しいと思うんだけど、どう？」

アシンが頷いた。

「さすがに毛布だけだと寒いかな。貯《た》まったお金で掛け布団を買うしかないと思う」

この塀外舎にも毛布はあるが、非常に薄いものだった。こんなもので寒い冬を越せるのだろうかと不安になるほどだ。先輩であるインジェたちにどうしているのかと聞くと、個人で布団を買っているという。俺は首を振ってアシンの提案を否定した。買う事も考えたが、布団を作ろうと思っている。金貨九枚で買える掛け布団は、日本で買うような分厚いものではなく薄いものなのだ。この国では綿が高く分厚い布団を買おうと思うと金貨数十枚が必要になる。そこで羽毛布団を作ろうと考えた。

この時期には魔境の外縁部にある西縁湖《せいえんこ》に水鳥の『人突き鳥《ひとづとり》』という妖魔が飛来する。その人突き鳥を捕獲《ほかく》し、羽毛を毟《むし》って羽毛布団を作れないかと計画しているのだ。ちなみに、人突き鳥のクチバシは鋼鉄より硬く、クチバシで人を突き殺すところから名付けられたそうだ。

「でも、人突き鳥は群れで行動すると聞いた事がある。かなり危険よ」

アシンがそう言った。確かに人突き鳥は群れで行動する。なので、普通に戦うには大勢の戦力が必要なのだ。そこで考えたのが、人突き鳥の習性を利用できないかというものである。人突き鳥は敵が現れた時に逃げずに、集団で襲い掛かる。それを利用して罠《わな》を仕掛けられないかと考えた。

「コウは、どういう罠を考えているんだ？」

ゼングが質問したので、考えていた大きな網《あみ》のような罠を絵に描《か》きながら説明した。

「人が入れるほど大きな罠なのか。かなり準備が必要だな」

その罠は体長が百四十センチほどの人突き鳥が二十羽ほど入る大きな袋状の網で、入り口部分を閉じられる構造になったものだ。漁業の定置網《ていちあみ》に似ているが、もっとシンプルなものになる。ロープを使って袋状の網を作る。その作業に五日が掛かった。それから罠を設置する場所を探し、西縁湖の畔《ほとり》で近くに森が迫《せま》っている場所に設置した。罠は草や木の枝で隠《かく》したので、外観は盛り上がっている洞穴《ほらあな》のように見える。人間ならおかしいと気付くだろうが、人突き鳥はどうだろう？

その罠に人突き鳥を誘《さそ》い込《こ》む役目をする者が必要である。その役目はヤジロベエの構造を応用した倒れない案山子《かかし》に任せる事になっている。俺たちは人突き鳥の群れが近くに飛んでくるのを待った。二時間ほど待って群れが飛んできた。俺がゼングに合図すると、ゼングが囮《おとりやく》役の案山子を群れに向かって投げた。山なりに飛んだ案山子が、人突き鳥の近くに落ちる。すると、人突き鳥たちが大騒ぎして案山子を攻撃し始める。俺はロープを引いた。そのロープは案山子と繋《つな》がっており、罠に向かって引き寄せられる。

その案山子を人突き鳥たちが大騒ぎしながら追い掛け始めた。案山子はボロボロになりながら、罠の入り口から中に入る。人突き鳥は疑いもせずに中へ入った。普通の鳥なら警戒するのだが、妖魔の鳥は無頓着《むとんちゃく》に罠に掛かった。人突き鳥のほとんどが罠の中に入った瞬間、アシンが罠に繋がるロープを引っ張って入り口を閉じた。これで人突き鳥の群れは閉じ込められた事になる。

ただ二羽の人突き鳥が罠に掛からず、俺を見付けて襲い掛かってきた。それを見たゼングがこちらに向かって駆け出す。一方、俺は剣を抜いて人突き鳥と戦い始めた。すぐにゼングが参戦し、二人で二羽の人突き鳥を倒した。罠の中では人突き鳥たちが大騒ぎしている。網の間から頭を出して五月蝿《うるさ》いほどの鳴き声を上げていた。アシンは、その光景を見詰めていた。

「ボーッとしていないで、トドメを刺すんだ」

俺が大きな声を上げると、木の棒で人突き鳥の頭を叩いて仕留めていく。刃物《はもの》を使わないのは、羽毛を血で汚《よご》さないためだ。全部の人突き鳥にトドメを刺し、ホッとした。

「成功するとは……奇跡《きせき》じゃないか」

ゼングは、この罠が成功する事を信じていなかったようだ。アシンが頷いている。彼女も信じていなかったのか。俺は仕留めた人突き鳥を数えてみた。全部で十八羽だ。

「ここからは、時間との勝負です。手早く羽毛を回収しましょう」

それから人突き鳥の胸の毛であるダウンと腹部の小さめの羽根であるスモールフェザーを毟って袋に詰めた。手が痛くなった頃に、やっと毟り終わる。

「肉はどうする？」

ゼングが物欲しそうな目で人突き鳥の死骸《しがい》を見ている。

「一匹ずつ持ち帰ろう。残りは木に吊《つ》るすしかない」

持ち帰る三羽は、内臓を取り出して綺麗《きれい》に洗う。血抜きはしていないが、人突き鳥の血は美味しいらしい。そろそろ戻らないと日のあるうちに帰り着かない。俺たちは羽毛と肉を持って山を登り始めた。辺りが薄暗くなった頃、やっと帰り着いた。荷物を置いて夕食を食べるために食堂に向かう。

「疲《つか》れた」

食べ終えたアシンがポツリと言う。本当に疲れたようで眠《ねむ》そうにしていた。

「眠そうだね。今日は部屋に戻って寝るといい」

俺が言うと、アシンが気になった事を口にした。

「肉はどうするの？」

「納屋に吊るして保管するつもりだ。処理は明日にしよう」

次の日、納屋に仕舞《しま》っていた人突き鳥の肉が、先輩のインジェに見付かった。インジェは食堂へ来て納屋にある人突き鳥の肉が誰《だれ》のものか尋ねた。

「俺たちのものです」

声を上げるとインジェがこちらへ歩み寄る。

「コウたちか。あんなところに置いて、どうするんだ？」

「もちろん食べます」

「中途半端《ちゅうとはんぱ》に毛が毟られていたが、処理した事があるのか？」

「それが、初めてなんです」

インジェが肉の一部をもらう代わりに処理してやるというので任せる事にした。俺たちは木に吊るしておいた人突き鳥を回収に向かう。

「あっ」

昨日の場所へ到着《とうちゃく》した俺たちは、残念な光景を見る事になった。吊るしていた木にはロープだけが残っており、人突き鳥の肉が消えていたのだ。

「あれだけの肉を、何が持っていったんだ？」

ゼングが首を傾げている。ガッカリしたが、ないものは仕方がない。俺たちは罠を回収して点検した。罠自体はまだ使えるようだ。だが、囮にした案山子は修理が必要だった。その後、もう一度人突き鳥狩りをして必要な量の羽毛を手に入れた俺たちは、それを布団にするように職人に依頼した。これで寒い冬も乗り切れそうだ。

人突き鳥の肉は、鍋《なべ》にして食べた。それはこれまで食べた事がないほど美味しく、インジェが処理を引き受ける代わりに肉が欲しいと言った気持ちが分かった。出来上がった羽毛布団、いや羽根布団は満足のいくものだった。軽いのに凄く暖かかったのだ。ちなみに、人突き鳥の胸から採取したダウンと腹から採取したスモールフェザーの割合により羽毛布団か羽根布団かに分かれる。

今回の布団はスモールフェザーが半分以上を占《し》めているので、羽根布団という事になる。それでも妖魔の鳥から採取したダウンとスモールフェザーは優《すぐ》れた保温能力があるようだ。俺たちは羽根布団の事を黙《だま》っていた。だが、アシンが親しくなった師姉《しし》、つまり姉弟子たちがアシンの部屋に変わった布団があると気付き、アシンから聞き出したようだ。アシンもどうやって人突き鳥を倒したのかは教えなかったが、人突き鳥の羽毛から作った布団だと教えたので、羽根布団が女性弟子たちの間で大評判になっているという。


その数日後、見覚えはあるが名前を知らない師兄を連れたインジェが、部屋を訪ねてきた。

「コウ、紹介したい人物がいる」

俺はインジェの横に立っている人物に目を向けた。身長が百八十センチほどの大柄な人物で、ニヤニヤしながら俺の事を見下ろしている。

「僕と同期のヤオ・ケングンだ。君に話があるそうなんだ」

「何でしょう?」

「同期のヒョウカに聞いたんだが、アシンやゼングと一緒に、人突き鳥の羽根を使った布団を作ったそうだな」

アシンから漏れた情報が、ケングンたちにも伝わったようだ。その事は最初から予期していたので、予想の範囲だった。ただケングンのような男が興味を示すとは思っていなかった。

「ええ、作りましたよ。それがどうかしたんですか?」

ケングンが身を乗り出してきた。

「どうやって人突き鳥を仕留めたんだ。教えてくれよ」

それを聞いてインジェが顔をしかめた。ケングンの態度は、褒《ほ》められたものではないと感じたのだろう。

「師兄、申し訳ありませんが、それは秘密にしている事なので、教える事はできません」

「何だと……先輩が頼んでいるんだぞ」

頼んだようには見えなかったが、あれで頼んでいたらしい。

「やめろよ。秘密にしていると言っているだろ」

インジェが止めてくれた。だが、ケングンは俺を睨《にら》み付けたまま視線を外さない。この先輩は、どれほどの腕前なんだろう。ケングンの身体から放たれる気を探った。すると、気のレベルが自分と同じくらいだと分かった。煉気期の第五階梯なら、筋力を三倍ほどまで強化できるだろう。元々のパワーが違うから、その差はかなり大きい。パワー勝負では勝てない。だからと言って武術の技量で勝負するほどの実力が、自分にない事は分かっていた。冥閃剣術は中々良い剣術だが、他の武術に比べて段違いに凄いというほどではない。現時点では喧嘩《けんか》は避《さ》けた方が良いだろう。

「なぜ、人突き鳥の布団を欲しがっているんです?」

それを聞いたインジェが、俺にジト目を向ける。

「知らないのか。街で虚礼洞の道士が、王様も羨《うらや》むような布団を仕立てたと評判になっているぞ」

そう言えば、評判になると思っていなかったので、職人に口止めをしなかった。この国では羽毛布団や羽根布団は作られていないので、それで評判になったようだ。

「師兄たちなら、簡単に人突き鳥狩りができるんじゃないですか？」

ケングンが渋《しぶ》い顔をする。

「一羽ずつなら問題ないが、十数羽となると内弟子でも苦労するんだ。だから、お前たちが大量の羽毛を手に入れたと聞き、何か方法があるんだと分かった」

「という事は、俺たちが考えた方法は貴重なものだ、という事じゃないですか。それをタダで教えてくれと言うんですか？」

俺はケングンが何と答えるのか、興味を持って答えを待った。だが、ケングンは不機嫌《ふきげん》そうな顔のまま何も言わずに出て行った。残ったインジェが苦笑いする。

「済まなかったな。彼が紹介してくれと言うので連れてきたんだが、あんな用件だったとは知らなかったよ。それにしても、先輩に対してズバズバ言うんだな。ケングンは根に持つタイプだから、気を付けた方がいいぞ」

「分かりました」

人突き鳥狩りは後一回くらいが限界かな。雪の季節が近いという事もあるが、ああいう先輩なら俺たちを尾行《びこう》して人突き鳥狩りの方法を突き止めようとするかもしれない。俺とゼング、アシンは相談し、もう一回だけ人突き鳥狩りをする事にした。

そして、その翌々日に狩りに行って二十羽ほどの人突き鳥から羽毛を採取した。肉も少しだけ持ち帰ったが、ほとんどは謎《なぞ》の肉食動物に食べられた。採取した羽毛でダウンジャケットを仕立てた。

但し、ファスナーがないので、作務衣《さむえ》の形をしたダウンジャケットである。ただ手を入れられるポケットを付けてもらった。このダウンジャケットは、外弟子の間で布団より評判になった。見るからに暖かそうだったからだ。実際に凄く暖かく、人突き鳥の羽毛が特別だと感じた。

ダウンジャケットが出来た頃から、雪が降り始めた。そうなると、魔境へ行く事が難しくなり、俺たちは塀外舎の中でできる修行に集中した。ただ気のレベルを上げるための鍛煉には気旺丹が必要になるので、武術の練習や書庫での勉強が中心になる。その勉強の中身だが、仙道の基礎となる知識を習得するための勉強が中心になった。と言っても、午前中は水汲みや掃除などの雑用は続いている。仙道の基礎知識を身に付けると、新しい事について勉強を始めた。

それは煉丹術《れんたんじゅつ》である。煉丹術というのは様々な霊薬や仙丹を作るための技術で、気のレベルを上げるために必要な気旺丹も、この技術によって作られる。ただ書庫にある煉丹術の本は基本的なものだけで、高度な煉丹術の本はなかった。

「煉丹術のもっと高度な本はないのですか？」

書庫の司書であるシャオタンに尋ねた。すると、シャオタンが首を横に振る。

「高度なものは、本堂の書庫にしかないんだ」

残念だが、高度な煉丹術は内弟子にならないと学べないようだ。ただ気旺丹の作り方は、衛兵隊長の秘伝書に載《の》っていたので、煉丹術の基本を学べば作れそうだ。但し、専門の道具が必要だった。気旺丹を作る知識は学んだので、道具を買い揃えるために久しぶりに街に行く事にした。ダウンジャケットを着て外に出ると、アシンも外に出てきた。

「コウ、どこへ行くの？」

「街へ買い物に行くんだ」

「だったら、一緒に行く。あたしも買いたい物があるの」

アシンは春物の服を買いに行くらしい。雪が残っている道を街へと向かう。街に到着すると住民からダウンジャケットが注目された。モコモコしている形が珍しかったのだろう。

最初に仕立て屋に向かった。店に入ったアシンは生地選《きじえら》びから始め、どういう服にするか時間を掛けて説明して注文した。注文を終えた後、仕立て屋の主人が俺たちのダウンジャケットに目を向けた。

「お客様が羽織られている服は、珍しいものですね」

アシンが嬉しそうに笑う。

「少し不格好《ぶかっこう》に見えるけど、とても軽くて暖かいのよ。寒い時期には手放せなくなるの」

主人が見せてくれと言うので、俺がダウンジャケットを脱《ぬ》いで主人に渡《わた》した。それを手に持って重さを量る主人。その顔に驚きが浮かんだ。

「驚きました。もっと重いものかと思っていました」

「中身が綿とは違うから、その差かな」

それを聞いた主人が、ハサミを手に取った。その目が異常なほどキラキラしている。

「言っておきますが、ハサミで糸を解《ほど》いて中身を調べようとするのは、お断りします」

「ちゃんと元に戻しますから」

「ダメです。これから買い物に行くんです」

残念そうな顔をした主人が俺にダウンジャケットを返した。

仕立て屋を出た俺たちは、道具屋に向かう。その道具屋は煉丹術で使う道具を売っている店で、薬材などを碾《ひ》いて粉末にしたり、磨《す》り潰《つぶ》して汁《しる》を作ったりするための薬研《やげん》と呼ばれる器具や乳鉢《にゅうばち》や乳棒なども売っていた。必要なものを買うと金貨五枚が消えた。それから鍛冶屋《かじや》に向かった。いつまでも武器庫の剣を借りる訳にはいかないので、自分の剣を買おうと思ったのだ。中に入ると様々な武器が並んでいる。

「ん？　チアン商会の小僧《こぞう》じゃないか」

俺を目にした親方が話し掛けてきた。

「もうチアン商会は辞めました。今は虚礼洞の外弟子です」

「ほう、道士になったのか。今日は武器を買いにきたんだな？」

コウは頷いた。

「片手剣が欲しいんです。安い片手剣はないですか？」

俺の予算を聞いた親方は渋い顔をする。

「弟子が打った武器になるぞ」

「出来がいいなら、構いません」

親方は何本かの片手剣を見せてくれた。その中には刃長が四十センチほどの山刀も含まれており、俺はその山刀を選んだ。他の片手剣は長いのだが、厚みがなく妖魔と戦えば折れそうだった。山刀と鞘《さや》の代金を払うと、貯めていた金のほとんどがなくなった。もう溜息しか出せない。重い荷物を背負い、来た道を戻り始めた。

「コウは煉丹術も勉強しているの？」

「始めたばかりだけどね」

アシンが首を傾げた。

「どうして煉丹術？」

「気のレベルを上げるのに、仙薬や霊薬が必要だと書いてあったので、自分で作ろうと思っている」

「偉《えら》いわね。そんな先の事を考えているんだ」

アシンの気のレベルを調べると、第二階梯だと分かった。仙薬が必要になるのは、第六階梯の鍛煉からなのでもっと先の話なのだろう。

虚礼洞への坂を登り始めて二十分が経過した頃、嫌な気配を感じて立ち止まった。アシンが俺に目を向ける。

「どうかしたの？」

「嫌な気配を感じた」

そう言いながら荷物を下ろし、山刀を抜いた。それを見たアシンも背負っていた戦棍を手に持った。俺は気配を探りながら周囲を見回す。すると、右手の方向から大きな白い狼が現れた。

「まさか、妖魔？」

魔境から出た妖魔が人里に現れるのは珍しい。但し、魔境に近い地域では何度もあった事のようだ。

「あれは妖魔よ。確か『白狼《はくろう》』という名前だったはず」

その白狼は体長が百八十センチほどで体重が百キロ以上ありそうだった。その特徴である真っ白な毛並みは、輝《かがや》いているように見える。俺は体内で気を練り上げ、そのレベルを上げた。その瞬間、感覚が鋭くなり、遠くまで見えるようになって世界が広がる。それだけではなく僅《わず》かな音も聞こえるようになり、遠くの気配を感じられるようになった。それから冥閃剣術の教えに従い全身から無《む》駄《だ》な力を抜く。白狼を見て緊張《きんちょう》していた身体が、リラックスした状態に戻った。アシンをチラッと見ると青い顔をしている。

「アシン、こいつは俺が仕留めるから、剥ぎ取ったものはもらってもいい？」

「な、何を言っているの？　一人で戦うという事？」

「うん。一人で戦う。少し下がってもらえる」

アシンは頷いて下がった。俺は山刀を買って良かったと思った。素手だったら、絶対殺されていた。白狼が唸《うな》り声《ごえ》を上げながら近付いてくる。狼というより、虎が迫ってくるような迫力《はくりょく》がある。白狼が跳躍すると襲い掛かってきた。思った以上に速い。ぎりぎりで躱《かわ》したが、白狼の爪が左肩を掠《かす》った。その瞬間、左肩に衝撃《しょうげき》が走って肩から血が噴《ふ》き出《だ》した。

おかしい。白狼の爪が掠めたが、皮一枚の深さだったはず。こんな血が出るほど深くなかった。着地した白狼がまた俺に爪を立てようとした。それを完全に躱して山刀を白狼の脇腹に叩き込む。新しい山刀が白狼の脇腹に食い込み、その肉を切り裂いた。致命傷《ちめいしょう》にはほど遠いが、大量の血が流れ出している。白狼が吠えながら前足を振り回し、その前足が立木に当たった。すると、実際の爪より大きな爪痕《つめあと》が幹に刻まれた。あの爪は何かの力を持っているようだ。

「コウ、大丈夫なの？」

アシンが声を上げた。肩を怪我《けが》したので心配になったのだろう。

「も、問題ないから、任せて」

大丈夫ではなかったが、そう言うと白狼に神経を集中した。白狼が首を狙《ねら》って噛《か》み付こうとするのをぎりぎりで躱し、気を使って三倍に強化した力で山刀を腹に突き刺す。手応えがあり、そのまま体重を預けるようにして切り裂いた。その一撃で死ななかった白狼も、大きなダメージを受けてよろよろしている。チャンスだった。素早《すばや》く駆け寄った俺は、白狼の首を切り裂いた。白狼が地面に倒れて動かなくなる。どうにか勝ったようだ。アシンが駆け寄って手当てをしてくれた。御蔭《おかげ》で肩の怪我から流れ出ていた血が止まる。

「ありがとう」

「あたしこそ助かったわ」

それから白狼の皮と爪を剥ぎ取り、肉は硬くて不味いそうなので捨てた。この山には多数の小型肉食獣が居るので、三日もすれば骨だけになるはずだ。ちなみに、小型肉食獣というのはネズミの事である。

「虚礼洞の長老に報告しよう」

俺はアシンに言った。魔境以外で妖魔と遭遇したら、長老に報告する事になっている。虚礼洞の本堂へ行くと、ツェン長老のところへ行った。ドアをノックすると『入れ』という声が聞こえた。中に入ると六十歳ほどに見える真っ白な髪《かみ》をしたツェン長老の姿が目に入る。ツェン長老は長老にまでなっている道士なので、実年齢は優に二百歳を超《こ》えている。道士はある一定のレベルを超えると、寿命《じゅみょう》が伸びるのだ。そのレベルというのが、十五階梯ある煉気期を卒業して迎える霊成期《れいせいき》だ。

「外弟子のコウとアシンです。報告があって参りました」

「報告？　何事だ？」

「街からの帰りに、白狼と遭遇しました」

それを聞いたツェン長老が眉《まゆ》をひそめる。

「その白狼は、どうしたのだ？」

アシンがこちらに視線を向けた。

「コウが倒しました」

ツェン長老が値踏みするように俺を見る。十歳の子供が白狼を倒せるものだろうかと疑っているのだろう。

「何か証《あかし》はあるのか？」

アシンが風呂敷《ふろしき》に包んで運んできた白狼の毛皮を見せる。俺は荷物を背負っているので、毛皮はアシンが運んでくれたのだ。

「その真っ白な毛皮、間違いなく白狼の毛皮だな。証拠《しょうこ》として提出しなさい」

ツェン長老が何気ない口調で言った。それを聞いた俺は、ちょっと困ったような顔をする。この毛皮は鞣《なめ》して売るつもりだったのだ。俺は毛皮の頭のところだけ切り取ってツェン長老に渡した。
「証拠なら、頭だけで十分ですよね」
ツェン長老がこちらを冷たい目で見たが、文句は言わなかった。それ以上言うと、毛皮を取り上げようとしているのがバレる、と考えたのだろう。油断も隙《すき》もない爺《じい》さんだ。

その翌日から、長老が周辺の山で妖魔狩りをするように外弟子たちに命じた。内弟子も参加して大々的なものになり、白狼ではなく刺突《しとつ》狼《おおかみ》の群れが発見され、道士たちにより駆除《くじょ》された。白狼の毛皮は、金貨六枚で売れた。その金額を知り、ツェン長老は油断ならないとあらためて思った。それはともかく白狼と戦って思った事がある。成長途中である俺は、非力なのだ。それを埋め合わせる何かが必要だった。そこで書庫にある巻物を全部調べた。そして、基礎より高度な仙術や武術に関するものは、瞬間記憶能力を使って記憶した。但し、そのほとんどは仙秘文字で書かれており、翻《ほん》訳《やく》する必要がある。

先にタイトルだけ翻訳すると、『仙秘文字文法学』『仙道理法』『妖魔の防具』『重奏剣《じゆうそうけん》』『梅華槍《ばいかそう》術《じゆつ》』『魔角戦鎚術《まかくせんついじゆつ》』『朱霊剣《しゆれいけん》』『仙礎気闘術《せんそきとうじゆつ》』『鬼王戦斧《きおうせんぷ》』だった。その他にも武術や仙道に関するものがあったが、普通の文字で書いてあり、一般的な武術だ。一般的な武術が悪いという訳ではない。ただそういう武術は、戦う相手を人間に限定している。妖魔との戦いには、あまり役立たないだろう。

俺は魔境の少し深い場所へ行き、気のレベルを上げるために必要な気旺丹を作る材料を探すつもりなのだ。そのためには、その辺に棲み着いている妖魔を倒さなければならない。妖魔を倒せる武術となると、先ほど挙げた武術のどれかを学ぶという事になる。本堂の書庫にはもっと凄い武術があるかもしれないが、入れないのだから仕方ない。雪が積もって外での活動が制限される期間を使い、これらの仙秘文字で書かれた書物を翻訳した。まず『仙秘文字文法学』を翻訳し、それを勉強してから他の本を翻訳する。その翻訳作業の御蔭で仙秘文字で書かれた文章がある程度読めるようになった。翻訳の結果、分かったのは重奏剣、梅華槍術、朱霊剣、鬼王戦斧の四つは、習得するのが難しいという事だ。

重奏剣、梅華槍術、鬼王戦斧の三つは、長い剣や槍、それに重い斧を使う武術なので、筋力と体格が貧弱《ひんじゃく》な俺には向いていない。そして、朱霊剣は煉気期である道士が目指す次の段階『霊成期』になると使えるようになる霊力を利用した剣術だった。そんな剣術の指南書が、外弟子が見る書庫にあるというのがおかしかった。それは悪意さえ感じる。『どうせ習得できないが、高級な武術の指南書を見せてやるよ』みたいな感じである。

『仙道理法』は仙道の知識を深めるために必要なテキストだった。内弟子が煉気期から霊成期へ進むために必要な知識が書かれていた。そして、『妖魔の防具』は妖魔から剥ぎ取った部位から防具を作る方法が書かれていた。調べた結果、俺は仙礎気闘術と魔角戦鎚術を学ぶ事にした。仙礎気闘術は気を使って身体強化しながら素手で戦う武術であり、道士の戦い方の基本となる動きを学べるようになっていた。この仙礎気闘術を学ぶ者は多いのだろうと思い、司書のシャオタンに確認すると多くはないという返事だった。なぜかと尋ねると、素手の武術では妖魔は倒せないからだという。

「どうかしたのか?」

俺が納得できないという顔をしたからだろう。シャオタンが質問した。

「この仙礎気闘術は、気を使って戦う時の基礎です。これを学ばずに別の武術を学ぶというのは、効率が悪いような気がして」

それを聞いたシャオタンが難しい顔をする。

「それは本当なのか?」

「実際に試した事がないので、そんな気がするだけです」

シャオタンが真剣な目で仙礎気闘術の指南書を見詰めていた。俺は少林寺拳法と冥閃剣術の練習を続けながら、仙礎気闘術の練習を始めた。この仙礎気闘術では、気の流れを阻害《そがい》する動きがある事を指摘《してき》していた。変に力んだり、姿勢が悪いと気の流れが阻害されてしまうようだ。仙礎気闘術では体当たりのような技法がよく使われている。体重と気を同時に使い、敵に大きなダメージを与《あた》えるような動きが多い。力強い動きであるが、勢いで行うのではなく精密に計算された動きで気と体重を攻撃に乗せるようだ。

◆◆◇◇◆◆◇◇◆◆

「インジェ、ちょっといいか?」

街に行こうとしているインジェを、シャオタンが呼び止めた。

「何だ?」

「コウは何者なんだ?」

「どういう意味?」

「先日、仙礎気闘術について話したんだ。それで先輩である我々が仙礎気闘術を学ばないのは納得できない、と言われてしまった」

「仙礎気闘術というと、素手で戦う武術だろ。あれじゃあ、妖魔は倒せない」

「それが仙礎気闘術というのは、道士が戦う場合の基礎になると言うんだよ」

「ちょっと信じられないな。それがどうしたんだ?」

「試してみようと思うんだが、インジェも一緒に試さないか?」

インジェが首を傾げた。

「なぜ僕もなんだ?」

「一人だと、偶々《たまたま》体質に合っていたという事もあるだろ」

「なるほど、分かった。付き合ってやるよ」

インジェとシャオタンは、その日から仙礎気闘術の鍛煉を始めた。仙礎気闘術の鍛煉を始めたインジェとシャオタンは、数日ほど鍛煉を続けて手応えを感じた。仙礎気闘術に書かれていた動きが、インジェが修行している重奏剣やシャオタンが学んでいる梅華槍術に応用できると気付いたのだ。

「どう思う?」

「コウの言っていた事は、本当だ。確かに仙礎気闘術は基礎となる武術だ」

それを聞いたシャオタンが頷いた。

「僕もそう感じたよ。だが、腑《ふ》に落ちない事がある」

インジェがシャオタンに視線を向けた。

「腑に落ちないとは？」

「これほど重要な事を、指導するべき内弟子や長老が黙っていた事ですよ」

「当たり前すぎる事なので、言わなかった。……という事でもなさそうだ」

「そう考えると、残るのは二つだけです。外弟子自身が気付くのも修行の一つだと考えているのか、それとも外弟子が内弟子になるのを望んでいないかです」

「後者である可能性が高いな。嫌な連中だぜ」

「内弟子たちは、僕たちの事を競争相手だと考えているんですかね？」

そのシャオタンの質問にインジェが首を振って否定する。

「違うな。ただの雑用係だと考えているんだと思う。だから、武術の基本さえ教えたくないんだ」

◆◆◇◇◆◆◇◇◆◆

インジェたちが仙礎気闘術の鍛煉を始めた頃、俺も仙礎気闘術で習得した動きと冥閃剣術の技を融合《ゆうごう》しようと工夫していた。冥閃剣術は、相手との間合いを縮地法《しゅくちほう》の歩法で一気に縮めて斬撃《ざんげき》を放つ事を攻撃の要《かなめ》としている。その斬撃は急所を正確に切り裂くというもので、弱い妖魔なら倒す事ができた。但し、元々が対人用の武術なので、タフで防御力の高い妖魔には通用しないだろうと予想している。

その冥閃剣術が仙礎気闘術の動きを応用する事で進化した。素早さと威力《いりょく》が段違いとなり、ある程度の妖魔でも倒せるのではないか、と思うほどになった。冥閃剣術と仙礎気闘術の組み合わせは、それほど鋭い振りの攻撃を生み出した。ただ得物の山刀が、釣り合っていないようだ。俺は山刀を目の前に持ち上げて見詰めた。

「この山刀で木の幹を切ろうとしたら、耐えられないかもしれないな」

山刀を振る速度は、気による強化で何倍にも速くなっている。購入した山刀は分厚い刀身なので一、二回で壊れる事はないだろうが、使い続ければダメになりそうだ。俺は山刀を握《にぎ》り、木の幹に向かって縮地法を使う。精緻《せいち》な体重移動と気によって強化された脚力《きゃくりょく》で身体が加速する。その歩法には『起こり』と呼ばれる予備動作がほとんどなく、瞬時に間合いを詰めて山刀が振られた。風さえも切り裂くような勢いで振られた山刀が、木の枝に食い込みスパッと切断する。人の首なら一撃で斬《き》り飛ばせそうだ。この技を【風斬り】と名付ける事にした。ただ【風斬り】は未完成だった。起こりのない動き出しから、加速と山刀を振り切る動作が完全に一体となっていない。それが完全になったら、人が躱す事などできない攻撃になるだろう。塀外舎の近くにある平らな場所で冥閃剣術の練習をしていた俺は、誰かが近付いてくる気配を感じた。

「ここに居たのか」

誰かと思えば、同期のゼングだ。どうやら、俺を探していたらしい。

「何か用？」

「インジェ師兄が探しているんだ」

「分かった」

俺はゼングと一緒にインジェの部屋に向かう。ドアをノックするとインジェの声が聞こえ、中に入るとインジェとシャオタンが待っていた。ゼングは用が済んだとばかりに自分の部屋へ去っていった。

「あれっ、シャオタン師兄もですか？」

「ええ、仙礎気闘術の事で話があったのです」

「書庫で話した事ですか？　何か間違っていました？」

「いや、君は正しかったよ。そこで相談したいのだが、仙礎気闘術の事を他の外弟子に教えてもいいだろうか？」

「仙礎気闘術については、本来秘密でも何でもない事だと思いますから、構いませんよ」

外弟子にも教えるような武術は、内弟子にとって基礎なのだろう。その基礎を秘密にしても意味がない。インジェが俺に笑いながら頷いた。

「やはりコウは、度量が広いな。後十年もすれば、内弟子になれるかもしれないぞ」

冗談じゃない。十年も待っていられないぞ。長くても二、三年で内弟子になるつもりなんだからな。

「インジェ師兄、外弟子から内弟子になれた先輩は、それくらい時間が掛かったんですか？」

「そうだな。最低十年くらいは掛かったようだ」

「なぜ、そんなに時間が掛かったんです？」

「気のレベルを、第八階梯にするのが一番難しかったようだ。それに課題の妖魔を倒せるようになるのも苦労した、と聞いている」

「雷熊は、重奏剣や梅華槍術で倒せないんですか？」

「当時は、課題の妖魔が雷熊ではなく別の妖魔だったのだが、倒せるようになるのに、十年ほどの鍛煉が必要だったらしい」

それほど課題の妖魔は手強いという事だろうか。一度念入りに調査しないとダメだな。調査するにも、雷熊から逃げられる程度に強くなる必要がある。それからも話が続き、インジェやシャオタンからいろいろと情報を引き出せたので、その日は有意義な一日となった。


その数日後、インジェたちが外弟子を集めて仙礎気闘術について説明した。それを聞いたゼングとアシンが、俺のところへ来た。

「仙礎気闘術というと、コウが練習しているやつだろ？」

ゼングが確認した。

「そうだけど」

「だったら、おれたちにも仙礎気闘術を教えてくれないか？」

教える事も自分自身の勉強になると聞いた事があったので、俺は基本だけで良いならという条件で引き受ける事にした。

「ところで、二人は仙秘文字の勉強はしているの？」

俺が尋ねるとゼングとアシンは視線を逸らした。仙秘文字が読めないので、俺に頼んできたようだ。基本を教えるくらいだったら、良いだろう。その日から仙礎気闘術をゼングとアシンに教える事になったのだが、問題が発覚した。仙礎気闘術は気のレベルが第三階梯になっている事が前提なのだが、ゼングとアシンはまだ第二階梯だったのだ。

「仙礎気闘術を教える前に、気のレベルを上げる鍛煉をしないとダメだな。二人はどんな気の鍛煉をしているの？」

「あたしは『夢帥法《むすいほう》』よ」

「おれは『遮営法《しゃえいほう》』だ」

どちらも座禅《ざぜん》を組んで瞑想《めいそう》しながら気を練る鍛煉法である。それらの鍛煉法が、ゼングとアシンに合っているか考えた。二人は動かないで瞑想する事を得意とするタイプではない。俺と同じで冥明功が合っていると思う。だが、冥明功を教えるのは抵抗があった。冥明功は気の鍛煉法の中でも優れたものであり、『冥明功初伝』が紛失《ふんしつ》した今では貴重な知識となっている。虚礼洞で失われた技をゼングとアシンに伝えるのはまずい気がした。

そこで思い出した。書庫の中に『基塁功《きるいこう》』という動功の指南書があり、内容が冥明功に似ていたのだ。それは普通の文字で書かれており、内容も冥明功の秘伝書に比べると雑だった。

「気のレベルが上がらないのは、鍛煉法が二人に合っていないいんじゃない？」

ゼングとアシンは首を傾げた。

「今更《いまさら》、他の鍛煉法に変えろと言うのか？」

アシンは夢師法を三年、ゼングは遮営法を四年ほど修行しているのに、まだ第二階梯だという事だから、やはり合っていないと思う。

「書庫に『基塁功』という動功の鍛煉法があるから、それに変えた方が早く気のレベルが上がると思う」

「どうして、そう思うんだ？」

ゼングが不満そうな顔をする。

「だって、ジッと座って瞑想するのは、得意じゃないだろ？」

ゼングが『なぜ、バレた？』という顔をした。

「コウも動功なの？」

アシンが質問してきた。俺は頷いて肯定《こうてい》した。

「俺は気の鍛煉を始めて一年も経《た》たないうちに、第三階梯になった」

「本当なの？」

「嘘《うそ》は言わないよ。だから、試しに基塁功の鍛煉をしたら、と思うんだ」

俺の話を聞いたアシンとゼングは、基塁功の鍛煉を始める事にした。それから基塁功の指南書に沿って二人を指導した。ゆっくりした動きと独特の呼吸法を実践《じっせん》しながら、体内の変化を感じ取ろうとする二人。元々第二階梯まではできるので、すぐに気が体内を循環《じゅんかん》し始めた。

「その調子」

俺は二人の気を感じ取り、やはりアシンとゼングには動功が合っていると思った。というのは、普段《ふだん》より気の循環がスムーズなのだ。それに気付いた二人は、より真剣に基塁功の鍛煉に取り組むようになり、二ヶ月ほどで第三階梯まで進んだ。それから仙礎気闘術の修行を始めた。ただ基礎を習得するのに半年ほどが掛かりそうだ。ゼングとアシンに仙礎気闘術を教える他に、俺は魔角戦鎚術の修行を開始した。魔角戦鎚術で使う戦鎚は、片側が平らな打撃部分で反対側が槍の穂先のように鋭く尖《とが》っているヘッドが付いているものを使う。

しかも魔角戦鎚術の戦鎚は、妖魔の角や爪が組み込まれているものが良いと言われている。妖魔の角や爪には気や霊力を流し込むと特殊《とくしゅ》な力を発揮するものがあるのだ。その中の一つが白狼の爪である。俺は白狼の爪を組み込んだ戦鎚を鍛冶屋《かじや》に発注した。白狼の皮を売った代金から金貨五枚を支払う事になったが、仕方ないだろう。ちなみに、普通の戦鎚なら金貨二枚程度で買える。魔角戦鎚術は単なる武術ではなく、特殊な攻撃で妖魔を倒すものだ。これを使い熟《こな》せるようになれば、敵を打撃した時に気の衝撃波を発生させる事ができる。そして、妖魔の角や爪は特殊効果をプラスする。

高い威力を持つ武術なのに、魔角戦鎚術を修行する外弟子は少ない。それは魔角戦鎚術で使う戦鎚が柄を長くすると上手《うま》く機能しなくなるからだ。柄の長さが七十センチを超えると、その柄に流し込む気が漏れ出てしまい、威力が落ちる。つまり妖魔と戦う時に接近して戦う事になるので、外弟子は嫌がるという。この弱点を克服《こくふく》するには、二つの方法がある。一つは気のレベルを第八階梯にまで上げて制御力を強化し、長い柄でも気が漏れないようにする。もう一つは気の伝導率が高い特別な柄の材料を使うというものだ。

今の段階では弱点の克服は無理なので、俺は素早さで接近戦を乗り切ろうと考えている。その日は注文した戦鎚を受け取りに、久しぶりに街に向かった。山には少し雪が残っているが、街中には雪がなく春という感じだ。話は変わるが、俺は身長が百四十センチを超え、もうすぐ十一歳になる。

鍛冶屋に入ると声を上げた。

「すいません」

「おう」

奥から声が聞こえ、ザオシー親方が出てきた。そして、俺の顔を見ると待っていろと合図する。すぐにまた親方が出てきた。

「これが注文の戦鎚だ」

親方は運んできた戦鎚を俺に渡す。それは普通の戦鎚に見えるが、中に白狼の爪が組み込まれているはずだ。俺は気を練って戦鎚に流し込んだ。すると、パンという音がしてヘッド部分から何か発せられ、空気が動いた。

「おい、店の中で試すのはやめてくれ」

「済みません。手応えだけ確かめようと思ったんですけど、気を流すとこうなるんですね」

ザオシー親方がギロリと俺を睨んだ。

「知らなかったのか?」

「俺を何歳だと思っているんです」

それを聞いた親方が笑う。

「そうだった。その歳で以前にも『白狼戦鎚』を使った事があるというのは、無理があるな」

親方に礼を言って鍛冶屋を出ると、虚礼洞に戻り始めた。その途中の山道で白狼戦鎚の威力を試そうと思い、山の中に入った。直径四十センチほどの木の幹を的に、気を注ぎ込んだ白狼戦鎚を叩き込む。ドゴッという音が響《ひび》き渡り、幹に戦鎚がめり込んで木が揺れる。幹には二十センチの陥没《かんぼつ》痕《あと》が残った。これなら大型の妖魔でも倒せそうだ。俺は思わずニヤッと笑った。

俺が白狼戦鎚を作ったり、魔角戦鎚術の修行をしているのは、魔境の外縁部より少し奥に入ったところに生えている薬草や霊草を採取するためだ。その辺りには剛狼《ごうろう》や鎧猪《よろいいのしし》などの妖魔が棲み着いており、それらの妖魔を撃退できる者でないと採取は難しい。剛狼は鉄のように硬い毛で覆《おお》われた狼、鎧猪は鎧のように頑強《がんきょう》な皮膚《ひふ》を持つ大猪である。これらの妖魔を倒すには威力がある攻撃、つまり白狼戦鎚と魔角戦鎚術が必要なのだ。俺が魔角戦鎚術の練習をしていると、ゼングが近付いてきた。

「いつも山刀を使っているのに、武器を変えたのか？」

「まあね。今は魔角戦鎚術を練習しているんだ」

「ふーん、コウは普通の外弟子と違った考え方をする事があるよな」

「どういう意味？」

「そんな柄の短い戦鎚だと、妖魔と戦う時に不利だろ」

「それだけ近付いて攻撃すれば、いいだけだよ」

「勇気があるな」

それを聞いて苦笑いする。俺だって好《す》き好《この》んで、リーチがない戦鎚を選んだ訳じゃない。身体が大きかったら、梅華槍術や重奏剣を選んで学んでいただろう。それからゼングと雑談を始めたが、途中でゼングが何か思い出したような顔をする。

「そう言えば、薬房で手伝いを募《ぼ》集《しゅう》していたぞ」

「手伝いって？」

「薬草の採取や調薬の下準備をするみたいだ」

煉丹術も修行しているところなので、手伝いは煉丹術を学ぶ良い機会かもしれない。俺は募集に応募する事にした。本堂へ行って薬房の手伝いに応募すると告げると、すぐに薬房で働く事になった。

「お前は倉庫に行って、乾燥《かんそう》させたシシルア草を薬研を使って粉にしろ」

「分かりました」

倉庫に行くと、二人の外弟子がシシルア草を粉にしていた。

「コウも手伝いに来たのか？」

二人の外弟子というのは、アシンとジュンハイという若い男だった。ジュンハイは十代後半の若者で剣を得意としている。

「ええ、そうです」

ジュンハイの質問に答えた俺は、倉庫の中を見回した。

「そこに道具とシシルア草があるわ」

アシンが教えてくれた。俺は乾燥したシシルア草を取り、薬研で磨り潰して粉にする作業を始めた。二時間ほどの作業でシシルア草の粉末が溜《た》まったので、それを持って調薬室に向かう。そこで薬を作っているのだ。調薬室では、内弟子たちが傷薬の万象傷軟膏を作っていた。この傷薬はシシルア草の粉末からエキスを抽《ちゅうしゅつ》出し、他の薬材と混ぜて万象傷軟膏を作っているようだ。調薬室の奥では、年配の内弟子が煉丹炉《れんたんろ》を使って仙薬を作っていた。煉丹炉というのは、気や霊力を使って仙薬や霊薬を作る装置である。

俺はどうやって仙薬を作るか観察した。内弟子は煉丹炉を両手で挟《はさ》み込《こ》むように持ち、気を流し込んでいる。その気が煉丹炉の中で渦巻《うずま》いているのを感じた。観察していたのは短い間だったが、煉丹炉の使い方や煉丹術に対する理解が深まった。本を読んで理解するには限界がある。実際に煉丹炉を使っている様子を見て気の動きを感じた事で勉強になった。

その手伝いは三日ほど続けて終了した。薬房の手伝いをしている間に、煉丹炉の使い方を学べた事も収穫《しゅうかく》だが、薬房の顧客《こきゃく》である薬屋のカン・ユーエンと知り合いになれたのも収穫だった。ユーエンは仙薬や霊薬についても詳《くわ》しく、薬房で作られた薬を購入している。その購入代金は虚礼洞の収入源の一つになっているそうだ。その後、魔境の奥へ行く準備を始め、魔角戦鎚術の技と縮地法を融合して秘技【風斬り】の戦鎚版を完成させた。

その翌日、午前中の雑用を済ませた俺は、背負い袋を担いで魔境に向かった。虚礼山の裏に回って魔境の外縁部に下り、奥へと進む。俺は腰《こし》の帯に山刀を差し、腰の後ろに白狼戦鎚を専用ベルトで固定するという格好で歩いている。季節は春、木の枝から若葉が伸びて枯《か》れ草の下から若々しい草が生えている。途中、牙兎と遭遇して山刀で首を切り裂いて倒す。牙兎はすでに雑魚《ざこ》という感じだ。

「もう少し先だな」

三十分ほど進んで外縁部の内側に入った頃から、目当ての薬草を見掛けるようになった。気旺丹を作るのに必要な薬材は、セルタン草、ボルビーク草、それに妖魔双槍鹿《そうそうしか》の角である。セルタン草は葉の部分、ボルビーク草は根に薬効があるという。気旺丹を作るのに必要な一回分のセルタン草とボルビーク草を採取した頃、獣《けもの》の気配を感じて立ち止まる。低木の茂《しげ》みの後ろから気配を感じたので、そちらに視線を向けて背中から白狼戦鎚を取り出す。その瞬間、茂みがザザッと激しく揺れて一匹の鎧猪が飛び出してきた。

体長が二メートルほどもある大猪だ。初めて遭遇する大物に心臓を掴《つか》まれたような恐怖《きょうふ》を感じた。それでも身体は動き、横に跳んで突撃《とつげき》を躱す。俺の横を通り過ぎた鎧猪が直径三十センチほどもある木にぶつかり、幹が『く』の字になるほど曲がった。そして、辺りに大きな衝突音が鳴り響く。

「うわっ、とんでもないパワーだ」

それから何度も鎧猪が突撃してきた。最初は必死で躱すしかできなかったが、繰り返し躱しているうちにタイミングが分かってきた。そして、五度目の体当たりをぎりぎりで躱した俺は、白狼戦鎚に気を流し込んで戦鎚の金槌《かなづち》部分を鎧猪の背中に叩き付ける。その瞬間、気の衝撃波と白狼の爪による特殊効果が合わさり、『気爪撃《きそうげき》』と呼ばれる効果が発生した。その気爪撃による打撃で鎧猪の背中が爆《は》ぜたように血肉を飛び散らす。しかし、その一撃は致命傷にならなかった。やはり急所に命中しないとダメなようだ。

とはいえ、ダメージを受けた鎧猪は動きが鈍《にぶ》くなった。次の体当たりを躱した時に、鎧猪の首に白狼戦鎚を叩き込む。すると、気爪撃の効果で首の血管ごと血肉が爆ぜて大量の血が流れ出す。少しの間、よろよろと歩いた鎧猪だったが、程《ほど》なくして地面に倒れた。その死を確かめた俺は、鎧猪の死骸を見ながら溜息を吐《つ》いた。

「持ち帰る事ができれば、食料や革《かわ》にする事もできるんだけど……重すぎる」

皮だけでもと思ったが、鎧猪と呼ばれるだけあって皮を切るのも困難だった。宝剣の類があったら切れるだろうが、ないので諦めるしかない。

「白狼戦鎚を使えば、足一本くらいなら持ち帰れるか。いや、持ち帰っても料理するのも難しいな」

俺は肉と皮を諦め、薬草探しを続けた。気旺丹を二個作れるだけの量を採取すると虚礼洞の塀外舎に戻って日陰に干した。

その翌日も薬草探しに行き、それを十個分ほど溜まるまで続けた。

「よし、薬草は十分だ。次は双槍鹿の角だな」

双槍鹿は魔境の西側に棲息《せいそく》しているという事なので、魔境の外縁部に下りてから西へ向かう。

双槍鹿は槍のような角を持つ鹿で、鎧猪のように頑強な皮膚を持つ妖魔ではないが、素早い動きで攻撃してくる危険な妖魔だった。魔境の西側は低木が生い茂る場所で、妖魔ではないウサギや鹿、猪などの普通の野生動物が多い。それだと道士が狩りに来ていそうだが、ほとんど人影《ひとかげ》はなかった。ここには琥珀色《こはくいろ》の剛毛を持つ剛狼が棲み着いており、外弟子はもちろん内弟子も嫌っている。

剛狼は俊敏《しゅんびん》で防御力が高いという妖魔なので、内弟子でも危険な場合があるようだ。その牙《きば》と爪は鋭利《えいり》で人間の肉など切り裂いてしまう。俺が魔境の西側を探索《たんさく》していると、一匹の剛狼と遭遇した。十一歳になったばかりの俺と剛狼の体格を比べると、圧倒的に剛狼の方が大きい。俺と剛狼は五メートルほどの距離《きょり》を挟んで向き合っていた。白狼戦鎚を構えて剛狼の動きを見詰めていると、剛狼が地面を蹴って跳び掛かってきた。横に跳んで躱し、振り向いて剛狼に視線を向ける。剛狼が牙を剥き出しにして迫っていた。鋭い牙を避けて気を注入した白狼戦鎚を剛狼の背中に叩き付ける。その瞬間、白狼戦鎚の先端から気爪撃が放たれ、剛狼の内部に浸透《しんとう》して爆《は》ぜるように血肉が飛び散った。剛狼が苦痛の叫《さけ》びを上げてよろよろと後ろに下がる。少しの間、フラフラしていた剛狼がバタリと倒れた。先ほどの一撃が致命傷となったようだ。

「鎧猪ほどのタフさはないようだな」

違いはタフさだけではなく、皮の硬さも違った。鎧猪は剥ぎ取り用のナイフの刃を受け付けないほど硬かったが、この剛狼は硬い毛を掻《か》き分《わ》けて皮膚に直接ナイフの刃を当てれば、切る事ができた。俺は剛狼の皮を剥ぎ取り、背負い袋に入れた。その後、双槍鹿を探しても見付ける事はできず、仕方なく塀外舎に戻った。

翌日、さすがに連続で双槍鹿狩りにいく気にはなれず、部屋で剛狼の毛皮から毛を引き抜く作業を始めた。剛狼の毛はワイヤーのように頑丈で切る事はできなかったが、引き抜く事は可能だった。

なぜ、そんな事をしているのかというと、防具を作ろうと考えているのだ。書庫に『妖魔の防具』というタイトルの本があり、そこには妖魔の毛から糸を紡《つむ》ぎ、その糸を編んで防具を作る方法が書かれていた。妖魔の毛からは羊毛より頑丈な糸が紡げるらしく、それを使って編んだセーターは防具にもなるほど頑丈だと言われている。

これから魔境の奥へと進めば、強い妖魔と戦う事になる。そうなると、防具が必要になる。それで剛狼の毛から防具を作れないかと考えた。毛の抜き取りが終わった俺は、インジェを探しにいって塀外舎の裏庭で剣の練習をしているインジェを見付けた。

「インジェ師兄」

「ん？　何か用か？」

「この塀外舎に一つだけ煉丹炉があると、聞いたんですが、それを借りたいんです」

インジェが少し驚いたような顔をする。

「へえー、コウは煉丹術もできるんだ」

俺は苦笑いして否定した。

「いえ、できません。今は勉強している段階です」

「でも、凄いよ。外弟子で煉丹術を勉強する者は、ほとんど居ないからな」

「どうしてです？　自分で仙薬が作れるようになれば、買わなくてもいいいんですよ」

インジェが肩を竦めた。

「煉丹術が使えるようになるには、何年も勉強する必要がある。外弟子から内弟子になるために必要な仙薬は、そう多くない。買った方が効率がいいんだ」

「将来的には、役に立つと思うんですが」

「そうかもしれない。だが、まずは内弟子になってから、というのが普通の外弟子だぞ」

「なるほど。でも、俺は勉強したいんです」

「分かった。納屋に置いてあるから、勝手に使っていいぞ。他の者は使わないからな」

俺は納屋に行って煉丹炉を探し、奥で埃《ほこり》だらけの煉丹炉を見付けた。本当に誰も使っていないらしい。その煉丹炉は高さ五十センチほどの蓋《ふた》が付いた水瓶というような形をしたものだった。内部の構造は理解できないが、内側の下部に四つ、上部に四つの突起があり、それが何かの効果を発揮するようだ。煉丹炉をボロ布で綺麗にしてから、部屋に持ち帰った。床《ゆか》に煉丹炉を置いて中に剛狼の毛を詰め込み、その傍に胡座《あぐら》をかいて座る。妖魔の糸の紡ぎ方は『妖魔の防具』に書かれていたので分かっている。この本は原書ではなく、原書を読んだ誰かがメモの形で書き残したものだった。

俺は煉丹炉を両手で挟むように固定し、その手から気を流し込んだ。気の動きから煉丹炉に備わっている機能を感じる。本に書かれていたやり方に従い気を動かし始めた。煉丹炉の内部で気が渦を巻き、剛狼の毛を巻き込むと撚《よ》り合《あ》わせて糸を紡ぎ始めた。だが、その気の状態を維持《いじ》するのは難しかった。二分ほどで集中力が切れて糸紡ぎの動きが止まってしまう。

「はあっ、キツイ」

この作業で気付いたのだが、煉丹術を使い熟すには気の制御に習熟する必要があるようだ。そのためには糸紡ぎという作業は最適かもしれない。俺は双槍鹿狩りと糸紡ぎ作業を交互《こうご》に続けながら、気の制御の練度を上げた。ただ残念な事に双槍鹿を見付けられずにいた。双槍鹿の数は少なく、希少な妖魔であるらしい。双槍鹿を見付けられなかった代わりに剛狼とは何度も遭遇し、倒して毛を回収する事ができた。御蔭で大量の剛狼の毛を紡いで作った剛狼糸《ごうろうし》が手に入り、街で防具を編んでくれるように依頼した。

3 同期の内弟子《うちでし》とファン王国の王子

シュンリンは商都ボウシンで油問屋をしている油屋タンという店の子供である。問屋と言っても卸《おろ》しもしていれば、小売りもしている店だ。そこの次女として生まれたシュンリンは、小さい頃《ころ》から活発な子供だった。そして、小さい頃に虚礼洞《きよれいどう》の女性道士に出会って話を聞き、神仙《しんせん》に憧《あこが》れるようになって虚礼洞に入門した。

「ミオン、モン長老に弟子入りできそうだというのは、本当なの？」

シュンリンの同期であるミオンは、三歳年上の幼馴染《おさななじ》みだった。

「ええ、父がモン長老に頼《たの》んでくれたの」

「いいな」

ミオンの家も裕福《ゆうふく》なので、その財力を使ったのだろう。それが悪いとシュンリンは思わない。但《ただ》し、自分自身も親に頼んでモン長老の弟子になろうとは考えなかった。実力を認められてモン長老の直弟子になりたかったのだ。

「ところで、ユウロンがシャンシー長老の直弟子になったそうよ」

ミオンから聞いたシュンリンは驚《おどろ》いた。シャンシー長老の直弟子になるのは名誉《めいよ》な事だが、あの長老の教えは厳しいという評判なので、ユウロンは避《さ》けると思っていたのだ。

「何を考えて、シャンシー長老に弟子入りしたのか分からないけど、性根《しょうね》から鍛《きた》え直《なお》してもらえばいいのよ」

シュンリンの言葉を聞いたミオンが苦笑いする。

「相変わらず、ユウロンの事が嫌《きら》いなのね」

「当たり前じゃない。あいつは無理やり許婚《いいなずけ》にしようとしたのよ」

親同士が知り合いだったので、シュンリンとユウロンは紹介された。その時、シュンリンを見たユウロンが婚約《こんやく》したいと言い出したのである。しかし、結婚など考えていなかったシュンリンは、即《そく》座《ざ》に断った。すると、ユウロンが友人たちにシュンリンの悪口を言い始めたのだ。

「ユウロンが、最低の男だというのは賛成よ」

「そうでしょ。一度思いっきり殴《なぐ》ってやりたい」

「まあ、冷静になってよ。それより早く師事する道士を決めないと」

「そう言っても、どの方向に進むかも決まっていないのよ」

虚礼洞に入門した道士は、武術、煉丹術《れんたんじゅつ》、宝具《ほうぐ》作りのどれかを選んで、そのどれかに長《た》けている長老などに師事して学ぶのが普通なのだ。シュンリンは武術か煉丹術にしようと考えているのだが、まだ結論を出してはいない。

現在、入門して半年ほどが経《た》った。まだ師事する者を決めていない内弟子は、本堂の書庫に通い武術の指南書や煉丹術の本、宝具作りの本を読んで勉強している者が多い。シュンリンもその一人で、書庫に行って武術の指南書や煉丹術の本を読んでいる。その他にも仙道の基本や地理や虚礼洞の歴史などもあったので、学ぶ事は多かった。

ある日、コウという外弟子が剛狼狩《ごうろうが》りしているという噂《うわさ》をミオンから聞いた。シュンリンはコウと聞いても、ボウシンの街で出会った年下の少年の顔が浮《う》かばなかった。コウという名前は珍《めずら》しい名前ではないので、同名の外弟子が居ると思ったのだ。

「凄《すご》いと思わない」

ミオンがシュンリンに同意を求めた。

「ええ、凄いわね。ミオンは剛狼を倒《たお》せる？」

「一応、宝剣《ほうけん》を持っているけど、無理よ。モン長老が燕尾剣術《えんぴけんじゅつ》を得意としていると聞いたから、それを学び始めたばかりだもの。シュンリンは倒せるの？」

「剛狼を倒せそうな戦棍《せんこん》を持っていない事もあるけど、まだ気を使った戦い方が練習不足なのでダメね」

「ねえ、シュンリン。魔境《まきょう》へ行って妖魔《ようま》狩りをしない？」

「私たちだけで？」

「他の同期にも声を掛《か》けるけど、狩る相手は牙兎《きばうさぎ》だから、私たちだけでも大丈夫よ」

「ユウロンだけは声を掛けないで」

「分かっているわ」

その翌々日、シュンリンたちは魔境へ行く道の出発地点に集合した。

「シュンリン、私たち嫌われているのかな？」

ミオンの言葉を聞いたシュンリンが苦笑いする。ミオンが同期の内弟子たちに声を掛けたのだが、皆《みんな》に断られたのだ。

「私たちのような入門したばかりの内弟子は、新しい武術を学び始めたばかりで、まだ魔境へ試しに行く時期じゃないのよ」

「早く言ってよ」

「でも、魔境へ行って実戦経験を積めば、他の同期より先に実力をつけられるかもしれない」

ミオンは魔境へ行くかどうか迷っているようだった。その時、外弟子らしい少女がシュンリンたちを追い越して魔境に向かう。

「アシンじゃない」

ミオンが声を掛けた。その少女は振《ふ》り返り、ミオンの顔を見る。

「あっ、お嬢《じょう》さん。おはようございます」

ミオンが呼び止めたアシンは、ミオンの父親が経営している店と取引がある小売店の店主の娘なのだ。

「おはよう。どこに行くの？」

「魔境に牙兎狩りに行きます」

「あたしたちもそうなの。一緒《いっしょ》に行かない？」

「いいですよ」

昔のアシンはもっと引《ひ》っ込《こ》み思案《じあん》なところがあったのだが、今は自信があるような態度だとミオンは感じた。成長したんだと思ったミオンは、一緒に行く事にした。

「こっちは、シュンリンよ。会った事があったっけ？」

アシンが首を振った。

「いいえ、ないと思います。よろしくお願いします」

「こちらこそ、よろしくね」

シュンリンはアシンが持っている武器に注目した。アシンが持っていたのは、先端《せんたん》に金槌《かなづち》と鈎爪《かぎづめ》のようなナイフが付いている戦鎚《せんつい》だったのだ。

「それは戦鎚ね」

「そうです。前は戦棍を使っていたんですが、外弟子の書庫には戦棍の指南書がなかったので、武器を戦鎚に替《か》えたんです」

「へえー、どんな戦鎚術なの？」

「魔角戦鎚術《まかくせんついじゅつ》です」

「あれっ？　魔角戦鎚術は特別な戦鎚が必要だったんじゃないの？」

「そうなんですけど、牙兎や刺突狼《しとつおおかみ》なら特別な戦鎚は必要ないんですよ」

シュンリンとミオンは納得《なっとく》して頷《うなず》いた。

「でも、一人で魔境へ行くのは危ないんじゃない？」

「いつもは、ゼングという同期と一緒に狩りをしているんですけど、今日は街に買い物に行っているので一人なんです」

アシンは牙兎狩りなので不安に思っていないようだ。それだけ魔境に慣れているのだろう。内弟子のシュンリンたちより魔境での経験が上なのは確実だった。

「そう言えば、剛狼狩りをしている外弟子が居るそうね」

ミオンがアシンに言った。

「コウですね。そのコウに魔角戦鎚術を教えてもらっています」

アシンの言葉から、コウという外弟子はアシンより年上だとシュンリンは思った。完全な勘違《かんちが》いだが、武術をアシンに教えていると聞いて年上だと考えたのだ。三人は一緒に魔境へ下りると東に向かった。

「二人はあまり魔境へ来ないんですか？」

アシンがシュンリンとミオンに尋《たず》ねた。

「新しい武術を修行《しゅぎょう》したり、仙道の事を勉強していたら魔境へ行く時間がなくなったのよ」

シュンリンが答えた。嘘《うそ》は言っていないが、どういう修行をしたら良いか分からずに勉強をしていただけなのだ。

「雪が積もっている間は、外弟子もそうでした。元々勉強は嫌いでしたけど、コウがいろいろと話をしてくれたのは、楽しかったですよ」

楽しかったと聞いたミオンは、どういう風な話を聞いたのか確かめた。

「この国の歴史を勉強したのですが、百年くらい前に起きたチェブル教主国との戦争は、興味深かったです」

それを聞いたミオンが首を傾《かし》げた。

「それって『バンソン平原の戦い』でしょ。そんな興味深い事があったかしら？」

「興味深いと言ったのは、戦いが起きた原因です」

「原因？　確かチェブル教主国の教皇王パウチュンが、神託《しんたく》を受けて宣戦布告したと習ったわ」

チェブル教主国というのは、火の神アガヌを信仰《しんこう》する人々が築いた国である。それに対して、このファン王国は天尊《てんそん》と呼ばれる神を信仰する宗教が主流なので、元々仲が良い国同士ではなかった。

「コウによれば、それは建前だそうです」

「建前？　どういう事？」

「チェブル教主国は、ファン王国で採掘《さいくつ》される岩塩を大量に輸入しています。戦いの半年前にファン王国が、岩塩に掛ける税を倍に上げています。それが原因だそうです」

シュンリンがなるほどというように頷いた。

「つまり税を倍にした事に怒った教皇王が、戦争を仕掛けてきたという事ね」

「そうです」

チェブル教主国とファン王国は、両方とも内陸国家なので海がない。だから、岩塩は必需品《ひつじゅひん》であった。海のある国から塩を輸入する事もできたが、高額な輸送費が掛かるので岩塩より高くなる。そんな事を話しながら歩いていると、藪《やぶ》の中から牙兎が跳《と》び出《だ》してきた。

「誰《だれ》が戦いますか？」

アシンがシュンリンとミオンに尋ねた。

「それじゃあ、私が」

一番張り切っているミオンが手を挙げた。ミオンは宝剣を持って牙兎の前に出ると、牙兎を睨《にら》み付《つ》ける。その牙兎がミオンに襲《おそ》い掛《か》かってきた。その攻撃《こうげき》を左に跳んで避ける。コウなら避けずに戦鎚を叩き付けるだろうが、ミオンにはまだ無理なようだ。

それから激しい戦いが始まったが、まだ習い始めた燕尾剣術を使《つか》い熟《こな》せていない。ミオンは仕留めるのに苦労しているようだったが、その顔は楽しそうだ。それを見ていたアシンが首を傾げる。

「ミオンさんは楽しそうですね？」

シュンリンに尋ねた。シュンリンが思わず苦笑いする。

「ミオンは戦うのが好きなのよ」

「でも、煉丹術を勉強すると言っていましたけど」

「戦うのは好きだけど、才能は煉丹術だと考えているみたいね。アシンはどんな道士になりたいの？」

アシンは笑って肩《かた》を竦《すく》めた。

「まずは内弟子にならないと、そのために武術の修行をしています」

「大変ね。なぜ外弟子から内弟子になる試験で、妖魔を倒す課題の代わりに、煉丹術や宝具作りを選べるようにしないのか、理解できないわ」

「あたしもそう思います」

アシンはそう答えながらミオンと牙兎の戦いを見守っていた。ミオンが危なくなったら、助けに入らないとダメだと考えていたのだ。その直後にミオンが牙兎の頭に宝剣を叩き付けた。その攻撃で牙兎の動きが止まり、地面に倒れる。やっと仕留めたようだ。

「はあはあ……久しぶりに戦ったから、中々勘が取り戻《もど》せなかったわ」

「それだけ勉強に打ち込んでいたという訳ですね。内弟子も大変なんですね」

アシンの言葉にシュンリンがまた苦笑いする。そんな笑いに誘《さそ》われるように、別の牙兎が現れた。

「シュンリン、今度はあなたよ」

ミオンの言葉で戦棍を持ったシュンリンが前に出る。その戦棍は黒鋼《くろこう》製の柄《え》の先端に鋼鉄製の鈎爪が何本か付いているものだ。その戦棍を見たアシンが何か言いたそうな顔をする。

「何かあるの？」

ミオンがアシンに尋ねた。

「シュンリンさんほどのお嬢様なら、親から宝具の武器を買ってもらう、と思っていました」

「鋭《するど》いわね。シュンリンの父親が王都で特別な戦棍を注文しているそうよ。もう少しすれば手に入れるわ」

「でも、虚礼洞には戦棍の遣《つか》い手《て》は居ないと聞きました。戦棍の武術はないいんじゃないですか？」

「ええ、それでシュンリンも瑠鎚術《りゅうついじゅつ》を学び始めたのだけど、実戦で使えるほどにはなっていないみたい」

「だったら、王都で注文するのは、戦棍ではなく戦鎚にしないと」

「いいのよ。最初の戦棍は予備の武器にすればいいんだから」

アシンは溜息《ためいき》を漏《も》らした。金貨数百枚もするような武器を予備にするなどというのは、アシンには考えられない事だったからだ。内弟子と外弟子には、それほど格差があるのだと痛感したアシンだった。牙兎と戦っているシュンリンの実力は、ミオンより少し上という感じだ。シュンリンが牙兎の頭を叩《たた》き潰《つぶ》して仕留めると戻ってきた。

「最近一人で練習していたから、動けなかった」

シュンリンの愚痴《ぐち》のような言葉を聞いたアシンは、意外だという顔をする。ミオンはそれを見逃《みのが》さなかった。

「意外そうな顔をしたけど、どうしたの？」

「内弟子は、もっと恵《めぐ》まれているのかと思いました」

「恵まれている？　どういう風に？」

「長老などの先達《せんだつ》が、丁寧《ていねい》に指導してくれるのだと思っていたんです」

ミオンが溜息を吐《つ》いた。

「家に居る時は、父が雇《やと》った教師が丁寧に教えてくれたわ。でも、ここは違う。学ぶ機会を与《あた》えてくれるだけで、自分で学べというやり方なのよ」

親が雇った教師は教え子が理解できるまで教えてくれたが、長老や先輩内弟子は一度で理解する事を要求する。習う側の内弟子が自分で指南書などを読み、それを理解しようと努力した後で長老たちなどに教わるという指導スタイルだから、一度で十分なのだ。但し、指南書などに書かれていない事は例外である。ちなみに、コウの指導スタイルも長老たちと同じだ。

しばらく休んでから先に進むと、今度は刺突狼四匹《ひき》の群れと遭遇《そうぐう》した。その瞬間、刺突狼たちが駆け出していた。三人はお互《たが》いの背後を守れるような位置に移動して武器を構えた。その直後に先頭の刺突狼がアシンに跳び掛かった。アシンは冷静に戦鎚を振りかぶって刺突狼の頭に叩き込む。その一撃で刺突狼が死んだ。残った三匹がアシンたちの周りを取り囲んで唸《うな》り始《はじ》めた。

シュンリンとミオンも攻撃していたが、刺突狼が器用に避けている。攻撃が単調なせいで見切られているようだ。これは新しい武術を学び始めたばかりなので、攻撃が単調になっているらしい。一匹の刺突狼がアシンの足に噛《か》み付《つ》こうとした。その頭に戦鎚を振り下ろすアシン。だが、その攻撃を躱《かわ》した刺突狼が、アシンの首に噛み付こうとする。アシンはコウから習った前蹴《まえげ》りで刺突狼の胸を蹴り飛ばす。そして、一歩踏《ふ》み込《こ》むと戦鎚を刺突狼の頭に叩き込んだ。その一撃で頭蓋骨《ずがいこつ》が割れた刺突狼は動かなくなった。

アシンはミオンとシュンリンの様子を見て劣勢《れっせい》になっているミオンに加勢した。その御蔭《おかげ》でミオンの宝剣が刺突狼を切り裂《さ》く事に成功する。後はシュンリンと戦っている刺突狼だけだったが、三人で囲んで袋叩《ふくろだた》きにして仕留めた。

「はあはあ……刺突狼って、思っていた以上に強いのね」

アシンが見ていた感じでは、ミオンもシュンリンも妖魔との戦いに慣れておらず、少し腰《こし》が引けているように感じた。だから、攻撃が一瞬遅《おく》れて躱されてしまう。

「二人とも妖魔との戦いに慣れていないから、そう感じるんだと思いますよ。牙兎や刺突狼は妖魔の中で一番弱いと言われていますから」

アシンが言うと、シュンリンとミオンが苦笑いする。

「アシンは、どれくらい妖魔を倒したの？」

シュンリンが質問した。

「五十匹くらいだと思います。特に独角猿《どつかくさる》と牙兎は、たくさん倒しましたよ」

それを聞いたミオンが首を傾げた。

「牙兎は分かるけど、どうして独角猿？　あれは不味《まず》いという評判よ」

ミオンが言った。

「食べませんよ。どうして食べようと思うんですか？」

「東の方の地方に、猿肉料理で有名な町があるのよ。食べた事はないけど、美味《おい》しいらしいわ」

「それは普通の猿ですよね。独角猿は食べた事を一生後悔《こうかい》するほど不味いそうですよ」

「誰か食べたの？」

「外弟子の師兄《しけい》が食べて、後悔したそうです」

「へえー、外弟子にもいろいろと面白《おもしろ》い人が居るのね」

シュンリンがアシンに目を向けた。

「それにしても戦鎚の使い方が鮮《あざ》やかね。気の使い方も上手《うま》いみたい」

それを聞いたミオンが腑《ふ》に落ちないという顔をする。

「アシン、あなたの気は第二階梯《かいてい》じゃなかったの？」

「外弟子になってから修行して、第三階梯になりました」

ミオンがガクリと肩を落とした。

「追いつかれた」

「ミオンさんは、まだ第三階梯なんですか？」

「これでも修行したのよ」

「成長はそれぞれですから、あたしは偶々《たまたま》冬の間に上がっただけです。他の同期の内弟子の中で、気の階梯が上がった人は居るんですか？」

「いいえ、居ないわ」

「だったら、それが普通なんですよ。あたしの場合は上がる時期が冬だったというだけです」

アシンは、コウが言っていた修行方法の向き不向きが影響《えいきょう》しているかもしれないと思ったが、詳しくは分からないので、これ以上は気の話を続けるのをやめた。

「そう言えば、道士の武術には秘技というのが、あるそうじゃないですか。二人は習いましたか？」

質問されたシュンリンとミオンの二人は、苦笑いする。

「そういうのは、何年も修行した内弟子が身に付けるものよ。入門したばかりの私たちが習えるはずがないわ」

ミオンが言うと、シュンリンが頷いた。

「でも、秘技『なんとか』って言って、使うのはカッコ良さそうね」

シュンリンの言葉に、ミオンとアシンがジト目で応えた。

「その目は、何よ？」

「秘技の名前を叫《さけ》んだら、相手に対処されるじゃない」

「いやいや、名前を知られたくらいで対処されるなら、それは秘技じゃないわよ」

その時、左の方で気配がした。アシンは戦鎚を構え、その方角に視線を向ける。それを見たシュンリンとミオンも武器を構えて目を向けた。

◆◆◇◇◆◆◇◇◆◆

シュンリンたちが魔境へ狩りに行った頃、虚礼洞に入門したばかりのユウロンとズールイは、シャンシー長老の直弟子になる事が決まり、有頂天《うちょうてん》になっていた。

「ユウロン、虚礼洞も楽しいな」

ズールイは父親の力を借りて武術の達人であるシャンシー長老に弟子入りできた事で、虚礼洞でも勝手な振る舞いが許されるのだと勘違いした。

「ふん、ここには何もないじゃないか。何が楽しい？」

ズールイがジト目でユウロンを見た。

「ここは宗門なんだぞ。芝居小屋《しばいごや》でもあると思ったのか？」

「そうじゃないけど。毎日毎日修行と勉強じゃないか」

ユウロンはそう言ったが、武術や気の修行は適当にやっているだけだった。そして、勉強と称《しょう》して書庫で本を読んだりもしたが、ちょっと読んではお茶を飲みに外へ出るという事を繰り返していた。本気で修行や勉強をするつもりがないのだ。それなのに本気で不死者である神仙にはなりたいと思っている二人だった。

「なあ、霊成期《れいせいき》になれば寿命《じゅみょう》が伸《の》びるんだろ？」

ズールイがユウロンに質問した。

「そうだ」

「何年くらい修行したら、霊成期になるんだ？」

「シャンシー長老は、事情があって三十歳の時に入門したから四十歳くらいで霊成期になったらしい。ツェン長老なんかは五十歳で霊成期になったそうだ」

「ツェン長老は、才能がないんじゃないか？」

「おい、声が大きいぞ」

ユウロンが周りを見回して誰も居ない事を確認した。この二人は修行を怠《なま》けているところをツェン長老に見付かり、罰《ばつ》として牙兎を三匹ずつ仕留めてこいと命じられて魔境へ下りる途中だった。

「こんなところには、誰も居ないよ」

ユウロンより図太いズールイが言い返した。

「ところで、シャンシー長老から学んでおけと言われた重奏剣《じゅうそうけん》は、どうだ？」

ズールイがユウロンに質問した。

「あんなの簡単さ。二種類の気を使って身体《からだ》を強化すればいいんだろ」

短期間で本当に重奏剣を習得したのなら、ユウロンには天才級の剣の才能がある事になる。

「ズールイは？」

「もちろん習得したさ。牙兎なんて雑魚《ざこ》だよ」

そんな二人が魔境に下りて東へ向かう。小さな丘《おか》がある周辺で牙兎狩りをしようと考えているのだ。小さな丘の少し手前まで来た時、草むらがガサッと音を立てた。二人は驚いたような顔をして宝剣を抜《ぬ》く。二本の剣は王都の職人に作らせた一本金貨三百枚ほどもする宝剣だった。但し、特別な機能が組み込まれている訳ではなく、切れ味が凄いというだけの武器だ。

「チッ、牙兎じゃないか。こいつは僕が仕留める」

ズールイが前に出た。ユウロンは肩を竦めて後ろに下がる。その瞬間、牙兎がズールイ目掛けて襲い掛かった。

「はあっ！」

気合を発したズールイが宝剣を振り下ろす。牙兎が横に跳んで躱した。

「牙兎のくせに生意気な」

ズールイが宝剣を振り回し始めた。牙兎が必死で避ける。それを追い掛けて切り裂こうとするズールイ。五回目の攻撃で宝剣の切っ先が牙兎の足を切り裂いた。動きが遅くなった牙兎を狙《ねら》って宝剣が薙《な》ぎ払《はら》われ、その斬撃《ざんげき》で牙兎の息の根が止まる。

「はあはあ、しぶといウサギだった」

「ズールイ、牙兎に手間取りすぎだぞ」

「本気になったら、一撃で終わってしまうだろ。楽しんだだけさ」

「なんだ、そうか」

「次はユウロンだ。牙兎を探すぞ」

ユウロンたちが牙兎を探している場所は、小さな丘がある手前の場所である。木が疎《まば》らに生えており、その下には雑草が生い茂っていた。ウサギが繁殖《はんしょく》するのに適した場所なので、普通のウサギも多数棲息《せいそく》している。但し、ここにはウサギを獲物《えもの》とする刺突狼や牙兎も棲息しているので油断ができない場所だった。ちなみに、牙兎は雑食である。草も食べるが、ウサギ肉も好きなのだ。

「おっ、あの草むらに何か居るぞ」

草むらが揺れるのを見たズールイが声を上げた。ユウロンが宝剣を持って近付くといきなり牙兎が跳びだして襲い掛かってきた。

「うわっ！」

驚いたユウロンは、宝剣の側面で牙兎の顔を殴った。顔を宝剣で殴られた牙兎が、驚いて跳び退《と》《の》く。ユウロンは追撃せずに後ろに引いた。こんな戦いをシャンシー長老に見られたら怒鳴《どな》られていただろう。ユウロンは学んでいる重奏剣を全く使っていなかった。本気で修行していないので技が咄嗟《とっさ》に出ないのだ。

ユウロン的には激しい戦いを繰り広げた後、宝剣が牙兎の首を切り裂いて勝負がついた。

「ユウロンも手間取っていたじゃないか」

「初めに驚かされたからだよ」

強がってはいたが、二人とも牙兎にさえ恐怖を感じていた。それからも牙兎を探して魔境の奥《おく》へと進み、三匹ずつ牙兎を倒すというツェン長老の命令をやり遂《と》げた。

「やっぱり牙兎なんて雑魚だな」

三匹倒した事で自信がついたズールイが言う。

「じゃあ、戻ろうか」

そう言ったユウロンが周りを見回す。その時、虚礼洞の内弟子らしい姿を発見して近付いた。

「見ろよ。シュンリンたちだぜ」

「ああ、ミオンとシュンリンだ。もう一人は誰だ?」

「そうだ。急に出ていって驚かしてやろうぜ」

ユウロンが提案すると、ズールイも面白そうだと乗ってきた。そして、ユウロンたちが隠《かく》れている草むらにシュンリンたちが近付いた時、気付かれた。シュンリンたちが身構えて武器を向けてきたのだ。

「チッ、失敗だ」

ズールイとユウロンが草むらから出てきた。それを目にしたシュンリンが顔をしかめる。

「こんなところに、何で居るの?」

シュンリンがユウロンたちに尋ねた。

「僕たちは牙兎狩りをしていただけさ。それより君たちこそ何をしているんだ？」

ズールイが質問を返した。

「私たちは修行した武術を試すために、狩りにきたのよ」

「ところで、彼女は誰？」

アシンを指差すズールイ。

「あたしは外弟子のアシンです」

「ふーん、外弟子か」

ズールイとユウロンが外弟子を馬鹿《ばか》にしているのが分かった。アシンは何も言わなかった。だが、そんな態度を取るズールイとユウロンを見ているシュンリンとミオンの目は冷《ひ》ややかなものになっていた。

「これから狩りをするの？」

シュンリンは武器しか持っていない二人に質問した。

「もう三匹ずつ倒したところさ」

「でも、武器の他は何も持っていないじゃない。何のために狩りをしているのよ。普通は毛皮や肉を剥《は》ぎ取るでしょ」

シュンリンは背負い袋に入れている牙兎の毛皮を見せた。

「そ、それは……」

ズールイが言葉に詰《つ》まった。まさかツェン長老にサボっているところを見付かり、罰として牙兎狩りをしているとも言えない。そこにユウロンが助けに入った。

「僕たちは、新しい宝剣の切れ味を試しているんだよ。この宝剣は王都の一流職人に頼んで作ってもらった逸品《いっぴん》なんだぞ」

ユウロンが宝剣の自慢《じまん》を始めたので、シュンリンたちはうんざりした顔になる。

「その顔は何だよ？」

「宝剣の自慢はいいから、肝心《かんじん》の武術はどうなの？　確かユウロンとズールイは、重奏剣を修行しているんでしょ」

ミオンが尋ねると、ズールイとユウロンは顔を見合わせた。

「愚問《ぐもん》だな。もちろん上達しているに決まっている。僕たちにとって重奏剣は簡単すぎるんだ」

そこまで黙《だま》って聞いていたアシンが声を上げた。

「凄いですね。外弟子の中にも重奏剣を修行している師兄が居るんですが、重奏剣は難しいと言っていましたよ」

「ふん、才能の違いだ。僕たちほどになると、そんなに修行しなくとも習得できてしまうものなんだ」

シュンリンがアシンの方を見ると、『凄いですね』というような顔になっていた。シュンリンはアシンとミオンの手を引っ張ってユウロンたちから離《はな》れた。

「アシン、ユウロンの言葉なんか信じちゃダメよ。そんな天才だったら、牙兎を相手にしただけで汗なんか掻《か》かないから」

シュンリンが言うと、ミオンが頷いて付け足すように言い始めた。

「そうよ。ユウロンたちは根拠《こんきょ》のない自信に満ち溢《あふ》れているから、話半分と思っていた方がいいわよ。その証拠《しょうこ》に、そんな天才だったら牙兎ではなく、外弟子のコウみたいに剛狼でも狩りに行っているわよ」

アシンは納得したように頷いた。

「そうですね。どう見てもコウのように、才能があるとは思えませんね」

コウに稽古《けいこ》をつけてもらった事があるアシンは、コウに比べるとユウロンたちがまだまだだと感じていた。シュンリンたちが小声で話しているとユウロンたちが近付いてきた。

「おい、何で内緒話なんかしているんだ？」

「五月蠅《うるさ》いわね。女同士で話したい事もあるのよ。それより私たちは帰るけど、あなたたちはどうするの？」

ミオンが質問すると、ユウロンが空を見上げた。太陽が少し傾《かたむ》き始《はじ》めている。

「僕たちも帰る」

仕方ないので、シュンリンたちもユウロンたちと一緒に戻り始めた。しばらく歩いた頃、アシンが後ろを気にするようになった。それに気付いたミオンが声を掛ける。

「どうかしたの？」

「後ろで何か気配がしたような気がしたんです。コウならはっきりと分かるんですけど、あたしはまだまだなんです」

「何かの聞き間違いじゃないのか？」

ズールイが疑い始めた。その時、後ろで狼《おおかみ》の吠《ほ》える声が聞こえた。

「あれは刺突狼が仲間を呼び寄せる声です。逃げましょう」

アシンが走り出すと、シュンリンとミオンが続く。取り残されたユウロンとズールイが馬鹿にするような顔になる。

「刺突狼くらいで大袈裟《おおげさ》なんだよ」

その時、藪の中から刺突狼三匹が跳び出してきた。続けてさらに四匹が姿を現す。その頃になって危険だと感じたユウロンたちが走り出した。その時、大声が聞こえてきた。

「木に登るんだ！」

その声を聞いたシュンリンたちが大きな木に登り始めた。そして、ユウロンたちも別の木に登り始める。

◆◆◇◇◆◆◇◇◆◆

その日、俺は剛狼狩りに行った。狩り場は魔境の外縁部《がいえんぶ》を東に行った先にある小さな丘、そこの先にある林だ。その林で二匹の剛狼を仕留めた俺は、剥ぎ取った毛皮を持って戻り始めた。その狩りで使ったのは白狼《はくろう》戦鎚である。この戦鎚と魔角戦鎚術を組み合わせると気《き》爪撃《そうげき》という技を使えるようになる。それが使い勝手が良いのだ。毛皮を背負って小さな丘を通り過ぎた頃、叫び声を聞いた。その瞬間、俺は駆け出していた。二百メートルほど走ったところで刺突狼の群れが何かを追っているのを目にした。

「こいつら、何を追っているんだ？」

前方を注意深く確かめると、虚礼洞の道士らしい数人が逃げているのが見えた。刺突狼の群れから逃げているので、たぶん若い道士なのだろう。俺は大声で指示を出した。

「木に登るんだ！」

その声が聞こえたらしく、何人かに分かれて木に登ったようだ。取《と》り敢《あ》えず、命の危機は乗り越えた。俺は走る速度を落とし、木に登って様子を確認した。

「あれはシュンリンとアシン、もう一人は分からないな。ゲッ、ユウロンが居る」

ユウロンの隣《となり》には、もう一人内弟子らしいのが木にしがみ付いていた。顔は何となく見覚えがあるが、思い出せない。そして、肝心の刺突狼だが、十五匹ほどが木に登ったシュンリンたちに向かって吠えている。道士が六人、刺突狼が十五匹なので一人が二、三匹ずつ倒せば、刺突狼を全滅《ぜんめつ》させられる。だが、アシンたちの実力だと二、三匹の刺突狼を相手にするのは難しいかもしれない。そこで少しずつ俺の方へ呼び寄せて倒す事にした。木から下りると大声を上げる。

「こっちに来い！」

俺が叫んだ瞬間、全部の刺突狼がこっちを見た。何で十五匹全部が同じ行動を取るんだ？　そして、次の瞬間、十五匹が俺の方へ駆け出した。普通何匹かは近くの獲物のところに残るんじゃないのか？　作戦失敗だ。

「バカ狼がー！」

俺は回れ右して走り出した。三百メートルほど走ったところで、先頭の刺突狼が襲い掛かってきた。その気配を感じた俺は、クルリと振り返って白狼戦鎚を振り下ろす。ドガッと音がして気爪撃が発動し、血肉が飛び散った。その直後から次々に刺突狼が襲ってきた。それを白狼戦鎚の気爪撃で五匹を仕留める。襲ってくる刺突狼が途切れた。

その瞬間、近くの木に駆け登る。

「はあはあ……。後十匹くらいか」

下では刺突狼の群れがやかましく吠えている。こういう時に拳銃《けんじゆう》があれば、確実に刺突狼の数を減らせたのだが。まあ、ないのだから仕方がない。呼吸が正常に戻ったので、戦闘《せんとう》再開である。俺は木の枝から飛んで刺突狼の頭に白狼戦鎚を叩き込んだ。気爪撃は使わなかったが、頭蓋骨が陥没《かんぼつ》して即死する。

俺はすぐに駆け出した。追い付かれて戦闘状態になると、連続で三匹を気爪撃で倒す。ホッとした直後に、一匹の刺突狼が額にある角を俺の腹に突《つ》き立てようとした。下から掬《すく》い上《あ》げるように膝《ひざ》を突き出して刺突狼の下顎《したあご》を粉砕《ふんさい》する。そいつにトドメを刺《さ》す前に別の刺突狼が跳び掛かってきた。横に跳んで避けると口に白狼戦鎚の柄を咥《くわ》えて近くの木の枝に飛び付いた。器械体操の大車輪のような感じで回転して枝の上に立つ。

刺突狼が跳躍《ちようやく》して俺に噛み付こうとしたが届かない。呼吸を調えた後、枝から飛び下りて刺突狼の首に白狼戦鎚の槍《やり》の穂先《ほさき》のような刃《は》を叩き込む。すぐに引き抜いて反対側の金槌を頭に叩き込んだ。残り何匹だ？　疲《つか》れてきて頭が働かなくなっている。

その代わりに感覚が研《と》ぎ澄《す》まされてきた。刺突狼たちの動きが遅くなったように感じ始めたのだ。俺は白狼戦鎚に気を流し込み、気爪撃を襲い掛かる刺突狼に叩き込む。その繰り返しだった。どれほど時間が経ったか分からないが、俺に襲い掛かってくる刺突狼が消えた。足元を見ると多数の刺突狼の死骸《しがい》が目に入った。

「終わったのか？」

無事に生き延びたようだ。アシンたちは大丈夫だろうか？　俺はのろのろと歩いてアシンたちが登っていた木のところまで来た。探してみたが、誰の姿もない。どうやら無事に逃げたようだ。

「帰ろ」

疲れ切って塀外舎《へいがいしゃ》に辿《たど》り着《つ》き、自分の部屋に戻って寝台《しんだい》の上に身体を投げ出した。そのまま睡魔《すいま》に襲われて寝てしまう。それからしばらくしてから、ドアを叩く音で目が覚めた。

「はい」

ドアを開けるとアシンの姿があった。

「コウ、大丈夫なの？」

「大丈夫だけど」

「良かった。刺突狼からあたしたちを助けてくれたのは、コウなんでしょ？」

どうやらバレたらしい。特に隠すつもりはなかったので頷いた。

「やっぱりね。あの声はコウだと思ったのよ」

声で俺だと分かったようだ。シュンリンたちにはバレたのだろうか。それをアシンに確かめた。

「いいえ、あたし以外は分からなかったみたいよ」

あまりユウロンとは関わり合いになりたくなかったので、アシンに口止めした。

「感謝されると思うけど、嫌《いや》なら喋《しゃべ》らないわよ」

俺が夕食の時間になっても食堂に来なかったので、心配になったアシンは部屋に来たらしい。もう少しで夕食を食べられなくなるところだった。俺はアシンと一緒に食堂へ向かった。

◆◆◇◇◆◆◇◇◆◆

虚礼洞がある虚礼山は、商都ボウシンの一部だと思っている者が多い。だが、実際には王権も及《およ》ばない道士や神仙が支配する土地なので、治外法権の者たちが住む土地という事になる。この国は『ファン王国』という名前で、ファン氏という王族が支配している。当代の王はファン・フーチョンという人物で、四人の子供が居た。フーチョン王の次男として生まれたリャンホンは、視察するために護衛と一緒に商都ボウシンへ向かっていた。十六歳になったリャンホンは、勉強のために国のあちこちを視察するように王から命じられたのである。

「シゴウ、ボウシンまでどれほどだ？」

王子であるリャンホンの後ろで馬を進めていた護宝《ごほう》将軍のシゴウは、馬の脚《あし》を速めて王子に並んだ。

「一刻《いっこく》ほどで到着《とうちゃく》すると思われます」

「そうか、商売は盛《さか》んらしいが、暮らしやすい場所なのか？」

「はい、都よりは少し寒いのですが、森に囲まれた素晴らしい場所のようでございます」

「なるほど。それで視察の間は、どこに泊《と》まる？」

「県令《けんれい》のヤンの屋敷に泊まる事になっております」

　ファン王国はいくつかの州に分かれており、その州が郡に分かれ、郡が県に分かれている。日本とは郡と県の位置付けが逆になっていた。県令とは、日本ならば郡ほどの地域の行政長官である。

「県令の屋敷か、食事はそれなりのものが出るのだろうな。まあいい。それより陛下はしっかり視察せよ、と命じられた。何を視察すればいいと思う？」

「ボウシンは商都でございますれば、その商《あきな》いの規模や荷動きなどを調べられては如何《いかが》でしょう」

「……分かった。ところで、ボウシンには何か珍しいものはないか？　弟にお土産《みやげ》を持ち帰ると約束したのだ」

「ボウシンの近くには、魔境がございます。魔境の産物は如何でしょう？」

「いい考えだ。それなら弟も喜ぶだろう」

　弟王子のウィランは、文より武が好きな性格で魔境や妖魔に大きな関心を持っていた。なので、魔境の産物と聞いたリャンホン王子は納得した。県令の屋敷に到着すると、そこの主《あるじ》であるヤンから手厚い歓迎《かんげい》を受けた。王宮での生活に比べれば劣《おと》るものだが、さすが商都だと思われるほど豪勢《ごうせい》なものだった。

リャンホンは数日掛けてボウシンを視察した。そんなある日、リャンホンは、護衛と一緒に虚礼洞へ向かった。王からボウシンへ行ったら、虚礼洞へも挨拶《あいさつ》に行けと命じられていたのだ。虚礼山の麓《ふもと》まで馬で行き、そこから山道を徒歩で登り始めた。

「挨拶するのは、虚礼洞の長老か?」

「そうでございます。虚礼洞の始祖であるジン・ウェイルーは、神仙となって仙界で暮らしており、現在の指導者である掌門《しょうもん》は留守にしていますので、残っているのは長老たちなのです」

「長老の誰に挨拶するのだ?」

「本堂でツェン長老とモン長老が、待っているはずでございます」

「その二人は、どんな人物だ?」

「モン長老は煉丹術と宝具作りが得意な方で凄い美人だという話でございます。そして、ツェン長老は書庫の管理をされている方で、外弟子の責任者でもあると聞いております」

「まあいい、挨拶だけなんだな」

「はい。道士という者が、どんな存在なのかを感じ取っていただければ、十分だと思います」

「神仙と道士は、何が違うのだ?」

「難しい質問ですな。道士が修行して神仙になるのですが、天の試練を生き延びた者だけが、神仙、あるいは不死者と呼ばれる存在になれると聞いております」

「天の試練？　どんなものなのだ？」

「そこまで詳しい事は存じません」

リャンホンが、使えないという目でシゴウ将軍を見た。

「それなら、普通の武人と道士はどう違う？　道士は『気』を使うと聞いたが、武人も『気』を使う。何が違う？」

「武人の『気』は、戦うためにのみ使われ、道士の『気』は戦いだけでなく、寿命を伸ばすためにも使います。それと道士は『気』だけではなく、『霊力《れいりょく》』も使えるようになるそうです」

王子は霊力についても尋ねたが、シゴウ将軍も詳しい事は知らなかった。話が終わった頃、虚礼洞に到着した。門を潜《くぐ》り本堂へ行くと、二人の長老が待っていた。一人は六十をすぎていると思われる男性の道士、もう一人は三十歳前後の凄《すさ》まじい色気を持つ美人道士だ。リャンホンはモン長老を一目見ると、目が離せなくなった。それに気付いたツェン長老が不快そうに顔を歪《ゆが》めると、身体から霊力を放つ。

「このような辺鄙《へんぴ》なところへ、よくおいでくださった」

ツェン長老が歓迎しているような声を上げた。だが、その身体からは得体の知れないものが放たれているのを感じたリャンホンは、息苦しくなる。シゴウ将軍は苦しい表情を浮かべながら、リャンホンの前に出て庇《かば》った。

「ツェン長老、霊力が漏れていますよ。抑《おさ》えてください」

モン長老が困った人だというような目でツェン長老を見てから注意した。その瞬間、ツェン長老から放たれていた霊力が消え、呼吸が楽になった。しかし、リャンホンとシゴウ将軍の顔は青くなったままだ。

「失礼しました。ツェン長老に悪気はないので、お許しください」

そう言われたが、絶対脅《おど》すつもりだったとシゴウ将軍は確信した。一方のリャンホンは、これが道士の力なのかと認識を改めた。その後、リャンホンとモン長老が話をした。ツェン長老は冷たい目で二人を見詰めて一言も喋らず、シゴウ将軍は油断なく長老二人の動きを見ていた。

「弟君のウィラン殿下《でんか》は、魔境や妖魔に興味をお持ちなのですか？」

「はい。土産話をしたいので、魔境を見学させてもらえませんか？」

それを聞いたモン長老は、ためらうような様子を見せた。

「それならば、弟子たちに案内させよう」

ツェン長老が内弟子のリキョウを呼び、外弟子に護衛を手伝わせてリャンホンたちを魔境へ案内しろと命じた。リキョウは王子たちを塀外舎へ案内し、外弟子を呼び出した。その時、塀外舎に居たのは、インジェとコウ、ゼングの三人だった。

◆◆◇◇◆◆◇◇◆◆

その日、俺は塀外舎の部屋で煉丹炉《れんたんろ》を使って剛狼糸《ごうろうし》を紡《つむ》いでいた。玄関付近で大声が響《ひび》き何事かと思い玄関に向かう。インジェとゼングも一緒に出てきた。外に出ると内弟子のリキョウと見知らぬ者たちが立っていた。インジェがリキョウを見て話し掛ける。

「リキョウ師兄、何か御用《ごよう》でしょうか？」

「こちらはファン国の王子リャンホン殿下である。魔境を案内する事になったので、一緒に来い」

「分かりました」

俺とインジェ、ゼングは準備をするために部屋に戻った。部屋で山刀と白狼戦鎚、それに剛狼糸製の防刃《ぼうじん》ベストを上着の下に身に着けると外に出た。この防刃ベストは剛狼糸を編んで作ったTシャツのような形のセーターだ。少し大きめに作ってあるが、成長期なのですぐに身体に合わなくなりそうである。その時は解《ほど》いて編み直す事になるだろう。外に出るとインジェとゼングは、すでに準備して待っていた。

「遅いぞ。……さあ、行きましょう」

リキョウが先頭に立って案内を始める。俺はシゴウ将軍の横を進みながら周囲を警戒《けいかい》するように指示された。リキョウは王子たちを少し先にある丘に案内しようと考えているようだ。丘の頂上からだと周りの魔境の様子がよく見えるので、その景色を見せるつもりなのだろう。

「名前を聞いてもいいか？」

シゴウ将軍が話し掛けてきた。

「外弟子のコウです。コウと呼んでください」

「君はずいぶん若く見えるが、何歳なのだ？」

「十一歳になりました」

「道士は見た通りの年齢《ねんれい》ではないと聞いていたが、君は見た目通りなのだな。そうなると、不安になるのだが」

「何が不安なのです?」

「妖魔と遭遇した時、戦えるのかね?」

「経験がありますから、問題ありません」

それを聞いたシゴウ将軍は驚いたような顔をする。この歳で妖魔と戦った経験のある者は少ないのだろう。シゴウ将軍は驚いた後に、信じられないという顔をしていた。護衛はシゴウ将軍の他に四人居《お》り、全員が腰に剣を吊《つ》るしていた。それは典型的な対人用の刃渡《はわた》り七十センチほどの剣である。

リキョウは王子たちを魔境外縁部の東側に案内した。そこは牙兎や刺突狼くらいしか妖魔が居ない場所だ。虚礼山の裏に回り、山道を魔境の方へ下りる。魔境に入ると、リャンホン王子はキョロキョロと周りを見回した。季節は春なので若々しい緑に囲まれている。その奥には妖魔が潜《ひそ》んでいるのだが、リャンホン王子はその危険に気付いていない。周囲の気配に注意を向けていた俺は、左側にある茂みの向こうに何か居るのを感じて山刀を抜いた。それに気付いたシゴウ将軍が俺に視線を向ける。

「コウ、どうした?」

その瞬間、茂みがガサリと鳴って刺突狼が飛び出してきた。俺は刺突狼の牙《きば》を躱しながらすれ違い様に毛深い首に山刀の刃を振り込み、首を刎《は》ねた。角がある狼の頭が宙を舞う。その頭がリャンホン王子の足元に落ちて転がる。

「わっ！」

王子が驚いて声を上げた。シゴウ将軍は刺突狼が襲ってきた瞬間に剣を抜いたが、四人の護衛兵は刺突狼の首が落ちた後に抜いていた。俺の目から見て護衛兵の練度がもの足りないと感じた。リャンホン王子が地面に落ちた刺突狼の頭と俺を交互《こうご》に見ながら信じられないという顔をする。シゴウ将軍も唖然《あぜん》とした顔で俺を見ている。

「見た目と実力が違うのだな。これが道士なのか」

シゴウ将軍が変な感心の仕方をしている。リャンホン王子が頷いていた。

「見事であった」

王子に褒《ほ》められた。それから何度か牙兎と刺突狼が襲ってきた。別の刺突狼と遭遇した時は、インジェが刃が分厚い長剣を舞うように使って刺突狼の首を切り飛ばした。インジェが使っているのは、重奏剣だ。書庫の指南書を読んで習得したらしい。牙兎と遭遇した時は、ゼングが槍で牙兎の胸を刺《さ》し貫《つらぬ》いた。仙礎気闘術《せんそきとうじゅつ》を習得したゼングは、今まで以上に鋭く力強い動きができるようになっていた。

「リキョウ殿《どの》、我々も妖魔と戦ってみたいのですが」

妖魔との戦いを見ていたシゴウ将軍たちは、自分たちも妖魔と戦いたいと思ったらしい。護衛なのに道士に守られているのが、納得できないという事なのだろう。

「……分かりました。次に遭遇する妖魔と戦ってもらいましょう」

リキョウは一瞬困ったという顔をしてから、許可した。ここの妖魔だったらシゴウ将軍たちでも倒せると考えたのだ。しばらく歩いた頃、前方に妖魔の気配がした。

「前に妖魔が居ます」

俺が声を上げるとシゴウ将軍たちが剣を抜いて構える。俺たちが王子の横まで下がった時、前方から刺突狼二匹が現れた。刺突狼が護衛兵に襲い掛かった。護衛兵の剣が迎《むか》え討《う》ち、その毛深い背中を切り裂こうとした。だが、剛毛と頑丈《がんじょう》な筋肉に邪魔《じゃま》されて刃が深く食い込まない。刺突狼の毛は剛狼に比べると弱い方なのだが、それでも普通の野生動物より頑丈なのだ。護衛兵が体当たりされて地面を転がる。他の護衛兵が取り囲んで斬撃を加えるが、仕留めるのに苦労している。一方、シゴウ将軍は一人で一匹の刺突狼を相手していた。跳び掛かってくる刺突狼の爪を躱したシゴウ将軍が、斬撃を刺突狼の背中に叩き込む。

「むっ、硬《かた》い」

一撃で仕留められなかったので、妖魔がタフな事を実感したようだ。それから二撃、三撃と攻撃を加えて刺突狼を仕留めた。護衛兵たちも刺突狼を仕留めたが、短時間の戦いだったのに呼吸が乱れている。リャンホン王子はシゴウ将軍たちが仕留めるのに手間取ったように見えたので、不思議に思ったらしく納得できないという顔をしている。

「妖魔の狼は、手強いのか?」

「普通の狼に比べ、毛と筋肉が硬いようです。その硬さに慣れるまでは、苦戦するかもしれません」

「なるほど。道士たちは慣れているという事か」

その戦いを見ていて分かった事がある。シゴウ将軍たちは気をほとんど使っていないようだ。シゴウ将軍だけは気を練って筋肉を強化しているようだが、その使い方は洗練されていないように感じた。それから妖魔に遭遇する事もなく丘の頂上まで辿り着いた。そこから見る魔境は素晴らしいものだ。魔境の中央を蛇のようにくねりながら流れる『晶禍江《しょうかこう》』という大河が見え、その周囲に広がる森林には数多くの妖魔が棲息している。ちなみに、晶禍江の近くには手強い妖魔が居るので、外弟子は近付かないようにと言われていた。その景色を見たリャンホン王子は満足したようだ。俺たちが虚礼洞へ戻ろうとした時、下から妖魔が登ってくるのが見えた。ここに居るはずのない妖魔、剛狼だった。

「そんな馬鹿な。こんなところに剛狼が出るなんて……」

リキョウが顔を強張らせている。なぜそんな顔をするのか不思議に思った。確かにここに剛狼が出るのは、意外だったかもしれないが、内弟子なら剛狼くらいは倒せるだろうと思ったのだ。

「インジェ師兄、剛狼を倒した事はありますか？」

「いや、剛狼と戦った事はない」

その会話を聞いていたリャンホン王子が、俺に視線を向けた。

「あの狼は今までの狼とは違うようだが、強いのか？」

「あれは剛狼と呼ばれている妖魔で、身に纏《まと》う剛毛が剣を撥《は》ね返すほど、頑丈なのです」

相手は王子なのだから、もっと丁寧な言葉遣いをしなければならないのだろうか？　しかし、俺は道士だ。王の権限が及ばない存在である。

「そ、そんな妖魔が……道士なら倒せるのか？」

「もちろんです」

そう言ったが、ゼングはまだ倒せないだろう。仙礎気闘術を習得し、虚礼洞の武術である梅華槍《ばいかそう》術《じゅつ》を勉強し始めたばかりだからだ。

「リャンホン殿下をお守りしながら、下がるぞ」

リキョウがそう指示した。ん？　剛狼を倒さないのだろうか？

「剛狼を倒さないのですか？」

俺が尋ねると、リキョウが顔をしかめる。

「宝剣を持ってきていない」

そういう事か。リキョウは宝剣と重奏剣を使って戦うのが、本来の戦闘スタイルなのだ。今日は外縁部にしか行かない予定だったので、その宝剣は置いてきたのだろう。たぶん宝剣を見た王子が、欲しいと言うかもしれないと警戒したのだ。

「殿下、お下がりください。我々がお守りします」

シゴウ将軍が剣を抜いて前に出た。護衛兵四人も続くが、刺突狼より二回りほど大きな剛狼の姿に腰が引けている。このまま戦いになれば、怪我人《けがにん》、いや死人が出そうだ。

「俺が仕留めます」

そう言って、山刀を鞘《さや》に戻して白狼戦鎚を抜いた。インジェが心配そうな顔をこちらに向ける。

「おい、大丈夫なのか？」

「剛狼は倒した事がありますから」

それを聞いたリキョウが、腑に落ちないという顔で俺を見る。何か言おうとした時、剛狼がシゴウ将軍に襲い掛かった。シゴウ将軍は剛狼の噛み付き攻撃を避け、剣を剛狼に叩き付ける。当然、剣が撥ね返されてシゴウ将軍が体勢を崩《くず》した。そこに再び剛狼が襲い掛かってきた。俺は反射的に跳び出し、白狼戦鎚に気を流し込む。剛狼の爪がシゴウ将軍の胸を引っ掻き、革鎧《かわよろい》に深い爪痕《つめあと》を刻む。

「はっ！」

鋭い気合を発して剛狼の背中に白狼戦鎚を打ち込んだ。気爪撃の効果が発生し、剛狼の背中が爆《ばく》発《はっ》したように血肉を飛び散らせる。そして、剛狼が撥ね飛ばされたように地面を転がる。リキョウが驚き、リャンホン王子も目を丸くしている。

「コウ、凄いじゃないか」

インジェだけは喜んでいるようだ。だが、まだ喜ぶには早く、剛狼は死んではいない。剛狼がふらふらしながら起き上がった。俺は気で強化した脚力《きやくりよく》を使って剛狼の傍《そば》に跳躍し、白狼戦鎚を剛狼の頭に叩き付けた。その一撃は頭蓋骨を砕《くだ》いてトドメとなった。

「将軍、怪我は？」

俺がシゴウ将軍の傍に歩み寄って尋ねると、シゴウ将軍が首を振って怪我がないと伝えた。リキョウが鋭い視線を俺に向ける。

「コウ、その戦鎚は何だ？」

「これは白狼の爪を用いて作った白狼戦鎚です」

「白狼……あっ、白狼を倒したのはお前だったのか？」

「そうです」

「信じられない。あの白狼をお前が……」

リキョウは外弟子の誰かが白狼を倒した事を知っていたらしいが、もっと年長の外弟子が倒したのだと思っていたようだ。

「その戦鎚を見せてみろ」

白狼戦鎚を差し出すと、リキョウはそれを受け取って詳しく調べた。そして、気を戦鎚に流し込んだ。すると、パンという小さな音がして戦鎚の先端から何かが放射された。

「間違いなく、白狼戦鎚だな」

虚礼洞の武器庫には様々な武器が収められている。その中に白狼戦鎚があり、リキョウは以前に白狼戦鎚を見た事があるという。リャンホン王子が熱心に剛狼の死骸を見ていた。

「どうかなさいましたか？」

シゴウ将軍が尋ねた。

「この妖魔の毛皮を、弟への土産にできないかと考えたのだ」

シゴウ将軍が頷いて視線を俺に向ける。

「コウ、毛皮を売ってもらえないだろうか？」

剛狼は何匹も倒している。一匹くらいなら構わないだろう。

「構いませんよ」

俺は剛狼の皮を剥ぎ取ってシゴウ将軍に渡した。それを受け取った将軍から、代価だと言って金貨五枚を受け取った。

「コウは凄いのだな」

リャンホン王子がしきりに褒めるので、リキョウが不機嫌《ふきげん》になっている。その後、俺たちは虚礼洞に戻り、王子のために歓迎の宴《うたげ》が開かれたようだ。俺たちは参加する事も許されず、塀外舎へ帰れと言われた。その帰り道でゼングが俺に話し掛けてきた。

「コウは凄いな。もう魔角戦鎚術を使い熟しているんだな」

「基本的な技を使えるようになったところだよ。ゼングが梅華槍術を習得したら、剛狼も倒せるようになるんじゃないか」

ゼングは割と単純な男なので、嬉《うれ》しそうな顔をする。褒めれば嬉しそうな顔をするし、失敗すると落ち込むので分かりやすい。

「そうなりたいけど、そのためにはいい槍が欲しいな。できれば、コウの白狼戦鎚みたいなのがいい」

その会話を聞いていたインジェが口を挟《はさ》んできた。

「妖魔の部位を使った槍か。剣脚蜘蛛《けんきゃくくも》がいいかもしれんぞ」

剣脚蜘蛛というのは、内弟子試験の課題になっている雷熊《らいくま》と同じほど手強いと言われている妖魔だそうだ。その剣脚蜘蛛の足は前二本の足が剣のような形をしており、その剣脚には特別な力があるという。インジェはその剣脚を槍の刃にするのはどうかと言っているのだ。但し、俺にはまだ倒せそうにない。気のレベルが足りないのだ。それほど手強い妖魔を仕留めるには、魔角戦鎚術で上級と呼ばれている技が必要になる。白狼戦鎚で使う技の中で上級と呼ばれるのは『浸透撃《しんとうげき》』という技だ。その技を習得するには気のレベルが第八階梯になる必要があった。まず気旺丹《きおうたん》を作り、気のレベルを上げるべきだろう。

◆◆◇◇◆◆◇◇◆◆

リャンホン王子たちが帰ると、リキョウは本堂にあるツェン長老の部屋に向かう。中に入ると、王子たちを案内した時の様子を報告した。その中には剛狼を倒したコウの事も含まれていた。

「あの小僧《こぞう》、生意気に白狼戦鎚を持っておるのか。それで剛狼を倒したとなると、魔角戦鎚術か。……まあいい。王子には怪我はないんだな?」

「はい。シゴウ将軍が剛狼に引っ掻かれましたが、革鎧が防いだようです」

「ふむ、ならばいい。ところで、お前が剛狼を倒さずに、外弟子に任せたのはなぜだ?」

「魔境の外縁部へ行くだけだったので、宝剣を持っていなかったのです」

「それは油断ではないのか?」

長老にそう言われたリキョウは、謝る事しかできなかった。

「自分では倒せず、外弟子のコウに助けられたとは……不甲斐《ふがい》ない」

ツェン長老にそう言われたリキョウが、悔《くや》しそうに唇《くちびる》を嚙《か》み締《し》める。その目尻《めじり》が吊り上がり、塀外舎のある方向をチラリと見た。その様子に気付いたツェン長老が薄ら笑いを浮かべた。その日は何もせずに自分の部屋に戻ったリキョウだったが、次の日に塀外舎へ向かった。

4 競《きよう》祭《さい》

自分の名前が呼ばれたのに気付き、玄関《げんかん》に行くとリキョウの姿があった。

「リキョウ師兄《しけい》、何か御用《ごよう》ですか?」

「長老の依頼《いらい》で剣脚蜘蛛《けんきやくくも》を狩《か》りにいく。お前も付いてこい」

「えっ、でも……」

リキョウがジロリと俺を睨《にら》んだ。

「内弟子《うちでし》の命令を拒否《きよひ》するつもりか?」

「そうではなく、俺では力不足だと思うんです」

今の実力で雷熊《らいくま》に匹敵《ひってき》する剣脚蜘蛛と戦いたくはなかった。俺の言葉を聞いたリキョウが馬鹿《ばか》にするように笑う。

「心配は無用だ。剣脚蜘蛛は私が倒《たお》す。お前は解体を手伝うだけでいい」

そう言ったリキョウは、悪い顔で笑う。こういう顔は前世で見慣れていた。犯罪者が取り調べの時に刑事《けいじ》を騙《だま》そうとする時の顔だ。俺は不安になったが、外弟子としては逆らえない立場だ。

「分かりました。用意してきます」

魔境《まきょう》へ行く準備をして外に出ると、リキョウと一緒に魔境へ向かう。リキョウは宝剣《ほうけん》と思われる剣を背負っている。相手が剣脚蜘蛛なので宝剣が必要という事だろう。リキョウは魔境の外縁部《がいえんぶ》から奥《おく》へと進み、大きな河である晶褐江《しょうかこう》へと向かった。その途中《とちゅう》に、鉄爪熊《てつそうぐま》と遭遇《そうぐう》した。この妖魔《ようま》の爪《つめ》は鉄をも切《き》り裂《さ》くと言われている。雷熊には劣《おと》るが、危険な相手だ。

「これくらいなら倒せるだろ」

リキョウが俺に倒せと言う。解体作業の手伝いだけで良いと言っていたのに。まあいい、白狼戦鎚《はくろうせん　つい》を握《にぎ》り締《し》めて前に進み出た。鉄爪熊は体長百八十センチほどの大きさで、真っ黒な毛で覆《おお》われている。その爪は長さ十五センチほどもあり、黒かった。

「何をぐずぐずしている。さっさと倒せ」

リキョウが急《せ》かす。その顔に嫌《いや》な表情が浮《う》かんでいた。俺の力を試そうと思っているのだろう。鉄爪熊が四本の足で走り出し、俺に襲《おそ》い掛《か》かってきた。振《ふ》り下ろされる爪の攻撃《こうげき》を横にステップして躱《かわ》し、白狼戦鎚を鉄爪熊の脇腹《わきばら》に叩《たた》き付ける。気爪撃《きそうげき》が発動し、脇腹の血肉が爆《は》ぜる。鉄爪熊が苦痛を感じて吠《ほ》え、凶悪《きょうあく》な爪を振り回す。俺は爪の攻撃を避《よ》けると、背後に回って鉄爪熊の背中に白狼戦鎚を叩き込《こ》む。次の瞬間、その背中から血が噴《ふ》き出《だ》すが、思ったほど傷が深くない。鉄爪熊の背中は頑丈《がんじょう》らしい。やはり急所に白狼戦鎚を叩き込む必要があるのだ。鉄爪熊の動きを観察した。

鉄爪熊が爪で攻撃する直前、反対側の肩《かた》がピクリと動くのに気付いた。それが分かれば、戦いは楽になる。次の瞬間、鉄爪熊の右肩がピクリと動き、左手の爪が振り下ろされた。予想できた攻撃だったので、余裕《よゆう》を持って避けた。

「間違《まちが》いないな」

俺はニヤリと笑い独り言を口にする。それを聞いたリキョウは『こいつ何を言っているのだ？』という顔をする。次に鉄爪熊の左肩がピクリと動いた瞬間、俺は跳び込《とこ》んで鉄爪熊の心臓がある辺りに白狼戦鎚を打ち込んだ。俺が跳び退《の》いた瞬間、鉄爪熊の胸から爆発《ばくはつ》したように血が噴き出した。おそらく心臓が破壊《はかい》されたからだろう。それを見たリキョウが舌打ちをした。どういう事？　もしかして、俺が殺される事を期待していたのか？　何か企《たくら》んでいるな。俺はリキョウをチラリと見てから、鉄爪熊の爪を剥《は》ぎ取った。

「そんな爪を回収して、どうするんだ？」

鉄爪熊の爪は白狼の爪とは違う。大した効果がないので、この爪を回収する者は居ないらしい。その代わりに鉄爪熊の肉や内臓、それに皮は売れるそうだ。

俺が鉄爪熊の皮を剥ごうとすると、リキョウが止めた。

「時間がない。それは諦《あきら》めろ」

「……分かりました」

不満が口から零《こぼ》れ出《で》そうになったが、それを抑《おさ》えて従った。

「少しの時間なんだから、いいじゃないか」

俺がぶつぶつ言いながら歩き出すと、リキョウが細めた目をこちらに向けた。これ以上はリキョウが怒りそうなので、黙《だま》ってリキョウの後ろを歩き始めた。そして、剣脚蜘蛛の棲息地《せいそくち》に到着《とうちやく》した。草地に低木が生えている地形で、道士たちは『妖乱草原《ようらんそうげん》』と呼んでいる。この妖乱草原は牙兎《きばうさぎ》の繁《はん》殖地《しょくち》であり、それを餌《えさ》とする様々な妖魔が出没《しゅつぼつ》すると聞いている。その中にはリキョウが狙《ねら》っている剣脚蜘蛛も存在する。

「こっちだ」

リキョウは剣脚蜘蛛が棲《す》み処《か》としている場所を知っているようだ。広大な妖乱草原の中に小さな林があり、そこに向かっていた。林の前まで来たリキョウは、腰《こし》に吊《つ》るしているヒョウタンを手に持ち、中に入っている酒を一口飲んだ。そして、そのヒョウタンを俺に向かって放《ほう》り投《な》げる。

「受け取れ」

そのヒョウタンは栓《せん》が抜《ぬ》けて中身が零れ出していた。受け取った拍子《ひょうし》に中身の酒が服に掛かった。

「これは?」

「剣脚蜘蛛との戦いでは邪魔《じゃま》になる。お前が持っていろ」

この時、リキョウの行動に不信の念を抱《いだ》いた。なぜ戦う直前に酒なんか飲むんだ。それにわざとヒョウタンの栓を抜いたように見えたけど、どんな意味が? 林の中に剣脚蜘蛛が居るらしく、リキョウは俺にここで待っていろと言って林の中に入っていった。それから五分ほど経過した頃、林から剣脚蜘蛛が出てきた。

「えっ、何で剣脚蜘蛛だけ出てくるんだ? ……そうか。リキョウのやつ、負けたな」

ちょっと驚《おどろ》いたので、声が大きくなっていたようだ。

「馬鹿野郎《やろう》! 私が負ける訳ないだろ」

リキョウの声が聞こえてきた。その姿を捜《さが》すと、林の中で一番高い木に登って枝の上から見下ろしていた。

「何をしているんです。剣脚蜘蛛を狩るんじゃないんですか？」

「ふははは……。狩られるのはお前だ」

「長老の命令で、剣脚蜘蛛を狩りに来たんじゃないのか？」

「お前を呼び出すために吐《つ》いた嘘《うそ》だ。長老は剣脚蜘蛛の事など知りもしないさ」

「なぜ、そんな事を？」

「お前が、私に恥《はじ》を掛《か》かせたからだ」

全然思い当たる節がなかったので、俺は首を傾《かし》げた。

「俺が何をしたって言うんだ？」

「五月蝿《うるさ》い！　黙って死ね」

リキョウを速攻《そっこう》でぶちのめしたくなったが、林から姿を現した剣脚蜘蛛がこちらに迫《せま》ってくるので、剣脚蜘蛛に注意を集中した。

「こいつは、なぜ俺に向かってくるんだ？」

戦いたくなかったので逃げ出した俺を、剣脚蜘蛛が凄《すご》い勢いで追ってくる。その速度は俺より上だった。

「逃げるのは、無理か」

俺は逃げるのは無理だと判断すると、白狼戦鎚を手に立ち止まって剣脚蜘蛛に向かって走り出した。何もない草原より、林の方が戦いやすいと判断したのだ。剣脚蜘蛛と交差した瞬間、脚《あし》の先に

付いている剣で俺を攻撃してきた。それを横に跳んで躱すと、剣脚蜘蛛の横を走り抜けて林に入った。剣脚蜘蛛は方向転換して追ってきたが、追い付かれる前にリキョウが登っている木に辿《たど》り着いた。

「逃げるな。剣脚蜘蛛と戦え」

リキョウが喚《わめ》き始《はじ》めた。

「はあっ。剣脚蜘蛛は、あんたが倒すと言っただろ。それとも倒せないから、俺に頼《たの》んでいるのか？」

「頼むだと……そんな訳ないだろ。これはお前に対する罰《ばつ》なんだ」

勝手に恥をかいたとか言って怒っているだけだ。追い付いた剣脚蜘蛛が、剣脚と呼ばれる脚の先に付いている剣を俺に向かって薙《な》ぎ払《はら》う。後ろに跳んで避けた。巨大《きょだい》蜘蛛の剣脚が木の幹に二十センチほど食い込む。

「うおっ、何をやっている」

リキョウが登っている木が激しく揺れた。剣脚が打ち込まれた振動《しんどう》だろう。俺は木の後ろに回った。それを追い掛けようとした剣脚蜘蛛が、幹に食い込んだ剣脚を引き抜こうとする。

その時、剣脚蜘蛛の身体《からだ》がガクリと揺れた。強く食い込んだ剣脚が抜けなかったのだ。剣脚蜘蛛は慌《あわ》てたように踏《ふ》ん張《ば》って抜こうとする。俺はチャンスだと思い、気を流し込んだ白狼戦鎚を剣脚蜘蛛の側面に回り込んで背中に叩き込んだ。気爪撃が発生し、剣脚蜘蛛の硬《かた》い外殻《がいかく》が爆《は》ぜて血肉が飛び散る。剣脚蜘蛛が暴れ、もう一本の剣脚を俺に向かって振り下ろした。それをぎりぎりで躱すと剣脚が地面に突《つ》き刺《さ》さる。それを見て白狼戦鎚を剣脚の付け根に叩き付けた。気爪撃により剣脚の根本が千切れて飛んだ。剣脚蜘蛛の二本の武器が封《ふう》じられた事になる。それは木の上にいるリキョウも分かったようだ。

「くそっ。また獲物《えもの》を盗《と》られる訳にはいかん」

リキョウが勝手な事を言っている。俺が剣脚蜘蛛を倒しそうなので、焦《あせ》っているようだ。リキョウは宝剣を抜いて逆手に持つと、剣脚蜘蛛の上に飛び降りた。上から宝剣で串刺《くしざ》しにするつもりのようだ。その瞬間、木に食い込んでいた剣脚が外れ、剣脚蜘蛛が木の傍《そば》から離《はな》れた。そして、剣脚蜘蛛の目の前にリキョウが着地する。

「あっ」

リキョウが間抜けな声を上げ、宝剣が地面に突き刺さる。当然、剣脚蜘蛛がリキョウを攻撃した。それを宝剣で防ぐリキョウ。そのリキョウが俺に向かって走ってくる。立て直しの時間を稼《かせ》ぐために、俺を囮《おとり》にするつもりだ。俺は左の方へ逃げ出した。リキョウを追って近付いてきた剣脚蜘蛛が、途中から俺の方へ走り出す。

「くそっ、何でこっちに来るんだ？」

剣脚蜘蛛の狙いが俺に向いたのを確かめたリキョウが、意味ありげに笑った。その笑いを見て、リキョウが何かしたのだと気付いた。

「何だ？　リキョウは何をした？」

リキョウの行動を思い出し、怪《あや》しいと考えたのがリキョウが放り投げた酒の事だ。もしかすると、あの酒が剣脚蜘蛛を惹《ひ》き付《つ》けているのか？　その酒が入ったヒョウタンは背負い袋《ぶくろ》の中にある。このままでは剣脚蜘蛛に追い付かれる。そこで円状の軌道《きどう》で逃げながら、リキョウを追い掛け始めた。

「馬鹿野郎、こっちに来るな」

そう喚くリキョウに近付いた俺は、背負い袋から取り出した酒が入ったヒョウタンをリキョウに向かって投げた。もちろん栓を抜いた状態でだ。酒を撒《ま》き散《ち》らしながら飛んでくるヒョウタンに気付いたリキョウは、宝剣で切り裂いた。時間を掛けて冷静に考えれば馬鹿な行為だと分かるのだが、咄嗟《とっさ》の事なので切ってしまったようだ。ヒョウタンに入っていた酒が、リキョウの服に飛び散った。俺がその横を通り過ぎると、剣脚蜘蛛がアルコールの匂《にお》いに気付いてリキョウに襲い掛かった。地球の蜘蛛に嗅覚《きゅうかく》があるかどうかは知らないが、妖魔の蜘蛛には嗅覚があるようだ。リキョウと剣脚蜘蛛の戦いが始まり、林の中から草原へと移動する。

「クソ野郎、お前も戦え！」

喚いているリキョウを眺《なが》めながら、俺は呼吸を整えていた。気を使って強化した状態で走り回っていたのだ。全身の細胞が酸素を求めて騒《さわ》いでいる。リキョウは戦いを優勢に進めていた。さすが内弟子という感じだ。リキョウは重奏剣《じゅうそうけん》の遣《つか》い手《て》で、宝剣を自在に操《あやつ》って戦っていた。重奏剣は気を使って筋力を強化し、その力で重い武器などを駆使《くし》して敵を仕留めるという剣術である。強化した筋力で剣を使う場合、その動きを変えないと身体を痛めてしまう事がある。重奏剣はそれを考慮《こうりょ》した動きになっており、無駄な動きも削《けず》られている。剣脚蜘蛛は俺が剣脚を一本切り飛ばした事もあって劣勢《れっせい》だ。宝剣によりあちこちを切られ、弱り始めている。そんな時、別の剣脚蜘蛛が林から現れた。その剣脚蜘蛛はリキョウの背後へと忍《しの》び寄《よ》る。そして、リキョウが手負いの剣脚蜘蛛の頭を真っ二つにした瞬間、背後から襲い掛かった。俺は新手《あらて》の剣脚蜘蛛に近付くと、強化された脚力を使って剣脚蜘蛛の背中に跳び乗った。ほとんど同時に剣脚蜘蛛の剣脚がリキョウの胸を貫《つらぬ》き、俺の白狼戦鎧が剣脚蜘蛛の頭をかち割った。リキョウが血を吐き出して倒れ、二匹《ひき》目の剣脚蜘蛛も倒れる。俺だけが生き残ったようだ。

「まずい状況になったな。俺がリキョウと一緒に出掛けた事は、他の外弟子に知られていると考えた方がいいから、長老には報告しないと」

リキョウの宝剣を回収する。それから二匹の剣脚蜘蛛から剣脚を回収した。剣脚はズシリと重く細い両刃《りょうば》の剣だった。その切れ味は剣脚蜘蛛が木の幹を叩き付けた事で分かっている。剣脚蜘蛛のパワーもあるのだろうが、普通の剣なら木の幹に二十センチも食い込まない。回収した四本の剣脚を調べてみた。どれも刃こぼれなどしていないようだ。リキョウの宝剣と打ち合った剣脚もあったので、それは刃こぼれしているだろうと思っていたのに予想外だ。

「という事は、宝剣と剣脚は同じくらい硬く頑丈だという事だな」

それが四本もあるのは心強い。但《ただ》し、この剣脚は長さが五十センチほどしかないので、普通の剣として使うには短すぎる。使い勝手はリキョウの宝剣が一番良いのだが、これを自分のものにするのは難しそうだ。俺は回収した武器を担《かつ》いで戻《もど》り始めた。途中、刺突狼《しとつおおかみ》と遭遇したが、手子摺《てこず》る事もなく仕留めて虚礼洞《きょれいどう》へ戻った。最初に塀外舎《へいがいしゃ》へ戻り、剣脚を天井裏《てんじょううら》に隠《かく》した。俺はリキョウの宝剣だけ持って本堂へ向かう。本堂に入ってツェン長老のところへ行くと、長老はモン長老と話をしていた。モン長老は妖艶《ようえん》な美女である。その姿を見るたびに鼓動《こどう》が速くなる。何か魅了《みりょう》の術でも使っているのだろうか?

「ツェン長老、報告があります」

俺の顔を見たツェン長老が『邪魔するな』という顔をする。

「何かあったのですか?」

俺に声を掛けてきたのは、ツェン長老ではなくモン長老だった。

「本日、リキョウ師兄と一緒に剣脚蜘蛛狩りにいったのですが、……運悪くリキョウ師兄が返り討《う》ちに遭《あ》いました」

それを聞いたツェン長老が顔色を変えた。

「返り討ちだと……死んだというのか?」

「はい。二匹の剣脚蜘蛛に挟《はさ》まれる形になり、背後から剣脚に刺されて亡《な》くなりました」

ツェン長老の顔に怒《いか》りが浮かぶ。

「貴様は一緒に行ったのだろう。なぜ助けなかった」

それを聞いたモン長老が溜息《ためいき》を漏《も》らす。

「ツェン長老、冷静になってください。この者は外弟子なのですよ。剣脚蜘蛛に挑《いど》んだら、一瞬で殺されたでしょう」

「くっ、そうでした。それで詳しく話してみろ」

「二人で妖乱草原に入り、剣脚蜘蛛が居ると言われている林に向かいました。俺、私は狩りを手伝おうかと言ったのですが、一人で戦うので、解体の時に手伝ってくれればいい、とリキョウ師兄から言われました」

長老二人が頷《うなず》いている。納得《なっとく》できる話だったのだろう。

「それからどうした？」

「リキョウ師兄だけが林の中に入り、しばらくすると林から剣脚蜘蛛が出てきたのです。正面から戦ったのでは、勝てないので逃げ回って林に逃げ込みました。そこにリキョウ師兄が現れて剣脚蜘蛛と戦い始めたのです」

話している事は嘘ではないが、所々抜けている。

「リキョウが死んだという証《あかし》は」

ツェン長老が身を乗り出して俺に迫る。そこで持ってきたリキョウの宝剣を差し出した。

「こ、これはリキョウの宝剣……本当だったのか」

モン長老が考えているような表情をしている。

「よく生きて戻れましたね」

「運が良かったのです」

そう言ったら、ツェン長老に睨まれた。生きて帰ってきたのが面白くないという顔だ。この長老は敵になるかもしれないな。気を付けよう。

「もういい、行け」

ツェン長老に部屋から追い出された。俺は塀外舎に戻ると天井裏に隠した剣脚を取り出した。四本は要《い》らないな。二本は売って、一本を山刀の代わり、もう一本を長い柄《え》を付けた薙刀《なぎなた》のような武器にするか。

翌日、剣脚四本を風呂敷《ふろしき》に包んでボウシンの街に行き、鍛冶屋《かじや》のザオシー親方のところへ向かう。

「こんにちは」

「おっ、外弟子のコウか。武器を買い替えるのか？」

「武器の素材を売りたいのと、新しい武器を作って欲しいんです」

「武器の素材だと、白狼の爪か」

「いえ、これです」

俺は抱《かか》えていた風呂敷から剣脚を出して台の上に並べた。

「ん？　これは剣脚蜘蛛の剣か？」

「そうです。二本を売って、残りの二本を武器にしようと考えています」

俺はどんな武器が欲しいか説明した。

「一本は短い剣、もう一本は長い柄を付けて、大刀のようにすればいいんだな」

ここでは薙刀のような長柄の剣を大刀と呼ぶらしい。剣脚二本は金貨二十二枚で売れ、新しい剣を作る代金は金貨八枚だったので、金貨十四枚を手に入れた。新しい武器ができる間、俺は双槍鹿《そうそうしか》狩《が》りを続けた。そして、ようやく魔境で双槍鹿を見付けた。双槍鹿は足が速いので一撃で仕留めないと逃げられてしまう。普通の妖魔なら逃げずに向かってくるのだが、この双槍鹿は危険だと判断すると逃げてしまうのだ。俺は気配を消して双槍鹿に近付いた。八メートルほどの距離まで近付いた時、草を食《は》んでいた双槍鹿がピクリと反応して顔を上げた。俺は抑えていた気を一気に練り上げて足に送り込むと、飛ぶように駆《か》け出した。ほとんど一瞬で手の届くところまで近寄った俺は、白狼戦鎚を双槍鹿の首に叩き込んだ。気爪撃が発生し、首から血肉を飛び散らせた双槍鹿が倒れた。

「ふうっ、倒せた。これで気旺丹《きおうたん》を作れる」

俺は双槍鹿の角を切り取り、背負い袋に仕舞う。それから残りをどうするか迷った。皮は価値がありそうだ。肉はどうなんだろう？

「まず皮は剥ぎ取ろう。肉は……鹿肉は旨《うま》いというからな」

俺は皮を剥ぎ取ってモモ肉を回収した。これ以上は重くなるので持ち帰れそうにない。残念ながら、残りはそこに残して虚礼洞へ戻るしかないようだ。途中で刺突狼と遭遇し、白狼戦鎚の一撃で仕留めた。塀外舎に戻ると、モモ肉を納屋の天井《てんじよう》から吊り下げて熟成させる。その後、干し肉にするつもりだった。

翌日、街へ行くと皮の鞣《なめ》しを職人に頼んだ。それから塀外舎に戻って気旺丹の煉丹術《れんたんじゆつ》の準備を始めた。仙薬《せんやく》を作るには煉丹炉《ろ》が必要で、その使い方は剛狼糸《ごうろうし》を紡《つむ》ぐ作業で習得している。気旺丹の材料であるセルタン草とボルビーク草、双槍鹿の角を粉末にしたものを煉丹炉に入れて蓋《ふた》をすると、大量の気を流し込む。煉丹炉の中では気の力により三つの薬材が渦《うず》を巻き、変化を始めていた。気旺丹の成分だけが分離し、残《のこ》り滓《かす》は煉丹炉の底に残る。そして、分離した成分が融合《ゆうごう》を始めた。だが、そこで気の流れが乱れた。原因は外で声がしたからだ。煉丹炉の中で炎《ほのお》が発生して成分が焼けた。

「はあっ、失敗だ」

気が乱れた事で融合しようとしていたものが燃え上がった。煉丹炉の中に残った燃えカスなどのゴミを捨てると、もう一度三つの薬材を入れて煉成《れんせい》を開始する。煉丹炉の中で成分が融合を始め、それが融合して丸薬の形になる。

「成功か」

気旺丹は黄色の丸薬だった。『冥明功中伝《めいめいこうちゅうでん》』に記載《きさい》されていた通りのものだ。実際に使ってみないとちゃんと効果があるか分からないが、たぶん大丈夫だと思う。と言っても、煉成していた時の手応えでそう思っただけだ。『冥明功中伝』によると第八階梯《かいてい》になるまで三粒《つぶ》、第九階梯と第十階梯になるのに二粒ずつ気旺丹が必要だという。第五階梯から第十階梯になるのに合計七粒の気旺丹が必要になる。内弟子になるための試験では、第八階梯になれば合格なのだが、ぎりぎりでは不安なので第十階梯を目指す。それに必要な気旺丹七粒を煉成する。

次の日から気のレベルを上げる鍛煉《たんれん》を始めた。まず気旺丹を一粒飲む。その瞬間、気を強く感じた。何らかの効果があったという事だろう。それから『冥明功中伝』に書かれている動功の方法に従って身体を動かす。呼吸法と身体の動きが調和しないと効果がないというので、注意して動功を行う。ゆっくりと呼吸に合わせて舞うように動き、体内で動く気を感じながら呼吸する。それを一ケ月ほど続け、春の終わり頃に気のレベルが上がった。その瞬間、意識が広がって周囲の気配が感じられるようになった。

これは独覚眼《どっかくがん》と呼ばれるものである。今までは体内と近くにある気を感じ取れる程度だったが、独覚眼が覚醒《かくせい》してからは二十メートルほど先の気も感じ取れるようになった。気のレベルが第六階梯になっても気の鍛煉を続けた。ただ第十階梯になるには時間が掛かりそうだった。日課になった気の鍛煉を終えた俺は、鍛冶屋に行って武器がどうなったか親方に確認《かくにん》した。

「出来ているぞ。これがそうだ」

ザオシー親方が奥から剣と大刀を持ってきて俺に渡す。剣は片手剣で刃渡り五十センチほどの剣身が厚く重い片手剣だ。そして、大刀は長さ百五十センチほどの柄と剣脚を組み合わせたもので、凄《すさ》まじい切れ味を持っているという。俺は剣を『妖蛛剣《ようしゅけん》』、大刀を『妖蛛大剣《ようしゅだいけん》』と名付けた。普通より重い妖蛛剣や妖蛛大剣を扱《あつか》うには、技《わざ》が必要だと感じた。妖蛛剣は重奏剣を習得すれば大丈夫そうだが、妖蛛大剣は重奏剣や梅華槍術《ばいかそうじゅつ》では使《つか》い熟《こな》せそうにない。大刀を扱うような剣術が必要なのだろう。だが、塀外舎の書庫にはそういう武術の指南書はなかった。そこで知っていそうな書庫の司書であるシャオタンに聞いてみようと書庫に向かう。シャオタンは相変わらず書庫で静かに本を読んでいた。

「大刀を扱う武術だって。そうですね、本堂の書庫に『鳳意大刀術《ほういだいとうじゅつ》』という指南書があると聞いた事があります」

「そういう情報は、どこから仕入れるんです？」

「毎年、塀外舎の書庫に新しい書籍を入れる交渉をするのですが、その中で『鳳意大刀術』が候補に上がった事があるのです」

「へえー、そんな交渉もしているのですか。もしかして、本堂の書庫に入った事があるんですか?」

「その交渉が本堂の書庫で行われるんですよ。言っておきますが、その交渉の場に参加できるのは、司書だけです」

俺は思わず不満そうな顔をした。

「そんなに『鳳意大刀術』が見たいのですか?」

「ええ、大刀に似た武器を手に入れたんで、それを使う武術を習得したいんです」

「そういう事ですか。残念ですが、司書は一人だけという決まりなので、コウは入れません」

「今年の交渉は?」

「もう終わりました。……そうだ。一つだけ方法があります」

「本当ですか。教えてください」

「虚礼洞では、年に一回『競祭』が行われます。それで優勝すれば、修行《しゅぎょう》レベルに合った技を一つ学ぶ事ができます」

「競祭というのは?」

「競祭では二つの競技が行われます。一つは魔境での妖魔狩りを競《きそ》う武の競祭です。これは一番強い妖魔を倒した者が優勝。もう一つは煉丹術の技術を競う丹の競祭です。長老が出した課題の仙丹を一番早く作った者が優勝です」

その競祭には煉気期《れんきき》の内弟子と外弟子が参加できるという。

「そんなものがあったんですか」

「コウは外弟子になってから、一年も経《た》っていませんからね。知らなくても仕方ないでしょう。武の競祭に参加するのですか？」

「まさか。内弟子も参加するものなんでしょ。俺は丹の競祭に参加します」

シャオタンが首を傾げた。

「君が煉丹術も学んでいるのは知っていますが、それは最近になって始めたと聞いていますよ」

俺は苦笑いした。気旺丹を作った後も煉丹術は続けている。あれから体調を整える養生丹《ようじょうたん》や傷を癒《い》やす治傷丹《ちしょうたん》、他にもいくつかの作り方を学んで、煉丹術の知識では内弟子にも負けないと思っていたのだが、違うのだろうか？

「煉丹術を学ぶ内弟子は、どんな仙丹を作れるんです？」

「養生丹や治傷丹は、作れると思う」

それなら作れる。ただその二つは基礎中の基礎なので、競祭の課題としては出されないだろう。

「僕は妖魔狩りの方が、まだ可能性があると思うけど」

「でも、内弟子の上位は、雷熊を狩るくらいの実力がある、と聞きましたけど」

それを聞いたシャオタンが首を傾げた。

「誰から聞いた話です？」

シャオタンが確認してきた。

「内弟子の師兄たちです」

俺が水を汲《く》んで本堂の水瓶《みずがめ》に運んでいる時に、内弟子たちが『……内弟子なら、雷熊くらいは倒せないと……』と言っていたのを聞いたのだ。

「それはきっと煉気期の上位五人くらいの師兄たちの事ですね。ほとんどは雷熊を倒すのは難しいはず」

それを聞いた俺は首を傾げた。

「しかし、内弟子になる試験では、雷熊を倒す事が合格条件になっていますよ」

シャオタンが肩を竦《すく》めた。

「外弟子から内弟子になる試験を厳しくしているのは、本当に才能がある外弟子しか内弟子にしたくないという長老たちの意向があるからですよ」

「それなら、なぜ最初から内弟子になろうとする者の試験を、厳しくしないのです？」

「そういう者の親は、商都ボウシンの有力者です。虚礼洞にかなりの寄付をしているはずです」

神仙を目指していると言っても、霞《かすみ》を食べて生きているという訳ではない。鍛煉を続けるには食料や衣服、金銭が必要だ。そのためにはボウシンの有力者とは友好関係を築かなければならない。そういう事があるので、有力者の子弟《してい》を虚礼洞は受け入れなければならないとシャオタンが説明した。その事を知っても虚礼洞の長老たちを批判する気にはならなかった。世の中は綺麗事《きれいごと》だけでは生きていけないと知っているからだ。

「競祭に出るのなら、ツェン長老に申し出てください」

ツェン長老とは馬が合わないというか、リキョウの件でわだかまりが出来てしまった。何となく会いたくないが、仕方ない。俺は本堂へ行ってツェン長老の部屋に向かった。そこには大勢の若い道士たちが集まっていた。競祭に出る道士なのだろう。

「あなた、コウじゃない」

俺の名前を呼ぶ声が聞こえた。目を向けると見覚えのある女性道士だ。

「シュンリンさんでしたね。お元気そうで何よりです」

「そんな事はいいのよ。なぜここに居るの？」

「外弟子の試験を受けて合格したんです」

「外弟子……そうなの。チアン商会を辞《や》めたのね」

「ユウロンは、どうしていますか？」

シュンリンが眉《まゆ》をひそめた。

「彼は、剣術の大家シャンシー長老の直弟子になったわ。競祭にも出るはずよ」

「どちらに出るんです？」

「もちろん、武の競祭よ。勉強嫌《ぎら》いな彼が丹の競祭に出るはずないでしょ」

ユウロンに宿題の手伝いを命じられた事を思い出した。武の才能があるとも思えなかったが、丹の競祭に出るよりは優勝する可能性がある。妖魔狩りなら、運次第《しだい》という面があるからだ。

「シュンリンさんは、どちらに出るのです？」

「私も武の競祭よ。鎧猪《よろいいのしし》を狙っているの」

「えっ、鎧猪を倒せば優勝できるんですか？」

「運が良ければね。二年前の競祭では、鎧猪を倒した道士が優勝したはずよ」

シュンリンが鎧猪を狙っているという事は、倒せる武器を持っているという事だ。宝剣でも持っているのだろうか？

「宝剣でも持っているんですか？」

シュンリンがニコッと笑う。

「炎王丈《えんおうじょう》を手に入れたのよ」

小声で教えてくれた。きっと高価なものなのだろうが、高価な武器に関する知識がない俺には、どんな武器なのか分からなかった。

「凄いですね」

取《と》り敢《あ》えず相槌《あいづち》を打つ。この辺は元日本人である。シュンリンが小声で教えたというのは、あまり公言したくないのだろう。どんな武器なのか詳しく聞きたかったが、遠慮《えんりょ》した。後で調べる事にしよう。

「コウも武の競祭に出るのなら、宝剣の一つでもないとダメよ」

「そう言われても、宝剣なんて高くて買えませんよ」

シュンリンが失敗したという顔をする。

「ごめんなさい。考えが足りなかったわ」

「ちなみに、一番安い宝剣はいくらくらいなんです？」

「そうね。金貨三百枚くらいかしら」

思わず溜息が漏れた。そんな大金は見た事もなかった。俺が所有している白狼戦鎚や妖蛛剣、妖蛛大剣は宝剣に匹敵するほどの威力《いりょく》があるが、耐久年数《たいきゅう》が短い。比較的《ひかくてき》耐久性が高い白狼戦鎚でも五年ほどである。宝剣などを作製しているのは、普通の鍛冶屋ではなく神仙や霊成期以上の道士である。それは宝具《ほうぐ》作りと呼ばれており、この虚礼洞で有名なのはミン長老だろう。ちなみに、煉丹術で有名なのがモン長老なので間違いそうになる。

「コウも武の競祭に参加するんでしょ？」

「いえ、丹の競祭に参加するつもりです」

シュンリンが意外だという顔をした。

「コウは煉丹術も学んでいるのね」

俺は美男でもブサイクでもなく、賢《かしこ》そうにも見えない。鋭《するど》い目をしていると言われた事もあるが、平凡《へいぼん》な顔だ。ただ鍛《きた》えているので、筋肉質のガッシリした体形に見えた。なので、文の範疇《はんちゅう》に入る丹より武が得意だと思われている。俺とシュンリンが話していると、会いたくなかった人物に見付かった。

「誰かと思えば、コウじゃないか。何でお前がここに居る？」

俺は外弟子になった事をユウロンに知らせた。

「ふん、外弟子とはいえ、試験に合格したのか。世の中には奇跡《きせき》が起きるものなんだな」

久し振りに会ったというのに、嫌味《いやみ》だ。

「シュンリンさんから聞きましたが、シャンシー長老の直弟子になられたそうですね。おめでとうございます」

ユウロンが得意そうな顔をする。

「僕の才能からすれば、当然だ。ここに居るという事は、お前も競祭に参加するのか？」

「参加します」

「言っておくが、強い妖魔を倒すには特別な武器が必要だ。持っていないだろ」

「俺が出るのは、丹の競祭です」

「笑いものになるのは、お前の自由だ」

そう言ったユウロンは、シュンリンをチラリと見てから去っていった。それから丹の競祭に出る事をツェン長老に申し出た。

「お前が、丹の競祭……間違いではないのか？」

俺はよっぽど馬鹿だと思われているのだろうか。それとも丹の競祭に出るような道士は、思っていた以上にレベルが高いのか。どちらだろう？

数日後、虚礼洞で競祭が始まった。武の競祭に参加する者は虚礼山の反対側に回って魔境へ下り、丹の競祭に参加する者は本堂の一室に集まった。ただ丹の競祭に参加する者は数が少ないようだ。全部で十数人しか居ない。その部屋には二十ほどの作業台があり、そこで仙薬を作るらしい。責任者であるモン長老が部屋に入ってきた。相変わらずの美人だ。

「毎年思うのですが、なぜ丹の競祭に参加する者が少ないのでしょうね」

煉丹術を得意とするモン長老が嘆《なげ》いた。

「それは運という要素が入る余地が少ないので、簡単に諦める者が多いからです」

モン長老の直弟子であるリン・チェンファーが答えた。

「煉丹術は重要な分野だというのに、嘆かわしい事です」

モン長老とその直弟子の会話を聞きながら、どんな課題が出されるのだろうと考えていると競祭が始まった。

「今回の課題は『築基丹《ちくきたん》』です」

築基丹というのは、気旺丹と同じような効能がある仙丹だ。この築基丹は座禅《ざぜん》を組んで静かに気を練り上げる静功を鍛煉する道士が服用する仙薬として有名だった。俺も作り方は知っており、一度だけ作った事もある。

「材料と煉丹炉を配ります。その材料を使って築基丹を煉成してください」

配られた材料を見てみると、セルタン草とボルビーク草を粉末にしたもの、それと熊の肝《きも》を干したものだった。

「モン長老、この肝は間違っているのではありませんか。築基丹は赤眼熊《あかめぐま》の肝で作るものです」

チェンファーが声を上げた。

「よく分かりましたね。その肝は鉄爪熊のものです。しかし、築基丹が赤眼熊の肝でないと作れないというのは、間違いです。鉄爪熊の肝でも作れます。但し、それには繊細《せんさい》な気の制御《せいぎょ》が必要となります」

モン長老は、課題の難易度を上げたようだ。

「そんな……聞いていませんよ」

モン長老が直弟子を睨んだ。

「教えるはずがないでしょ。今は競祭なのですよ」

チェンファーが頭を下げた。

「失礼しました」

モン長老が参加している全員を見回した。

「今から築基丹を作ってもらいますが、失敗した時点で失格です。いいですね」

それから築基丹の煉成が始まった。築基丹は完成すると綺麗なオレンジ色の丸薬になる。材料をチェックすると、ちょっと薬草の処理が荒《あら》いように感じた。俺はすり鉢《ばち》を持ってきて材料をもっと細かい粉に磨《す》り潰《つぶ》した。俺の作業を見て真似《まね》る参加者も居たが、ほとんどの者は、肝だけをすり潰して煉丹炉に材料を入れると煉成を始めている。肝だけ潰して煉成を始めた者の一人である男性道士が、気を煉丹炉に注ぎ込み始めたのを感じた。内弟子らしい道士は、気のレベルが第五階梯に達しているようだ。

「築基丹くらい簡単じゃないか。先に完成して優勝してやる」

何人かが煉丹炉に気を注ぎ始める。気のレベルは、第五階梯か第六階梯のようだ。俺の気のレベルも第六階梯なので、レベル的には変わらない。煉成を始めた道士たちは、途中までは順調だった。だが、薬材から成分を抽出《ちゅうしゅつ》する段階で問題が発生した。十分な成分を抽出できなかったのだ。それでも無理に築基丹を煉成しようとして薬材が燃え上がった。無理に注ぎ込む気を増やして高熱が発生したようだ。煉丹炉から炎が噴き出すと、悲鳴のような声を道士たちが上げる。

「失敗した者は、作業台から離れて壁際《かべぎわ》で待ちなさい」

モン長老が命じた。肩を落とした道士たちが壁際に寄って、まだ煉成を続けている内弟子たちを見守る。ちなみに、参加している外弟子は俺だけである。材料の処理を省略した道士は、全員が失敗した。

「この競祭では、材料の良《よ》し悪《あ》しを判断できるかも、課題の一つです」

モン長老が言うと『そんな……』という声が聞こえてきた。残った俺たちは、煉丹炉に処理した薬材を入れて気を流し込み始めた。炉の中で気が渦を巻き始め、投入した薬材が気の渦に巻き込まれて宙を舞う。薬材が宙を舞いながら加熱され、最適な温度になると成分を抽出する段階となる。この段階で今までの道士は失敗している。気を流し込んで制御すると、薬材から成分が抽出されて一つに纏《まと》まり始める。すると、二つ目の山場に差し掛かった。成分が丸薬になろうとするのだが、上《う》手《ま》く球形にならない。これは薬材が赤眼熊の肝ではなく鉄爪熊のものだからだろう。

「注ぎ込む気を増やして、煉成する必要がありそうだな」

俺は気合を入れ、慎重《しんちょう》に気を増やし始めた。ここで失敗する訳にはいかない。一気に気を増やすと制御できなくなるのでゆっくりと増やしながら制御する。

「うわっ！」

誰かが気を暴走させたようだ。煉丹炉から炎が噴き出し、薬材の成分が燃えてしまった。それから次々に失敗した。最後にモン長老の直弟子であるチェンファーと俺が残った。そして、一瞬だけ早く俺が煉成に成功して築基丹を煉丹炉から取り出す。それとほとんど同時にチェンファーも築基丹を取り出した。

「出来ました」

「出来たぞ」

声は一緒のタイミングだった。モン長老が首を傾げている。どちらが先か、判断できなかったようだ。

「私には同時に完成したように見えました。優勝は築基丹の完成度で決める事にします」

俺は優勝できないかもしれない。完成度を比べるとなると、微妙《びみょう》な差を判断する事になる。そうなると、直弟子が有利になるだろう。モン長老は二つの築基丹を手に取って見比べた。俺とチェンファーは緊張《きんちょう》してモン長老が判断するのを待った。

「微妙な差ですが、決まりました」

「優勝は誰ですか？」

チェンファーが急かすように尋《たず》ねた。

「外弟子コウが優勝です」

チェンファーが『そんな馬鹿な』という顔をする。

「そんなはずがない。間違っている」

モン長老が鋭い視線をチェンファーに向ける。

「私が間違ったというのですか？」

「す、すみません。負けた事の衝撃《しょうげき》で、考えもせずに口走ってしまいました。ですが、是非《ぜひ》その判断理由を教えてください」

モン長老が頷いた。

「いいでしょう。その理由を教えてくれた。

モン長老が判断理由を教えてくれた。

「まず一つ目は、最初にコウが薬材の状態を見極《みきわ》め、処理しようとした事ね」

「ちょっと待ってください。コウが一番早かったかもしれませんが、僕は真似をして薬材の処理を始めた訳じゃありません」

「一つ目と言ったはずよ。判断材料はそれだけじゃないわ。二つ目は完成した築基丹の表面に付いている細かい傷よ」

俺の築基丹は無傷だったが、チェンファーの築基丹には細かい傷が付いていた。

「あなたの築基丹には傷があるわ。コウが築基丹を取り出そうとしているのを見て、急いで築基丹を取り出そうとして気の制御が甘くなり、煉丹炉の内側に当たったのね。間違っているかしら？」

それを聞いたチェンファーは顔色を変えた。正解だったようだ。

「という事で、優勝は外弟子のコウよ。おめでとう」

「ありがとうございます」

それを見ていた内弟子たちは、ざわつき始めた。

「嘘だろ。外弟子が優勝なんて」

「あの外弟子はかなり若いぞ。何で築基丹が作れるんだ？」

そんな声が聞こえてきた。それを聞いたモン長老が俺に視線を向ける。

「見事な気の制御だったわ。どうやって身に付けたの？」

「たくさん煉成をしたからです」

煉成と言っても剛狼《ごうろう》の毛を紡いだだけだが、あれは良い鍛煉になった。

「面白いわね。どんな仙薬を作ったの？」

俺は正直に作った仙薬を言った。

「なるほど。よく勉強しているわね。優勝したコウは、どんな事を教えて欲しいの？」

優勝の褒美《ほうび》は、技や技術を一つ伝授するというものだった。

「それでは、大刀を用いた武術を学びたいです」

「あらっ、煉丹術じゃないのね？」

「ダメでしょうか？」

「いえ、構いませんよ」

但し、褒美は武の競祭が終わり、優勝者が決まってからとなった。夕方まで待つと魔境へ行っていた道士たちが、それぞれ倒した妖魔の一部を持って帰ってきた。倒した妖魔は、刺突狼や剛狼、鉄爪熊などが多いようだ。そして、内弟子のカンルウが剣脚蜘蛛の剣脚を持って戻ってきた。カンルウは死んだリキョウ師兄の友人であり、剣術の大家シャンシー長老の直弟子だった。このカンルウも外弟子の指導官なのだが、一度も武術を教えてくれた事はなかった。ただツェン長老の命令を伝えにくるだけの指導官である。武の競祭の優勝者は、カンルウに決まった。俺とカンルウはツェン長老の前に呼ばれた。

「二人ともよく頑張った」

ツェン長老の後ろには、シャンシー長老とモン長老も居て口々にお祝いの言葉を述べた。

「さて、優勝者への褒美だが、何が良い？」

ツェン長老がカンルウに尋ねた。

「霊華昇果術《れいかしようかじゆつ》を学びたいです」

シャンシー長老が首を振った。

「早すぎる。霊華昇果術は、煉気期第十五階梯にならねば学べないものだ。お前はまだ第十階梯であろう」

霊華昇果術というのは知らないが、たぶん煉気期から霊成期になるために学ばなければならないものなのだろう。カンルウがガッカリした顔をする。

「他を選びなさい」

シャンシー長老にそう言われたカンルウは、『龍気剣術《りゆうきけんじゆつ》』を選んだ。龍気剣術は凄い剣術らしい。

「よし、儂《わし》が教えてやろう」

ツェン長老が俺に目を向ける。

「コウ、お前が丹の競祭で優勝するとは思わなかった。どんな技術を教えて欲しい？」

「大刀を扱う武術を教えてください」

ツェン長老がシャンシー長老に視線を向ける。

「頼めますかな」

シャンシー長老が渋《しぶ》い顔をする。

「勘弁《かんべん》してくれ。カンルウだけで手一杯《ていっぱい》だ」

優勝者に対する褒美というのは、長老が教えてくれるという事だったらしい。俺は指南書が読めれば良いと思っていたが、指南書を読んだだけで習得するというのは難しいようだ。俺の場合は脳内で映像化する能力が優《すぐ》れているので、本を読んで武術の要訣《ようけつ》を理解すると脳内で理想とする身体の動きを映像化する事ができる。これは前世ではできなかった事だ。これができていれば、警官にはならずに格闘家になっていただろう。

「長老方が忙しいのであれば、本堂の書庫にある本を読ませていただけるだけでも構いません」

「本当か？」

ツェン長老が確認した。

「はい。ただその代わりに、何冊読んでも良いという事にしてください」

「いいだろう。但し、期間は一日、学べるのは煉気期の弟子が読めるものだけだ」

ツェン長老が承認した。これで多くを学べる。俺とカンルウが部屋から出ると、モン長老がツェン長老に話し掛けた。

「良かったのですか？」

「何がだね？」

「優勝した者には、技術を一つというのが決まりです。コウにだけ複数の技術を教えるのですか？」

ツェン長老が薄笑《うすわら》いを浮かべる。

「モン長老、あなたは指南書を読んだだけで、その武術を習得できますか？」

「一部だけならできるでしょうが、師に教えてもらわなければ、全てを理解する事はできないでしょう」

「その通り。特に本堂の書庫にある武術は、難解なものが多い。一日で一つでも習得できれば奇跡です。それに考えてください。それらの指南書は、仙秘文字で書かれているのです。それを翻訳《ほんやく》しながら読まねばならない。一日で複数の技術を学ぶ事などできません」

耳に気を集めていた俺は、長老たちの話し声が聞こえた。そして、何も知らない長老たちの事を考えてニヤッと笑う。そのまま塀外舎に戻ると、インジェとシャオタンが待っていた。

「丹の競祭で優勝したそうだね。おめでとう」

シャオタンが祝ってくれた。遅れてインジェも祝いの言葉を告げる。

「しかし、何で優勝できたんだ？」

インジェは俺が優勝した事を不思議に思っているようだ。今まで丹の競祭で外弟子が優勝した事はなかったのだろう。

「練習したからですよ。塀外舎の煉丹炉は、ずっと俺だけが使っていましたからね」

それを聞いたインジェが苦笑いした。

「外弟子で煉丹術を学ぶ者は、ほとんど居なかったんだ」

俺は不思議に思った事がある。ほとんどの外弟子が、途中で内弟子になるのを諦めて虚礼洞から出ていく。外弟子時代に習得したのは、いくつかの武術だけという状況で外に出る事になるのだ。

「なぜ外弟子の皆《みな》さんは、煉丹術を学ばないのでしょう。もし虚礼洞を出る事になっても、仙薬を作れるのなら生活できるのに」

「そうか。外弟子の将来を考えたら、煉丹術は重要なんだな」


優勝した数日後に、本堂の書庫に入れる事になった。朝早くに本堂へ行くと、モン長老が待っていた。

「済みません。お待たせしましたか？」

「いいえ、私も今来たところです」

モン長老が言った。それは本当だろう。長老が外弟子に気を使う必要はないのだ。

「今日は、よろしくお願いします」

「よろしくと言われても、私はコウを監視《かんし》する役目ですからね」

モン長老は、俺が許されていない本や巻物に手を出さないように見張る役目なのだ。普通そういう役目は内弟子の役目なのだ。だが、モン長老は進んで引き受けたらしい。何を考えているのだろう？　モン長老に案内されて書庫に入る。塀外舎の十倍、いや、それ以上の本や巻物があった。俺は目を丸くして見回した。

「今から読んではいけない本や巻物がある区画を教えます。絶対に手を出したらいけませんよ」

そう言ったモン長老が、霊成期以上の道士しか読めないものが収まっている区画を教えてくれた。

「もう読んでもいいですか？」

「ええ、学ぶものを選びなさい」

俺はタイトルを読みながら、一周ぐるっと回った。そして、大刀を扱う武術が書かれている本三冊、巻物一巻を選んでテーブルの上に置く。『鳳意大刀術』『大刀功狐炎《だいとうこうこえん》』『大刀演舞《えんぶ》』という本、そして、『大刀要訣』という巻物があった。椅子《いす》に座って『鳳意大刀術』からパラパラと捲《めく》りながら中身を確かめる。確かに探し求めていた道士用の大刀術だ。気の流れを制御しながら筋力を強化し、重い大刀を自由自在に振り回す技術が書かれている。それを五分ほどで記憶した。

次に『大刀功狐炎』を手に取り読み始める。この武術は気を大刀に纏わせて威力を上げるという武術で、気を纏わせる方法に独特の技術があり、それを振り回すと気が狐《きつね》のような形になる。『大刀演舞』は大刀の使い方を演舞として纏めたものだった。大刀を使った身体操作術のようなものだろう。仙礎《せんそ》気闘術《きとうじゅつ》と似ている感じがする。そして、巻物の『大刀要訣』は、大刀で戦う場合のコツのようなものを纏めたものだった。これらは全て仙秘文字で書かれていたが、俺は問題なく読めるようになっていた。瞬間記憶能力を使って全てを記憶するのに、一時間ほど掛かった。それらの指南書をテーブルに置いたまま他の本や巻物を探しにいく。気の鍛煉法が書かれた本を集めた棚《たな》があったので、そこで『冥明功奥伝《おうでん》』を見付けた。思わず笑顔《えがお》になって手に取ると、テーブルに戻って記憶する。

この『冥明功奥伝』は、気のレベルを第十一階梯から第十五階梯へ上げるための鍛煉方法が書かれていた。記憶した『冥明功奥伝』はすぐに元の棚に戻した。ちょっと疲《つか》れを感じたので、『大刀功狐炎』を読んでいるふりをしながら脳を休める。これは監視しているモン長老に対する偽装《ぎそう》工作である。こうする事で、俺が『大刀功狐炎』を学んでいるように見えるだろう。本当は脳を休めているだけだ。三十分ほどしてから、また別のものを探し始める。そして、拳術《けんじゅつ》の『雷功拳《らいこうけん》』と『仙気身体操作術』という指南書を見付けた。

『雷功拳』というのは、防御と攻撃を同時に行うという特徴《とくちょう》がある拳術で、柔《やわ》らかい動きで敵の攻撃を受け流すと同時に、ドンと踏み込んで凄まじい拳《こぶし》を叩き込むというものだ。そして、俺が気になって手に取った『仙気身体操作術』。何が気になったかというと、それは著者の名前だった。虚礼洞の始祖であるジン・ウェイルーが書いたものだった。モン長老の方を見ると、煉丹術の本を読んでいる。

「長老、これは始祖が書かれた本なのですか？」

俺はかなりボロボロになっている『仙気身体操作術』を見せた。モン長老がチラリと本を見て頷いた。

「それは始祖が書いた気と身体操作に関する指南書です。難解なものなので、最近は読む者が少ないようです」

モン長老によると、『仙気身体操作術』のやり方は古いという。『仙気身体操作術』の無駄を省いて洗練したものが『仙礎気闘術』になるらしい。何をどう洗練したのか気になったので、『仙気身体操作術』も記憶する事にした。

「そう言えば、コウは仙秘文字の辞書を使わずに読めるのですか?」

気付かれるかもしれないと思っていたが、モン長老は見逃《みのが》さなかったようだ。辞書を使うふりもできたが、そんな事をすれば、読める本の数が極端《きょくたん》に減る事になる。

「勉強しましたから」

モン長老が困ったような顔をする。

「ツェン長老、あなたが言っていた『翻訳しながら読まねばならないから、複数の技術を学ぶ事はできない』という前提が崩《くず》れましたよ」

長老の呟《つぶや》きが俺の地獄耳《じごくみみ》に聞こえた。

「ところで、そろそろ一冊に絞《しぼ》って覚えないとダメなのではないの?」

「もう少しだけ探してから、集中します」

そろそろ怪しまれ始めたようだ。俺は気になっていた『龍気剣術』の指南書を探し始めた。その頃になると内弟子たちが書庫に来て本や巻物を探す姿を見るようになった。

「あった」

『龍気剣術』の指南書が見付かった。これは独特の気の使い方が特徴となる剣術だった。気を独自の方法で加工し、それを全身に巡《めぐ》らせて全身の筋力を強化する事が基本のようだ。気によって筋力を強化する事は、道士の武術の基本である。だが、ここまで特殊《とくしゅ》な気を使う武術は『龍気剣術』だけだろう。その特殊な気を『龍気』と呼んでおり、その龍気を全身に巡らす事で他の武術より筋力が強化されるそうだ。通常の気を巡らすやり方でも大変なものなのに、そこまで筋力が強化されると骨や筋肉への負担も厳しくなる。その負担に耐えられるのは、龍気が骨や筋肉自体も強化するからのようだ。ただ身体に負担が大きな剣術なので、連続で龍気を使った動きをしない事が基本となっている。つまり緩急《かんきゅう》のある攻防が龍気剣術なのだ。俺は『雷功拳』『仙気身体操作術』『龍気剣術』を記憶した。そして、『鳳意大刀術』と『大刀功狐炎』を学ぶふりをして時間を潰した。まだ瞬間記憶能力を他の者には知られたくなかったのだ。時間が経ち夕方になった。

「そろそろ時間ですよ」

モン長老の声で顔を上げた。もっと多くの指南書を記憶したかったが、一日で『鳳意大刀術』『大刀功狐炎』『大刀演舞』『大刀要訣』『冥明功奥伝』『雷功拳』『仙気身体操作術』『龍気剣術』という八つの指南書を記憶した。十分だろう。

「大刀の武術は、習得できそうですか?」

モン長老が尋ねてきた。

「はい。なんとかものにできそうです」

「いくつか本と巻物を読んでいたようですけど、最終的に何に決めたのかしら?」

「『大刀功狐炎』です。でも、少し『鳳意大刀術』の技も混じるかもしれません」

「ほう、『鳳意大刀術』も習得できそうだというのですか?」

「少しだけ読んだので、混じる程度です」

「しかし、長老に教わらなくていいのかしら。本に書かれているのは、技の要訣がほとんどで、使い方や応用については、少ししか書かれていないはずだけど」

この世界には写真がないので、ほとんどが文字と簡単な絵で描《か》かれている。それで応用や細かい動きに関しては、師から教えを受けるという事になる。

「それは自分で考えます」

それを聞いたモン長老が目を丸くした。

「そう。それなら良いのですが……コウは内弟子になる試験を受けるつもりなの?」

「そのつもりです。ただすぐにというのは無理です」

「そのための大刀の指南書なのね。頑張りなさい」

そう言うとモン長老は、俺を書庫から出した。

5 大《だい》刀《とう》功《こう》狐《こ》炎《えん》

俺《おれ》は塀外舎《へいがいしゃ》に戻《もど》り、書庫で得た知識を基《もと》に練習計画を立てた。と言っても、最初は素振《すぶ》りからだ。

あの重い大刀を振《ふ》り回すには、気を使った体術、それに大刀術が必要だった。まずは最初に鳳意大《ほういだい》刀術《とうじゅつ》の練習を始めた。鳳意大刀術は素早い動きを基本とする武術で、気を使って筋力を強化して鋭《するど》い動きと強力な大刀の一撃《いちげき》で敵を倒《たお》す。その歩法は力強いもので、身体《からだ》の芯《しん》がブレずに大刀を振り回す事ができるように工夫されていた。この鳳意大刀術を練習する事で足腰《あしこし》と体幹が鍛《きた》えられ、大刀を使うために必要な身体能力が身に付く。ただ時間が掛《か》かる。一朝一夕《いっちょういっせき》に身に付くものではないのだ。鳳意大刀術について大体分かったので、鳳意大刀術の練習を続けながら大刀功狐炎の研究を始めた。大刀功狐炎は特殊《とくしゅ》な呼吸法と要訣《ようけつ》を使って気の圧力を上げ、大刀に流し込むという事をする。その気が大刀から溢《あふ》れ出《だ》す時に大刀の切れ味が強化され、放出した気が光って狐《きつね》のように見えるという。この秘技は【狐炎《こえん》】と呼ばれるらしい。俺は三ヶ月ほど練習して使えるようになった。実際に見る狐炎は長い尾《お》を伸《の》ばす流星のように見えた。

「これは失敗なのか？」

狐のように見えないとダメなのかと考えたが、威力《いりょく》は凄《すご》い。直径が三十センチほどの木の幹を、スパッと切断した狐炎の威力は十分だと思う。大刀功狐炎は鳳意大刀術と違い動きがゆっくりなので優雅《ゆうが》に見える。敵の攻撃《こうげき》をふわりと受け流し、練り込んだ気を使って倒すという攻撃が基本のようだ。『大刀演舞《えんぶ》』も面白《おもしろ》い。大刀を使った戦い方を演舞の形にして残したものらしい。その一つ一つの動きに敵を倒す秘訣《ひけつ》が隠《かく》されているという。

俺は朝早くから始まる水汲《みずく》みを済ませると、大刀の練習に没頭《ぼっとう》した。だが、日が落ちると練習も中止するしかない。塀外舎には夜間に練習できるような場所がなかったからだ。ランプも食堂にあるだけである。各部屋には燭台《しよくだい》があるが、ロウソクは自分で買わなくてはならない。そのロウソクが高いので、毎晩使うほど買えない。その日もランプの光がある食堂で考えていた。

「やっぱりランプが欲しいな。でも、食堂のランプは風がある外では使えないからな」

この世界でガラス製品を見た事がない。あったとしても高級品で、庶民《しよみん》の手が届くような存在ではないのだろう。俺がぶつぶつ言っていると、後ろからゼングが声を掛けてきた。

「コウ、何をぶつぶつ言っているんだ?」

「外で使えるランプが、欲しいと言ったんだよ」

「提灯《ちようちん》じゃダメなのか?」

他になければ提灯の光で、練習するしかないだろう。ただ提灯の光は弱い。どうせならランプが欲しいと思った。

「風が強いところで、提灯を使うと火事になりそうだ。それより梅華《ばいか》槍術《そうじゆつ》はどう?」

ゼングは基塁功《きるいこう》と仙礎気闘術《せんそきとうじゅつ》を習得してから、梅華槍術を学んでいる。

「少しずつだけど、身に付き始めたよ。だけど、『梅華槍術』の指南書を翻訳《ほんやく》しながらなんで、時間が掛かりそうだ。……基塁功と仙礎気闘術の時は、コウが教えてくれたから早かったけど」

「外弟子《そとでし》の中で、梅華槍術を習得している先輩から、習えないの？」

「シャオタン師兄《しけい》が、梅華槍術を習得しているけど、いつも書庫に居るからな」

俺もシャオタンは無理そうな気がする。それに外弟子が外弟子を教える事を、長老たちは歓迎《かんげい》していないと聞いていた。

「長老たちは、どうして外弟子同士で教え合う事に反対なんだろう」

「インジェ師兄に聞いたんだけど、外弟子の知識は浅いから中途半端《ちゅうとはんぱ》な教えしかできない。だから、反対なんだと言っていたよ」

「だからといって、長老や内弟子が教えてくれる訳じゃない」

「昔は教えていたそうだ」

「昔？」

「ツェン長老が外弟子の管理を任される前だって」

俺の脳裏《のうり》にツェン長老の顔が浮《う》かんだ。あの長老が外弟子を放置している現状の原因なのか。昔は外弟子から内弟子になった者が居たと聞いたから、おかしいなと思っていたのだ。

「コウは、丹《たん》の競祭《きょうさい》で優勝して何を習得したんだ？」

「大刀の武術だよ」

「それは知っている。何という名前の大刀術なんだ？」

「大刀功狐炎という大刀術だ。かなり凄い武術なのは確かだ」

「へえー、見たいな」

「僕《ぼく》も見たいですね」

いつの間にか近くに居たシャオタンが、見たいと言い出した。すると、インジェや他の外弟子たちも声を上げる。

「コウは山の中で、大刀の練習をしているみたいだから、一度も見た事がない。一度くらい見せてくれよ」

インジェが言う。

「分かりました。大して上達していませんけど。大刀術とはこんなものだと分かる程度ならいいですよ」

食堂のテーブルや椅子《いす》を片付けて場所を空け、俺は練習用の棒を持って皆《みんな》の前に進み出た。俺の方を注目している外弟子の中にケングンが居た。以前に人突き鳥《ひとづとり》の捕《つか》まえ方を教えろと言ってきた外弟子である。重奏剣《じゅうそうけん》の遣《つか》い手で、宝剣が欲しいといつも言っている。

「勿体《もったい》ぶらないで、さっさと始めろ」

ケングンが大声を出した。すぐにインジェが睨《にら》んで黙《だま》らせる。嫌《いや》なやつだと思いながら、俺は肩《かた》を竦《すく》めただけで大刀の代わりとして棒を構えた。大刀功狐炎にも套路《とうろ》や型と呼ばれるものが存在する。だが、それらは長老や先輩から学ぶ必要があるらしい。そこでシャドーボクシングみたいな感じで、仮想した敵を相手に棒を振り始めた。最初はゆっくりとした動きで振っていたので、外弟子の皆はこんなものかという目で見ていた。そして、気を練り上げ始めると、何かを感じた外弟子たちが顔を強張《こわば》らせる。大刀功狐炎はここからである。特殊な呼吸法と要訣を使って気の圧力を上げて棒に流し込む。棒を振りながら圧力を上げた気を棒に流し込むと、棒の先端《せんたん》から気が吹き出して炎《ほのお》のように光り出す。それが燃えているように見えた。それは幻覚《げんかく》ではなく外弟子たちにも見えたようで、『おおーっ！』という声が上がった。棒の振りが鋭くなり、薄暗《うすぐら》い食堂の中でオレンジ色に輝《かがや》く炎が宙を舞《ま》う。狭《せま》い食堂の中で炎が縦横無尽《じゅうおうむじん》に舞い踊《おど》り、外弟子たちが目を見開く。その炎は俺がイメージした敵を何度も斬り裂《きさ》いた。終わった時、周りが静かになっていた。見回すと半分口を開けた外弟子たちがこちらを見詰《みつ》めている。

「凄《すげ》え。コウ、凄すぎるぞ」

「本当に凄かった」

ゼングとアシンが最初に声を上げた。すると、次々に称賛《しょうさん》する声が上がる。ケングンだけは嫌な目でこちらを見ていた。

「コウ、見事だったよ。僕にも教えて欲しいほどだ」

インジェが言った。それに同調する外弟子も多い。

「無茶を言うなよ。大刀功狐炎を教えるには長老の許可が必要なはずだぞ」

シャオタンが言った。俺は丹の競祭に優勝したから特別に本を読む事を許されたが、他の外弟子たちは違う。

「言っておきますけど、俺の大刀功狐炎はまだまだなんですよ」

「どこがまだまだなんだ？」

ゼングが尋《たず》ねてきた。

「大刀功狐炎は、本当に気の炎が狐の形をしているように見えるらしいんだ」

「へえー、そうなんだ」

俺は褒《ほ》められて伸《の》びるタイプである。益々《ますます》やる気になって大刀術の練習に打ち込んだ。『鳳意大刀術』『大刀功狐炎』『大刀演舞』を学んだ時点で、どうしても分からない部分が十七ヶ所もあった。分からないというのは、書かれている通りに実行しても、結果が違ったのだ。そこで巻物に書かれていた『大刀要訣』を研究した。すると、九ヶ所だけ不明だった点が解明する。残り八ヶ所の不明点が解明できないまま練習を続けていたが、練習が惰性《だせい》になっていると感じて『仙気身体操作術』を調べ始めた。これは虚礼洞《きよれいどう》の始祖であるジン・ウェイルーが書いたもので、前に学んだ『仙礎気闘術』の基になったものだと聞いていた。『仙気身体操作術』と『仙礎気闘術』を読み比べてみると、内容はほとんど同じだった。但《ただ》し、『仙礎気闘術』の方が簡素化されている。

「簡素化はいいけど、その過程でいくつかの要訣が抜け落ちたようだな」

たぶん『仙礎気闘術』を書いた道士は、自分にとって常識だと思った要訣を省略してしまったのだろう。その要訣を研究すると、大刀術で不明点となっていた部分に当て嵌《は》まった。それにより八ヶ所残っていた不明点の中の五ヶ所が解決し、残りが三ヶ所になった。残りは長老から教えてもらわないとダメなようだ。たぶん口伝となっているのだろう。ただ不明点は残っていても大刀術の技量はだいぶ上がった。自分では後一年ほど練習すれば、雷熊《らいくま》を倒せるのではないかと思うのだが、まだ雷熊を見た事もないので断定はできない。

夏が終わってそろそろ人突き鳥を狩《か》る準備を始めようかと考えていた時、ツェン長老から呼び出された。指定された部屋に行くと、ゼングとアシンが待っていた。そこでしばらく待っていると、武の競祭で優勝したカンルウとモン長老の直弟子であるチェンファーを連れたツェン長老が入ってきた。ツェン長老が椅子に座ると話し始める。

「魔境《まきょう》を北東に向かって中層部まで進むと、霧邵台地《むしょうだいち》という場所がある。そこまで行って『星露《ほしつゆ》の実』を採取してくるのだ」

星露の実というのは、煉丹術《れんたんじゅつ》で使う薬材の一つである。この薬材は煉々丹の材料となるもので、この仙薬は築基丹《ちくきたん》の効能を補強するものだと聞いている。つまり築基丹だけでは気のレベルを上げられなかった道士が使用する薬なのだ。

「霧邵台地という土地は、危険なのですか？」

ゼングが尋ねた。ツェン長老が重々しく頷《うなず》いた。霧邵台地には白狼《はくろう》、赤眼熊《あかめぐま》、火炎蜘蛛《かえんくも》という妖《よう》魔《ま》が棲《す》み着《つ》いているという。

「白狼と赤眼熊は分かりますが、火炎蜘蛛というのはどういう妖魔でしょう？」

ツェン長老がカンルウに目を向けた。

「説明してやれ」

カンルウの説明によれば、火炎蜘蛛は体長三メートルほどの大蜘蛛だそうだ。赤と黒の斑《まだら》模様の蜘蛛で、口から火炎を吐《は》く妖魔だという。

「言っておくが、火炎蜘蛛は外弟子が勝てる相手ではない。遭遇《そうぐう》したら、内弟子に任せろ」

「分かりました」

「はい」

ゼングとアシンが返事をした。それから魔境へ行く準備をするために塀外舎へ行き、背負《せお》い袋《ぶくろ》に必要なものを詰《つ》め込む。そして、最後にダウンジャケットを詰めて背負った。暑い季節がすぎているので高地にある霧邵台地は寒いかもしれない。最後に妖蛛大剣《ようしゅだいけん》と白狼戦鎚《せんつい》を持って外に出ると、ゼングとアシンが待っていた。

「二人は、ダウンジャケットを持ってきた？」

アシンが首を傾《かし》げる。

「まだ、そんな季節じゃないでしょ」

「霧邵台地は寒いかもしれないよ」

「早く教えてくれよ」

ゼングはそう言うと、自分の部屋に戻った。アシンもダウンジャケットを取りにいく。ダウンジャケットを取ってきたゼングとアシンと一緒に魔境へと通じる山道へと向かう。そこにはカンルウとチェンファーが待っていた。

「遅いぞ」

カンルウとチェンファーは高そうな宝剣を持っていた。ゼングが羨《うらや》ましそうに宝剣を見たのに気付いた。羨ましく思うのは仕方ないだろう。カンルウが品定めするような目で、俺たちを見た。

「ゼングが槍《やり》、アシンは戦鎚、コウは戦鎚と大刀か。確かコウは書庫で大刀の技を学んだのだったな？」

「はい。『大刀功狐炎』を学びました」

「使えるようになったのか？」

俺は渋《しぶ》い顔をした。

「少しだけ使えるようになりました。でも、『大刀功狐炎』は難しいです」

「当たり前だ。長老の教えを受けないと、ちゃんと習得できないのが普通だぞ」

「内弟子になってから、ちゃんとした教えを受けます。それよりカンルウ師兄は、『龍《りゅう》気《き》剣術《けんじゅつ》』を習得したのですか？」

「『龍気剣術』は、そんな簡単に習得できる武術じゃない。最低でも二年は練習しないとダメだろう」

俺も『龍気剣術』の指南書を記憶しているが、まだ手を出していない。但し、何度も記憶を確認しているので、忘れる心配はなかった。

「そんな事はいい。霧邵台地には手強い妖魔が居る。それらと遭遇するまで、数多くの弱い妖魔と遭遇するだろう。それらを排除《はいじょ》するのは、君らの仕事だ」

チェンファーが言った。

「内弟子がたくさん居るのに、ツェン長老はなぜ外弟子の俺たちを選んだんです？」

俺はカンルウに尋ねた。

「長老が選んだのは、コウだけだ。大刀が使えるようになったか確かめろ、という事だった。だが、コウ一人だと荷物持ちが足りないから、僕がゼングとアシンを選んだ」

ゼングとアシンは、俺の巻《ま》き添《ぞ》えで仕事を割り当てられたようだ。ただ内弟子が嫌がる荷物持ちの仕事は、どちらにしても外弟子に回ってきた可能性が高い。それにしてもカンルウは、隠し事ができない性格のようだ。正直というより、あまり深く考えない性格なのだろう。ちょっと気になったのは、星露の実が大量に必要だという事だ。星露の実から作る煉々丹は、築基丹を補助して気のレベルを上げる効果がある仙薬だ。その煉々丹がどれだけ必要なのだろう。才能のある道士なら、煉々丹は必要ないはずなのだが。

「この荷物は、お前たちが運ぶんだ」

カンルウが野営の装備らしい荷物を指差した。ちょうど三つあり、三人で背負う事になった。自分の背負い袋を腹側に移動させ、その荷物を背負う。重くはないが、嵩張《かさば》る荷物だ。カンルウたちが歩き出し、俺たちも霧邵台地に向かって進み始めた。山の中を吹き抜ける風は涼《すず》しく、秋を感じさせる。山を下りて魔境に入ると、最初に刺突狼《しとつおおかみ》の群れに遭遇した。数は七匹《ひき》なので、それほど大きな群れではない。

「ほら、出番だぞ」

チェンファーがこちらに嫌な目を向けながら声を上げた。負けた事を根に持っているのだろうか？

俺たちは素早く荷物を下ろす。

俺は妖蛛大剣の剣身を隠している鞘《さや》を外した。中から出てきた剣脚《けんきゃく》を見たカンルウは、目を見開く。剣脚蜘蛛《くも》のものだと気付いたのだろう。カンルウたちの前なので、大刀功狐炎だけで戦うしかない。俺は特殊な呼吸法と要訣を使って気の圧力を上げ、それを妖蛛大剣に流し込む。その瞬間、刺突狼が跳び掛かってきた。両手に持った妖蛛大剣の柄《え》を操《あやつ》って刃《は》を刺突狼の首に送り込む。その刃が刺突狼の首に当たった瞬間、ちょっとだけ気が炎のように輝くのが見えて首が切断された。それを見た刺突狼が次々に襲《おそ》い掛《か》かってきた。俺は刺突狼の動きを見切り、最短距離で妖蛛大剣を振り抜いて斬り裂く。

「今のは、狐炎《こえん》だ」

カンルウが驚《おどろ》いたように声を上げた。

「ふん、あんな小さな炎など狐炎じゃない」

チェンファーは俺の事を認めたくないようだ。

「小さな炎でも狐炎だ。あいつは『大刀功狐炎』を学び始めたばかりなんだぞ。それも長老の教えなしだ。本来なら呼吸法や要訣を習得するために基礎を練習している段階のはずだ」

カンルウたちが何か言っているので気になったが、俺は刺突狼に集中した。大刀功狐炎の術理で圧力を上げた気を全身に廻《めぐ》らせると、『泡沫《うたかた》の時《とき》』という状態になる。これは集中力を極限まで高めて必要最低限の感覚だけが研《と》ぎ澄《す》まされた状態になる『ゾーン状態』に似ているが、扱《あつか》える情報が増えるという点が違う。大刀功狐炎は、この『泡沫の時』と狐炎を習得して自由自在に操れるようになれば免許皆伝《めんきょかいでん》となる。但し、俺の『泡沫の時』と狐炎は中途半端だ。狐炎は流星のような炎で『泡沫の時』は頭の処理能力がちょっと上がったという程度である。それでも刺突狼を倒すには十分だった。動きを見切って攻撃を避《よ》けながら、首に妖蛛大剣を叩《たた》き込むという事を繰り返した。アシンとゼングが一匹ずつ倒す間に、俺は五匹の刺突狼を仕留めていた。

「コウには、敵《かな》わないわね」

アシンが苦笑いする。

「アシンも、練習を始めた『魔角戦鎚術《まかくせんついじゅつ》』が様になっていたよ」

戦棍《せんこん》を使っていたアシンは、武器を戦鎚に替えていた。塀外舎の書庫に戦棍の指南書がなかったので、似ている武器である戦鎚を使う『魔角戦鎚術』を学び始めたのだ。チェンファーは刺突狼の死骸《しがい》を確認した。

「まあまあだな。行くぞ」

そう言うと進み始めた。俺たちは急いで荷物を背負い追い掛ける。

「休憩《きゅうけい》する時間もくれないのかよ」

ゼングが小声で言った。それを聞いた俺は肩を竦め、鞘を拾い上げて妖蛛大剣の剣身に被《かぶ》せる。

「コウ、それは普通の大刀じゃないんだな」

ゼングが不思議そうに妖蛛大剣に視線を向けていた。妖蛛大剣を持ってきた時から、誰かに気付かれる事は分かっていた。俺は倒した剣脚蜘蛛の剣脚で作ったと説明した。妖蛛大剣の話を聞いたカンルウは、友人であるリキョウが剣脚蜘蛛に殺された事を思い出したようだ。

「なるほど。道理で切れる訳だ。しかし、剣脚蜘蛛をお前が倒したのか？」

「そうです。運良く仕留められたので、大刀のような武器にしました」

チェンファーが探《さぐ》るような目で俺を見ていた。

「嘘《うそ》は、吐《つ》いていないようだな」

それを聞いたゼングが興奮した。

「凄えー。剣脚蜘蛛と言えば、雷熊に匹敵《ひってき》するような妖魔なんだろ」

ゼングに目を向けたカンルウが鼻で笑う。

「ふん、知らんのだな。そう言われる事もあるが、実際は雷熊の方が手強い。強い順番で言えば、雷熊、火炎蜘蛛、剣脚蜘蛛の順番になるだろう」

そうなんだ。知らなかった。実際に雷熊を見てみたいが、大刀功狐炎の練度を上げないと危険かもしれないな。そんな事を考えながら先に進み、霧邵台地の入り口まで辿《たど》り着《つ》いた。

「今日はここまでだ。僕たちは食料を狩りにいくから、君たちは野営の準備を始めろ」

チェンファーが指示を出した。俺たちは荷物を下ろして中に入っている野営道具を確認した。野営道具と言っても、毛布が二枚とレジャーシートのような大きな革《かわ》が一枚、それに鍋《なべ》と火起こしの道具、それに人数分の堅《かた》パンだった。俺たちは急いで石を積んで竈《かまど》を作った。その後、俺は荷物番として残り、アシンとゼングは薪拾《たきぎひろ》いに森に入る。残った俺は雑草を妖蛛大剣で刈《か》り、竈の近くの地面に敷《し》いた。寝床《ねどこ》の代わりにしようと考えたのだ。空を見上げると雲が少ない。雨の心配をする必要はないだろう。

「ちゃんとした野営道具も必要だな」

魔境の奥《おく》に行くには、泊《と》まり掛《が》けになる。そういう時は、どうしても野営道具が必要になるだろう。

「コウ、薪を集めてきたぞ」

ゼングとアシンが一晩燃やすのに十分な薪を持って戻った。その他に牙兎《きばうさぎ》の死骸をゼングが担《かつ》いでいた。

「おっ、牙兎を仕留めたのか」

「薪を集めていたら、藪《やぶ》から飛び出してきたんだ」

「ゼングが、槍の一突きで仕留めたのよ」

牙兎を解体して食べられるように一口大の肉にした。体長百二十センチほどのウサギなので五人分くらいの量はある。これで不味《まず》い堅パンを食べなくてもよくなった。

「師兄たちが遅くない？」

アシンが声を上げた。そう言えば、狩りにいってから時間が経《た》ち、陽《ひ》が落ちそうになっている。

「狩りに失敗した……ん？　戻ってきた」

カンルウたちの気配に気付き、そちらに目を向ける。

「お前ら、何をしてるんだ？」

「薪拾いに行って、牙兎を仕留めたので料理していたところです」

「勝手な事を……」

カンルウがブツブツと文句を言う。獲物《えもの》は取れたのかと確認すると、牙兎一匹を担いでいた。その瞬間、周りに微妙《びみよう》な空気が漂《ただよ》う。

「食事にしましょう」

空気の読める俺は、師兄たちが狩った牙兎を見なかった事にして声を上げた。師兄たちも竈の傍《そば》に座って木の枝を削《けず》って作った串に、牙兎の肉を刺《さ》したものを焼き始めた。

調味料は塩だけだったが、牙兎の肉は美味《おい》しかった。

「ほう、雑草を刈って寝床にしたのか。気が利《き》いているな」

カンルウが褒めた。この師兄は悪い人間ではないと思う。ただ長老たちの命令には忠実で、長老が外弟子たちを教育しろと言わない限り、外弟子に教える事はないだろう。師兄たちは雑草の寝床の上にレジャーシートのような革を敷き、毛布を被って寝てしまう。俺たちは見張り番の順番を決めてから交代で寝た。この時、ダウンジャケットを着て雑草の上に寝たので、寒くはなかった。俺の見張り番は最後だったので、焚《た》き火《び》が消えないように火の番をしながら皆が起きるのを待った。しばらくして全員が起きると、支度《したく》をして霧邵台地へ向かう。獣道《けものみち》のような坂道を登って霧邵台地へ到着《とうちやく》し、台地を東に向かう。霧邵台地の一部には霧《きり》が出ていて寒い。俺たちはダウンジャケットを出して着た。

「暖かそうだな？」

チェンファーが渋い顔で言う。

「ええ、台地の上だと寒いかもしれないと思って、持ってきたんです」

ゼングが自慢《じまん》そうに答えた。それを聞いてチェンファーが、面白くないという顔をする。それから三時間ほど進んだところに星露の実をつけた木が生えていた。星露の実は枇杷《びわ》の実に似ている。

「この実だ。集めるぞ」

チェンファーが張り切って集め始めた。俺たちも星露の実を集めて袋に詰める。半分ほどの量を確保した時、何かが近付く気配に気付いた俺は、その方向に目を向けた。同時にカンルウが目を向けたのが見えた。その様子に気付いたチェンファーが、俺とカンルウの視線の先に目を向ける。

「何か居るのか？」

その声が合図となったように、霧の中から白狼が現れた。

「こいつは、僕とチェンファーが相手をする。お前たちは離《はな》れていろ」

師兄の二人は宝剣を抜いて白狼に切っ先を向けた。その身体からは、大量の気が循環《じゅんかん》しているのを感じる。白狼もその気を感じて逃げ出した。それを見た師兄たちが追い掛ける。

「ここで待っていろ」

カンルウの声が聞こえた。俺たちは星露の実を集めながら待つ事にした。少しして必要量の星露の実を集め終わり、木の根元に座ってカンルウたちを待つ。

「師兄たちは、どこまで行ったのかな？」

アシンが白狼が逃げた方向を見ながら言う。俺もその方向に目を向けたが、視界が良くない。霧が濃《こ》くなったようだ。

「すぐに戻ってくるさ。でも、白狼はおれたちで倒したかったな」

ゼングが俺の白狼戦鎚をチラッと見て言った。

「コウみたいに、白狼戦鎚を作りたいの？」

「アシンのためにね」

そう言ったゼングの背中を、顔を赤らめたアシンが平手でバシッと叩いた。

「イデッ！」

ゼングが痛みで悶《もだ》えた。相当痛かったようだ。その時、何かの気配を感じた俺は、妖蛛大剣を持って立ち上がると鞘を放り投げた。

「妖魔だ」

その声で、ゼングとアシンが武器を持って構える。俺たちが待っていると、霧の中から赤と黒の斑模様の大蜘蛛が姿を現した。体長三メートルほど、間違いなく火炎蜘蛛だ。

「火炎蜘蛛……マジ？」

ゼングが火炎蜘蛛を見て声を上げ、アシンは血の気が引いた顔をして一歩だけ後退《あとずさ》る。火炎蜘蛛の弱点はどこだろうと、俺は考えていた。火炎蜘蛛が八つの眼でこちらを見た。睨み返すと、火炎蜘蛛の口の中で火花が飛んだのに気付いた。

「火を吹くぞ」

俺は全身に気を循環させながら、いつでも避けられるように準備する。次の瞬間、火炎蜘蛛の口から火が吐き出された。大道芸の一つで『火吹き』というものがあるが、それを拡大したような感じだった。俺は横に跳《と》んで避けた。そして、火炎蜘蛛の脇《わき》に回り込んで妖蛛大剣を大蜘蛛の胴体《どうたい》に叩き込んだ。その刃は硬《かた》い外殻《がいかく》を切り裂き、八センチほど食い込んだところで止まる。火炎蜘蛛が痛みで暴れ、その足が俺を襲う。妖蛛大剣の柄で受け止めたが、力の差はどうしようもなく身体ごと弾《はじ》き飛ばされた。宙を飛んで地面に叩き付けられた俺は、地面を転がった。全身を循環する気は、防御力《ぼうぎょりょく》を上げる効果もあるらしく少し内出血したくらいで戦闘に支障はない。ゼングが火炎蜘蛛の頭を槍の穂先《ほさき》で叩き、流れるような動作で穂先を胸に突き入れた。練習している梅華槍術の技なのだろう。もっと貫通力《かんつうりょく》のある槍なら、その一撃で仕留めていたかもしれないほどの攻撃だ。ただ梅華槍術で使う槍にしては、重さが足りなかった。ゼングが突き入れた槍の穂先は五センチほどしか食い込まずに止まる。火炎蜘蛛が身体を振って槍の穂先を抜いた。その隙《すき》にアシンが戦鎚を火炎蜘蛛の目の一つに叩き込んだ。だが、その目は戦鎚を弾き返した。アシンは慌《あわ》てて跳び下がる。

「目さえ頑丈《がんじょう》なのか。アシン、これを使え」

俺は白狼戦鎚をアシンに向かって投げた。白狼戦鎚を受け取ったアシンは、火炎蜘蛛の隙を窺《うかが》う。俺たちは火炎蜘蛛に反撃の隙を与えないように、交代で次々に攻撃した。火炎蜘蛛も強力な足で反撃するのだが、冷静に戦い始めた俺たちは、全てを躱《かわ》すか受け流した。

火炎蜘蛛の反撃が少なくなったと感じた俺は、大刀功狐炎の呼吸法と要訣で気の圧力を上げ、感覚や思考を『泡沫の時』に移行する。火炎蜘蛛の動きが遅くなったように感じ、一つ一つの動きがはっきりと見えるようになった。また火炎蜘蛛が口から炎を吐き出した。それを上手《うま》く避けた俺たちは、次々に反撃する。アシンが白狼戦鎚を使って気爪撃《きそうげき》を火炎蜘蛛の背中に叩き込み、外殻の一部を破壊《はかい》して血肉を飛び散らす。それを見たゼングが、破壊された部分に槍の穂先を突き入れて捻《ひね》る。すると、火炎蜘蛛が暴れ出した。チャンスだと感じた俺は、側面に回り込んで頭に向かって妖蛛大剣を振り下ろす。その刃から炎が噴き出し、大蜘蛛の頭をかち割った。狐炎の一撃が致命傷《ちめいしょう》となって火炎蜘蛛が死んだ。

「ふうっ。いきなり出てくるから焦《あせ》った」

ゼングが声を上げる。

「コウ、火炎蜘蛛の価値がある部分というのは、どこなの？」

呼吸を整えたアシンが、質問してきた。

「火炎蜘蛛は、胸のところにある油袋と油生管《ゆせいかん》、卵巣《らんそう》が高いと聞いている」

卵巣の中の卵は、仙薬の材料になる。そして、油生管は空気から燃える液体を作る事ができるらしい。これには非常に興味が湧《わ》いた。俺たちは解体して価値のある部位を回収した。油袋を回収した時、中に僅《わず》かに残っていた液体を調べた。無色透明の液体で、たぶんメタノールか灯油ではないかと思う。それから火炎蜘蛛を調べた。八つの目には透明な半円球の膜《まく》のようなものが付いていた。これは火を吐き出した時に、目を守るもののようだ。形はコンタクトに似ているが、大きさは直径十二センチほどで熱にも強いのだろう。

「そんなものを、どうするんだ？」

ゼングが質問してきた。

「これで、ランプができるんじゃないかと思うんだ」

「えっ、こんなものからランプが」

アシンが驚いた顔をする。一方、ゼングは別の事を気にしていた。

「でも、油が高いぞ」

俺は回収した油生管を指差した。

「油は、これで作ればいい」

「作り方を知っているのか？」

「火炎蜘蛛は、火を吐き出す前に気を油生管に集めているようだった。だから、気が関係しているんだと思う」

「へえー、戦いながら観察していたんだ」

「ところで、二人に頼みがあるんだけど」

アシンがこちらに視線を向けた。

「何？」

「油袋と油生管が欲しいんだ。アシンに白狼戦鎚、ゼングに妖蛛剣《ようしゅけん》を譲《ゆず》る代わりに、その二つを譲ってくれないか？」

「この白狼戦鎚が気に入ったから、あたしはいいわよ」

ゼングは少し考えてから、質問してきた。

「その妖蛛剣は、剣脚蜘蛛の剣脚から作ったものなのか？」

「そうだ。妖蛛大剣と同じものから作った」

「なら、槍にする事もできるな」

ゼングも承諾《しょうだく》した。油袋と油生管より妖蛛剣の方が価値があると考えたようだ。そうしているうちに、カンルウたちが戻ってきた。その手には白狼の毛皮がある。たぶん爪《つめ》も回収したのだろう。得意そうな顔をして戻ってきたカンルウたちは、火炎蜘蛛の死骸を見て固まった。

「おい、それは何だ？」

カンルウが目を見開いて火炎蜘蛛の死骸を指差す。

「火炎蜘蛛です。襲ってきたので倒しました」

俺が代表して答えた。

「お前たちだけで、倒したのか？」

「もちろんです」

二人の師兄は、信じられないという顔をしている。火炎蜘蛛がそれだけ手強い妖魔だと知っているのだ。

「師兄たちは、白狼を仕留めたんですね」

チェンファーが頷いた。

「まあな。それより星露の実は集め終わったのか？」

ゼングが頷いた。

「はい。終わっています」

「だったら、さっさと帰るぞ」

突如不機嫌《とつじょふきげん》な顔になったカンルウたちは、怒鳴《どな》るように言った。俺は火炎蜘蛛を倒して自信が付いた。もう少し早く内弟子になる試験を受けても良いかもしれない。

虚礼洞に戻った俺たちは、採取した星露の実を薬房《やくぼう》に運んでからツェン長老の部屋に行った。

「長老、カンルウです。戻りました」

部屋の外から、ツェン長老に呼び掛ける。

「入れ」

俺たちが部屋に入ると、中ではツェン長老とモン長老、それにシャンシー長老が話をしていた。

「ご苦労だった」

ツェン長老が冷たい感じで言った。その反対にモン長老が優《やさ》しい笑顔《えがお》でこちらに目を向ける。

「私の依頼を果たしてくれたようですね。ありがとう」

ツェン長老の口調がぶっきらぼうなので、尚更《なおさら》モン長老の優しげなところに惹《ひ》かれる。彼女は『長老』と呼ぶのに違和感を覚えるほど若々しく美しかった。星露の実を集めるという依頼は、やはりモン長老からのものだったようだ。

「カンルウだけ残れ、他は戻っていいぞ」

俺たちは部屋を出て塀外舎へ向かった。

◆◆◇◇◆◆◇◇◆◆

部屋に残ったカンルウに、ツェン長老がコウの事を確認した。

「コウの大刀功狐炎は、どうだった？」

「刺突狼と戦うのを見たのですが、大刀の刃から炎が出ているのを確認しました」

それを聞いたシャンシー長老の眉《まゆ》が、ピクリと跳《は》ね上《あ》がる。

「ふむ、面白いな。そのコウという外弟子は、天才かもしれん」

ツェン長老が不機嫌そうな顔になった。

「天才などとは、言いすぎだな」

シャンシー長老は、ツェン長老に目を向けた。

「しかし、コウは優秀《ゆうしゆう》だ。どんな指導をしておるのだ？」

そう聞かれたツェン長老が目を逸《そ》らす。それを見たシャンシー長老が眉をひそめた。

「まさか、指導しておらんのか？」

「指導はしておらんが、管理はしておる」

モン長老がツェン長老に鋭い視線を向けた。

「ウェイ掌門《しようもん》が、この事を知ったらガッカリされるかもしれませんわ」

ちなみに、掌門というのは宗門の指導者を意味している。そのウェイ掌門は青霊堂《せいれいどう》で修行《しゆぎよう》しており、ほとんど外に出てこない。

「ちょっと、待ってくれ。これからは指導するから、掌門には言わないで欲しい」

「……まあ、いいでしょう」

モン長老は許したが、具体的にはどうするのかを尋ねた。

「外弟子の数が多すぎるのだ」

ツェン長老は外弟子の数を減らしたいようだ。

「本堂の雑用を熟《こな》すには、あの人数が必要だ」

シャンシー長老が指摘《してき》した。

「外弟子たちは、午前中だけで雑用を終わらせている。昼も働かせれば良い」

それを聞いたモン長老が顔をしかめた。

「それでは弟子と呼べません。使用人として雇《やと》うというなら、給金を出す必要があるでしょう」

ツェン長老が不機嫌な顔になる。この長老の態度が、周りに居る内弟子の考えに影響《えいきょう》して外弟子への態度に表れるのだろう。

「仕方ない。外弟子の指導を始めよう。ただ儂《わし》の直弟子だけでは手が足りんから、外弟子の中から技量が優《すぐ》れている者を選んで、手伝わせるしかないぞ」

「それなら、コウに手伝わせたらいいでしょう」

モン長老が提案した。

「それはいいな。それとカンルウをもう少し貸してくれんか?」

カンルウはシャンシー長老の直弟子だが、外弟子の管理をするために借りていた。シャンシー長老が頷いた。

「仕方ないだろう」

◆◆◇◇◆◆◇◇◆◆

俺は塀外舎に帰ると、ゼングに妖蛛剣を渡した。

「これが剣脚蜘蛛の剣脚か。重いんだな」

「剣脚は重いけど、切れ味と貫通力が良くて、気の通りもいい。たぶん梅華槍術との相性《あいしょう》はいいと思う」

「そうなのか。おれも剣脚蜘蛛を倒せるようにならないとダメだな」

武器は消耗品《しょうもうひん》だ。使っていれば、傷が刻まれて使えなくなる。妖魔の素材を買えるだけの資金か、自分で素材を入手できる技量が必要になるのだ。部屋に戻った俺は、背負い袋から油生管を取り出した。この油生管は油を生成すると言われているが、実際はメタノールかもしれないので油ではないかもしれない。

「問題は、どうやって生成するかだ」

試しに少しだけ気を流し込むと、直径五センチほどの黒い筒《つつ》に周りの空気が吸い込まれるのを感じた。そして、空気が吸い込まれる筒先とは反対側の筒先から液体が零《こぼ》れ落《お》ちる。その液体を触《さわ》ってみると、サラサラしている。布切れに浸《ひた》して火を点《つ》けると、明るい色の炎となった。灯油に近い成分かもしれない。取《と》り敢《あ》えず、灯油と呼ぶ事にした。俺は灯油ランプを作りたいと思い、購入《こうにゅう》した紙に設計図を描《えが》こうとしたが、薄暗くなってきた。

「こういう時にランプが欲しいんだけど、明日にしよう」

その日は寝て旅の疲《つか》れを癒《い》やした。

翌日、水汲みが終わったら本堂の前に集まれと言われ、水瓶《みずがめ》を一杯《いっぱい》にしてから本堂の前に向かった。雑用は水汲みの他にも掃除《そうじ》などがあるのだが、一番時間が掛かるのが水汲みなので、水汲み担当の俺たちが一番最後に集合した。そこにツェン長老とカンルウが来た。

「お前たちに伝える事がある。今まで忙しかったので、外弟子へ指導を行っていなかった。だが、これではいかんと考え、指導を始める事にした」

外弟子の間から『やったー』という声が上がる。

「まずは、このカンルウが基本を教える事になる。そして、それを補助するのはコウだ。前に出てこい」

その日からカンルウの指導を受ける事になった外弟子だったが、実際にカンルウの指導を受けると困惑《こんわく》した。カンルウは手本を見せる事はできても、言葉で説明する事はできなかった。

「こういう風にするんだ」

カンルウが『重奏剣』を教え始め、代表的な套路である第一路『風花《かざばな》』を見本として見せた。この套路というのは空手の型に似ている。それを見たインジェやジュンハイが真似《まね》して剣を振る。

「全然違う。こうだ」

またカンルウが見本を見せるが、説明が一切《いっさい》ない。これで習得しろというのが無謀《むぼう》だった。俺は『重奏剣』の指南書を読んで記憶している。カンルウが言いたい事は理解できた。インジェたちは重奏剣の基礎である『重奏なる気』ができていないのだ。『重奏なる気』というのは、質の違う二つの気を交互《こうご》に循環させて筋肉を強化するというものである。普通に気を循環させるより、筋肉の強化が高まるという。俺はカンルウの体内を循環する気を観察して気付いた。

「なぜ同じ間違いをするんだ？」

カンルウはいらいらしている口調で声を大きくした。インジェたちは困惑した顔で一生懸命《いっしょうけんめい》に練習しているが、ほとんど進歩がなかった。でしゃばりたくなかったが、これでは指導が失敗という事になり、また指導する事をやめるかもしれない。

「カンルウ師兄、私が代わりに説明しましょう」

その提案を聞いたカンルウが、疑惑《ぎわく》の視線を向けてきた。当然だろう。俺は重奏剣を練習した事がないのだから。

「説明できるのか？」

「気の制御《せいぎょ》は、それなりに習得していますから」

俺は『重奏なる気』について説明した。

「『重奏剣』の指南書を読んで、この剣術は重い気と軽い気と呼ばれる二つの気を使っている事は知っていると思います」

インジェたちが頷いた。

「しかし、重い気と軽い気の二つをきっちりと分け、それを使い熟していません」

「コウ、どういう意味だ？」

俺は二つの気がどう違うのか、実際に感じてもらう事にした。まず重い気を生み出す。これは陰《いん》の想念と気を融合《ゆうごう》したもので、その気を浴びると重く冷たいと感じるので『重陰気《じゅういんき》』と呼ばれている。もう一つの軽い気というのは、陽《よう》の想念と気を融合したもので、その気を浴びると軽く温かいと感じるので『浮陽気《ふようき》』と呼ばれている。但し、正式な名称《めいしょう》はあまり使われず、重い気、軽い気という言い方をする事が多いようだ。

「最初に普通の気を流し込みます」

俺は普通の気をインジェの身体に流し込んだ。インジェが『こんなものだろう』という顔で頷く。

「次に重陰気です」

俺は重陰気を生み出し、インジェの身体に流し込んだ。

「あっ」

インジェが声を上げる。普通の気と重陰気の違いを感じたのだろう。次に浮陽気を流し込んで二つの気の違いを理解させた。その後に、重陰気と浮陽気を交互に生み出すコツを説明する。重奏剣を学んでいる外弟子に二つの気を教え、交互に生み出すコツを教えるだけで、一日が終わった。

次の日は別の内弟子が梅華槍術を指導しにきた。その次の日は鬼王戦斧《きおうせんぷ》である。指導官として送られてくる内弟子は初めて他人に教えるという若手ばかりだ。御蔭《おかげ》でサポートが大変だった。その代わり様々な武術の技を教わる事ができた。俺はいつの間にか他の外弟子たちが指導を受けている横で、その補足説明をする係になっていた。ただ残念な事に重い武器を使う武術ばかりで、俺が練習している魔角戦鎚術や大刀功狐炎を教えてくれる内弟子は居ない。本来外弟子に教える武術ではない大刀功狐炎は仕方ないとしても、魔角戦鎚術を教えてくれる内弟子が居ないというのは納得《なっとく》できなかった。それでカンルウに尋ねた。

「内弟子の方で、魔角戦鎚術を教えられる人は居ないんですか？」

「ああ、魔角戦鎚術ね。あれは人気がないんだ。習得している内弟子はほとんど居ないんじゃないか」

「どうしてです？」

「魔角戦鎚術を習得するには、白狼の爪や雷熊の雷角《らいかく》を使った武器が必要になる。用意するのが難しいんだ。それより『燕尾剣術《えんびけんじゅつ》』や『重奏剣』を学んだ方がいい」

『燕尾剣術』というのは、細い剣を使う剣術で、女性の内弟子に人気があるようだ。ちなみに、『燕尾剣術』から発達したのが『龍気剣術』になる。

「コウは、魔角戦鎚術を学んでいるのか？」

「ええ、塀外舎の書庫にある武術は、俺の体格に合っていないものばかりなんです」

「まあ、その体格だと重い斧《おの》や剣を片手で振り回すのは、難しいか」

気を駆使《くし》すれば筋力の点では問題ないのだが、体重が軽いので重い武器を振り回すと身体が引っ張られてしまう時があるのだ。

「そうなんです。外弟子にも『燕尾剣術』を教えてくれませんか」

「話を聞くと、コウだけでなく女性の外弟子も困っていそうだな。ツェン長老、いやモン長老に相談してみる」

カンルウは悪い人間ではない。ただ考えが足りない脳筋タイプなのだ。それから内弟子たちのサポートを続けたが、困った事が起きた。昼間に自分の練習や狩りにいく時間がほとんどなくなったのである。俺は何とか時間を作ってランプの設計図を完成させ、街の職人に作製を頼んだ。ガラスの代わりに火炎蜘蛛から剥《は》ぎ取《と》った目の透明保護膜を使うように指示した。この透明保護膜は大きなコンタクトレンズのような形なので『蜘蛛ガラス』と呼んでいる。形としてはオイルランタンで、燃料タンクや火力調整ハンドル、風から火を守るホヤガラス、バーナーなどがある。但し、ホヤガラスは二個の蜘蛛ガラスを組み合わせて作ったものになる。オイルランタンは刑事だった前世で所有しており、自分で手入れをしていたので構造も知っていた。ちなみに、虚礼洞で使われている照明は、ランプよりロウソクが多い。オイルランタンの作製を頼んだ職人は、不思議な構造に驚いていたようだ。できれば真似したいと思ったようだが、蜘蛛ガラスがないので真似できないだろう。完成したオイルランタンは、黒く塗装《とそう》されていた。自分の部屋で布製の芯をセットして油生管で生成した灯油を燃料タンクに入れる。そして、芯に灯油が染み込んでから蜘蛛ガラス製のホヤを持ち上げて火を点けた。陽が傾《かたむ》いて暗くなり始めた部屋の中に、ランタンの明かりが浮かび上がる。しばらくの間、ジッとランタンの明かりを見ていた。

「本を読むくらいならできそうだけど、ちょっと目が疲れそうだ」

あまり明るくないので芯をもう少し出して炎を大きくする。大きくなった炎が周りを照らす。これなら大丈夫そうだ。

「コウ、何をしているんだ？」

外でゼングの声がした。外に漏《も》れた光に気付き、ゼングが不思議に思ったようだ。返事をすると中に入ってくる。

「あっ、ランプだ」

「頼んでいたものが出来たんで、試していたんだ」

「凄いな。こんなに明るいんだ」

電気を使った照明に比べれば薄暗い明かりなのだが、ここでは明るく感じるようだ。これが『オイルランタン』という名前だとゼングに教え、どういうものか簡単に説明した。

「このオイルランタンには、二個の蜘蛛ガラスを使っているのか。まだ蜘蛛ガラスは残っているんだろ」

「ええ、八個回収したから、残り六個ある。ゼングやアシンのオイルランタンも作る？」

使っている蜘蛛ガラスは、アシンやゼングが一緒に戦って倒した火炎蜘蛛から剥ぎ取ったものなので、二人にも権利がある。但し、職人の工賃や他の材料費は、それぞれに払ってもらう。俺はこのオイルランタンで商売をするつもりはない。蜘蛛ガラスの入手が困難だからだ。それに俺が目指している不死者、神仙という存在は金に執着《しゅうちゃく》するような存在ではない。ただ金に困って貧しい暮らしをするつもりもなかった。

このオイルランタンの存在は、部屋で何度か使うとすぐに外弟子たちの間に広まった。塀外舎は夏は涼しく冬は凍《こご》えるほど寒いという素晴らしくボロな建物なので、どうしても光が漏れるのだ。他の外弟子から羨ましがられたが、蜘蛛ガラスの数に制限があるので簡単に提供する訳にはいかない。それにオイルランタンには灯油が必要であり、油生管は一つしかないのだ。ゼングとアシンが使う灯油くらいなら提供できるが、他は難しい。秋が深まり、人突き鳥狩りを始める時期が近付いた。

「もうすぐ人突き鳥が西縁湖《せいえんこ》に渡ってくる季節だ。今年も人突き鳥狩りをするんだろ？」

ゼングが部屋に来て尋ねた。

「そのつもりだったけど、内弟子たちの手伝いをしなきゃならないから、暇《ひま》がない。ゼングたちだけで狩りをするのも、ありだと思う」

「二人だと、手が足りないかもしれない」

「他の外弟子に協力してもらっても、いいんじゃないか」

すでに自分の羽毛布団やダウンジャケットは確保しているし、網《あみ》を使った狩りの方法を独占《どくせん》するのは無理だと覚悟《かくご》していた。

「そうだな。だけど、人突き鳥狩りの方法を考えたのはコウだ。それに使う網もコウのものだから、使用料として採取した羽毛の一割を払うよ」

その話をアシンに話すと、外弟子の女性たちが総出で協力するという事になった。彼女たちは、アシンの羽毛布団を切実に欲しいと思っていたという。冷え性の女性は多いので、寒い夜は辛《つら》いのだそうだ。ちなみに、外弟子の間では独角猿《どっかくさる》や牙兎の狩りをして毛皮を敷布団《しきぶとん》代わりにするのが流行《はや》っている。野生動物の毛皮より、妖魔の毛皮の方が暖かいという評判だ。

◆◆◇◇◆◆◇◇◆◆

ゼングとアシンが中心になって人突き鳥狩りを始めた頃から、俺はオイルランタンを持って夜の森へ行き、本堂の書庫で記憶した『雷功拳《らいこうけん》』の練習を始めた。オイルランタンを木の枝から吊り下げ、その明かりの下で雷功拳を練習する。雷功拳の基本は、重奏剣に似ている。重陰気と浮陽気を駆使して防御と攻撃を行う拳術なのだ。重奏剣は重陰気と浮陽気を交互に体内で循環させて筋力を強化する。その強化した筋力で人間離れした動きを行うのだ。一方、雷功拳は重陰気と浮陽気の本来の使い方をする。浮陽気を体内で循環させると、身体が軽くなって素早い動きができる。これによって敵の攻撃を避けるというのが防御の基本となる。そして、攻撃する場合は重陰気を体内に循環させて重い一撃で敵を倒す。重陰気と浮陽気は『重奏剣』の指南書を読んで習得していたので、雷功拳独特の動きをマスターする事に力を注いだ。

オイルランタンの周りを回りながら、重陰気と浮陽気を制御する。浮陽気を体内で循環させ、軽《かろ》やかな動きでイメージした敵の攻撃を避ける。そして、重陰気を使って重い一撃で敵を攻撃する。雷功拳の要訣は、重陰気と浮陽気を素早く切り替える事にあるようだ。動きながら重陰気と浮陽気を素早く切り替えられるようになるまで、二ヶ月掛かった。その間にゼングとアシンは何度も人突き鳥狩りに行ったらしく、ホクホク顔で一割の羽毛を持ってきた。ゼングが羽毛を持って部屋に来た時、話をした。

「冬になる前に、参加者全員の羽毛布団が作れそうだ」

「良かったじゃないか」

「でも、最近インジェ師兄たちの視線が、冷たくなったような気がする」

インジェたちにすれば、何で女性の外弟子だけなんだという気持ちがあるのだろう。

「気持ちは分かるけど、インジェ師兄たちは綿が入った掛け布団を持っているんだろ」

ゼングが苦笑いしながら頷いた。

「外弟子が購入できるような掛け布団は、薄いから寒いそうだ」

「そう言えば、今年入った外弟子はどうするつもりなんだろう？」

「今年の新人は三人、一人が男で二人が女の子だ。女の子は人突き鳥狩りに参加しているから大丈夫」

新人の少年は十四歳《さい》で商都ボウシンの隣村《となりむら》から来たそうだ。あまり裕福《ゆうふく》ではない家庭で育ったらしいので、掛け布団を買う金はないだろう。

「その新人、ジン・イーミンだっけ。虚礼洞の冬を分かっているのかな？」

「分かっていないかもしれないな」

「だったら、ゼングが助言したらいい」

「コウから言った方が、いいんじゃないのか？」

「相手は年上だよ。素直に聞かないかもしれない」

「そうだけど。コウの実力を知れば、素直に聞くんじゃないか？」

「それには時間が掛かると思う」

ゼングやアシンは、年下の俺がそれだけの実力を持っていると知っている。なので、対等に話していても、それが当たり前だと思っているが、俺の事をあまり知らない者だと生意気なやつだと思うようだ。

「でも、どう助言すればいい？」

「何も知らない新人が凍えるのは、見たくない。まずは独角猿や牙兎の狩りをするように助言するべきかな」

「毛皮の敷物があるかないかで、寒さがだいぶ違うからな」

「最悪でも毛皮に包《くる》まって寝れば、凍え死ぬ事はないよ」

俺たちが虚礼洞に入る前も、新人が凍え死ぬ事はなかったのだ。外弟子は身体が丈夫な者しか居ないから、大丈夫だろう。

「それよりオイルランタンはどう？」

俺がゼングに尋ねた。

「最高だよ。あれなら夜遅くまで勉強できる」

ゼングとアシンもオイルランタンを作った。但し、二人のオイルランタンは一つだけ蜘蛛ガラスを使っている。夜間勉強用の明かりなので、前方だけを照らせば十分だからだ。後方には銅板を磨《みが》いた反射鏡を付け、前方がより明るくなるように出来ている。

「何を勉強しているの？」

「仙秘文字と煉丹術だよ」

「煉丹術を始める事にしたんだ」

「気のレベルを上げる仙薬は薬房で買えるけど、高いから自分で作る事にした。アシンも同じだ」

煉丹術は様々な仙薬や霊薬を作れるようになるので、勉強して損はないと思う。ゼングやアシンが煉丹炉《ろ》を使うようになると、毎日俺が使う事もできなくなるのか。自分用の煉丹炉を買おうかな。

自分用煉丹炉を買おうと思い、どこで売っているのか調べると虚礼洞に宝具工房《ほうぐこうぼう》という場所があり、そこで煉丹炉を作っていると分かった。内弟子の指導がない日、これは末尾《まつび》に『六』がつく日と決まっている。その日に宝具工房へ行って煉丹炉の値段を調べた。

「うわっ、安いものでも金貨五十枚か」

小型の煉丹炉でも、その値段だった。

「あら、可愛い子が来たわね」

声がした方に目を向けると、逞《たくま》しいという感じの女性道士が居た。

「初めて御目《おめ》に掛かります。外弟子のコウです」

礼儀《れいぎ》正しく挨拶《あいさつ》した。その女性の身体から充実《じゅうじつ》した気が溢れ出ているのを感じ、長老の一人じゃないかと推測したのである。

「あたしは宝具工房の責任者ミンよ。煉丹炉を見ていたようだけど、欲しいの？」

宝具作りの大家と言われるミン長老だった。

「はい。ですが、高価なので買えそうにありません」

ミン長老はジッと俺の顔を見て何かを思い出したようだ。

「あなたが、丹の競祭で優勝したコウなの？」

「そうです」

「それなら自分の煉丹炉が欲しいと思うのも、理解できるわね」

「この煉丹炉は、長老が作られたものなんですか？」

「いいえ、小型のものは弟子たちが作ったものよ。……そうだ、塀外舎で新しいランプを使っていると聞いたわ。どんなものなの？」

説明するのは難しいので、実物を見せる事にした。塀外舎にオイルランタンを取りに戻り、また宝具工房へ行ってミン長老にオイルランタンを見せる。ミン長老はオイルランタンを手に取ってじっくりと観察した。

「面白い形をしている。でも、この形には意味があるようね」

「はい、いくつかの工夫があります」

「私も欲しいわ。昔作った小型煉丹炉と交換するというのはどう？」

「本当ですか。ありがたいです。でも、このオイルランタンは火炎蜘蛛の油生管で作る油を使用します」

「問題ない。私も油生管を持っている」

ミン長老が作った煉丹炉なら、確かなものだろう。俺は喜んでオイルランタンと交換する事を約束した。交換は新しいオイルランタンを作った後になるが、本当に嬉《うれ》しかった。オイルランタンとの交換で煉丹炉を手に入れる事になった俺は、精力的に雷功拳の練習に励《はげ》んだ。雷功拳は、虚礼洞の武術としては珍《めずら》しく人間を相手に戦う武術として作られている。まあ、素手で戦う武術なので、これを使って妖魔と戦うのは厳しいだろう。

ただ弱い妖魔なら倒せるだけの秘技を雷功拳は持っていた。それは【雷掌撃《らいしょうげき》】と呼ばれている技で、相手の懐《ふところ》に跳び込んで、掌底《しょうてい》を顔や胸に叩き込む。その掌底を叩き込む時に重陰気と浮陽気を同時に掌《てのひら》から放出する。その結果、落雷したかのような音が発生して相手が弾け飛ぶ。自分の体内で二種類の気が混ざっても何も起きないが、相手の体内で混ざると激烈《げきれつ》な反応を起こすようだ。その威力は凄《すさ》まじく、妖魔でない野生の熊なら仕留められるほどだった。

やっと【雷掌撃】を習得した頃、雪が降り始めた。本格的な冬に入ったのである。

外が寒すぎるので、内弟子の指導は中断する事になった。再開は春になってからになる。俺たちは雪が降っても水汲みや掃除などの雑用を休む事はできないのに、贅沢《ぜいたく》なものだ。雪が降っている時の塀外舎は、窓を閉め切っているので昼間でも薄暗い。そういう時は書庫で勉強する事もできないので、今までは気の鍛煉《たんれん》をしていた。だが、俺のオイルランタンが変化を与えた。雪なので外で練習する事もできない。そこで俺とゼング、アシンの三人は、食堂にオイルランタンを持ち込み、多くの外弟子が食堂で過ごすようになったのだ。食堂で外弟子同士の情報交換が行われるようになり、アシンとゼングが基塁功で気のレベルが進歩した事を話すと、多くの外弟子が基塁功に興味を持ち、食堂のテーブルや椅子を隅《すみ》に片付けて基塁功の練習を始めた。先生役はアシンとゼングである。俺やシャオタンは参加せずに話をしていた。

「道場みたいなものが必要じゃないですか？」

俺が言うとシャオタンが頷いた。

「さすがに食堂で武術や気の練習をするのは、無理がありますね」

「問題は、長老たちが承認してくれるかです」

それを聞いたシャオタンが、険しい顔になる。

「難しいでしょうね」

「いっその事、自分たちで建てるのはどうでしょう？」

シャオタンがびっくりした顔をする。

「はあっ、建てられるものなの？」

「時間を掛ければ、できると思います」

「大工道具や木材はどうする？」

「木材は魔境の木を切り倒して、運んで使えばいいと思います。ただ大工道具は買わないとダメでしょう」

「仕方ないですね。年長の僕やインジェが金を出します。それなら長老たちも承認するでしょう」

「しかし、建てるには時間が掛かりそうです」

「完成する頃、君は内弟子になっているかもしれませんね」

シャオタンの言葉に驚いた。

「どうして、そう思うんです？」

「大刀功狐炎で火炎蜘蛛を仕留めたと聞いた時、雷熊を倒す準備に入っているんだなと思いました。僕より年下なのに……少し嫉妬《しっと》したよ」

俺はシャオタンの目を見た。その目の中には前に進もうとする者の意志があった。シャオタンは内弟子になろうと必死で努力している。それは間違いないようだ。

「インジェが少し焦っている。助けてやってくれないか」

ちょっと意外だった。シャオタンとインジェは同期であるが、インジェの方が年上らしい。外弟子には内弟子になる事を諦《あきら》める歳《とし》というのがあるという。その歳にインジェは近付いている。だから、焦っているのだそうだ。

「シャオタン師兄は、いいんですか？」

「僕にはまだ時間がある」

二人の師兄は五歳くらい年齢差《ねんれいさ》があるという。――昔を思い出した。前世の俺は、警察内部で出世しようとがむしゃらに頑張《がんば》っていた。それが間違いだったとは思わない。だが、あまりにも自分の事しか考えずに周りを見ていなかった。だから、同僚《どうりよう》に裏切られる事に気付かなかった。俺はまだ若い。だから、周りを見て助けられる者には手を差し伸べるだけの強さを身に付けよう。そう決意した。

「いいですよ。インジェ師兄、それとシャオタン師兄に、俺の修行に付き合ってもらう事にします。それで学べる事を吸収してください。俺も練習相手が出来てありがたいです」


シャオタンと話をした翌日の夜、俺とインジェ、シャオタンの三人は食堂に集まった。

「コウ、僕も一緒でいいのですか？」

集まるように言われたシャオタンは、俺の負担が大きくなるのではないかと心配しているようだ。

「一人も二人も変わりませんよ。それより師兄たちの気のレベルを教えてください」

インジェが第五階梯《かいてい》でシャオタンが第四階梯だという。

「伸びてませんね」

二人が顔をしかめた。

「そういうコウはどうなんだ？」

「最近になって第七階梯になりました」

「な、もう一つ上がれば、内弟子試験の合格水準じゃないか」

インジェが驚きの声を上げた。

「どうやって上げたんだ？」

「『冥明功中伝《めいめいこうちゅうでん》』を修行しています」

塀外舎の書庫にある気の鍛煉に関する本は、『基塁功』『冥明功中伝』『精印功初伝』『精印功中伝』の四冊である。その中で『冥明功中伝』を練習する者は俺以外には居《お》らず、他の者はほとんど『精印功初伝』と『精印功中伝』を修行している。ちなみに、精印功というのは、冥明功のような動功ではなく座禅《ざぜん》を組んで静かに気を練る静功である。

「えっ！」「はあっ！」

シャオタンとインジェが驚いて声を上げた。

「ちょっと待て。『冥明功中伝』には意味不明な箇所《かしょ》があって、修行できないはずだぞ」

インジェが声を大きくして言う。

「研究して、こうじゃないかと試していたら、正解を探り当てました」

「コウ、お前は天才だな。シャオタンもそう思うだろ」

「ええ、僕じゃ到底不可能な事です」

「運が良かっただけです。それより、インジェ師兄は『精印功中伝』をやめて『冥明功中伝』に切り替えましょう」

「分かった」

シャオタンが身を乗り出す。

「僕はどうすればいい？　ここ二年、気のレベルが上がっていないんですよ」

「『基塁功』を試してみましょう」

俺は『冥明功初伝』については教えなかった。虚礼洞で失伝したと言われているものを教えると、ちょっと面倒臭《めんどうくさ》い事になると思ったからだ。『冥明功中伝』については、自分だけの秘密にするのも良いかもしれないと以前は思っていた。だが、煉気期《れんきき》における気のレベル上げは、道士の初歩であって大したものではないと知ったのだ。道士の修行は、煉気期から霊力を育成する霊成期《れいせいき》になってからが重要だと分かってきた。それに本堂の書庫で気の鍛煉法に関する本を探した時、たくさんの本があるのを見ている。その中には冥明功に匹敵するような気の鍛煉法が書いてある指南書もありそうだった。俺は二人に気の鍛煉について教えながら、雷功拳の一部を教える事にした。虚礼洞の武術には、重陰気と浮陽気を使う武術がいくつかあり、その中には重奏剣も含まれている。

梅華槍術は普通の気を使って筋力を強化するという事をしているが、これを重陰気と浮陽気を使うようにする事もできそうだ。俺が教えた雷功拳の一部というのは、浮陽気を使って素早く動き敵の攻撃を避けるという技術と重陰気を使って重い一撃で敵を倒す技術である。俺たちは短い棒を使って地稽古《じげいこ》や約束《やくそく》稽古をした。地稽古は試合に近い形式の模擬戦《もぎせん》で、約束稽古は仕掛ける技を決めておいて攻防の練習をするものだ。ただ食堂の中なので短い棒による練習になる。俺の一撃を受けて床《ゆか》に転がるインジェ。

「ダメです。そこは浮陽気を使って躱すんです」

「そんな事を言っても、切り替えが追い付かない」

「だから、切り替えの練習をするんです」

初めは三人だけで秘密にやっていたのだが、すぐに他の外弟子にバレた。まあ、食堂の中でやっているのだから当然だろう。稽古を見学する外弟子が増え、益々食堂が狭くなってしまった。インジェとシャオタンは、冬の間に随分《ずいぶん》と腕《うで》を上げた。そして、気のレベルもインジェが第六階梯、シャオタンが第五階梯、俺が第八階梯になった。雪が解けて春になると、インジェとシャオタンが長老たちに相談して道場を建てる許可をもらった。冬の間にどういう道場を建てるか決めていたので、まず魔境から木を切り出して塀外舎の庭に運ぶ事になるだろう。

春になって内弟子による指導が再開されたので、俺は忙しくなった。ただ冬の間にインジェとシャオタンが随分と進歩したので、教える内弟子を驚かせたようだ。俺自身は気のレベルと対人戦に関する技術が上がっている。今まで一人で練習する事がほとんどだったので、対人戦は苦手だった。インジェとシャオタンを相手に練習するようになり、駆け引きとか細かい技を身に付ける事ができた。

6 内弟子《うちでし》試験

内弟子による外弟子の指導が再開されてすぐに、ツェン長老の部屋にカンルウと外弟子に梅華槍《ばいかそう》術《じゅつ》を指導しているジョンリンが呼ばれた。

「外弟子の指導は上手《うま》くいっておるのか？」

「はい。外弟子の技量は間違いなく上がっています」

カンルウが代表して答えた。

「そうか。だが、自分の鍛煉《たんれん》も怠《おこた》ってはならんぞ」

「分かっています」

「ところで、賛松湖《さんしょうこ》から呉陽洞《ごようどう》のチウ長老と二人の内弟子が来る事になった」

「何のために来るのです？」

「魔境《まきょう》で至宝銀《しほうぎん》を手に入れるためだ。ここに滞在《たいざい》する」

カンルウが首を傾《かし》げた。

「宝剣《ほうけん》に使われる金属ですね。でも、キョレン魔境で採掘《さいくつ》できるとは聞いていません」

キョレン魔境というのは、虚礼洞《きょれいどう》の北側に広がる魔境の正式名である。カンルウとジョンリンは魔境に至宝銀の鉱脈があるとは聞いた事がなかった。

「至宝銀の鉱脈は見付かっておらん。ただ鉱喰《こうく》いミミズの体内に至宝銀を溜《た》め込《こ》んでいる事が分かっている」

「そうなのですか。では、鉱喰いミミズ狩《が》りに来たのですね？」

「そういう事だ」

「二人には、ククル谷まで案内してもらう」

鉱喰いミミズが棲《す》み着いているのがククル谷なのだ。


虚礼洞に三人の客が到着した。一人は隻眼《せきがん》の大男、もう一人は二十歳《はたち》くらいの青年、最後の一人はまだ十代後半らしい少女だった。隻眼の男が虚礼洞の門番に近付いた。

「呉陽洞のチウだ」

二人の門番のうちの一人が、ピクッと反応する。

「チウ長老ですね。少々お待ちください」

そう言った門番は、門の近くにある鐘《かね》を叩いた。澄《す》んだ音が響《ひび》き渡《わた》り、本堂からツェン長老と数人の内弟子が出てきた。

「チウ長老。お久しぶりですな」

「これはツェン長老、お元気そうで何よりだ」

ツェン長老はチウ長老たちを本堂に案内した。本堂の客間に案内されたチウ長老は、二人の内弟子を紹介した。

「こっちの青年がスイ・チュェン、もう一人はバオ・チェンシーだ。二人とも弟子の中では飛び抜《ぬ》けた才能の持ち主だ」

「なるほど。素晴《すば》らしいですな」

「ふん、虚礼洞にもそういう弟子がおるだろう。競《きそ》わせてみんか？」

「冗談《じょうだん》を。目的は至宝銀だと聞いておりますよ」

「もちろん、至宝銀を手に入れる事が一番重要だが、弟子たちの見識も広げたい」

ツェン長老は探《さぐ》るような目でチウ長老を見た。まるで『弟子の二人を使って、虚礼洞の実力を探るつもりなのか』と疑っているようだ。その日は、チウ長老たちをもてなす宴《うたげ》を開いて歓迎《かんげい》した。


翌日、チウ長老たちはカンルウたちの案内でククル谷へ向かう。

「カンルウだったな。君は武の競祭《きょうさい》で優勝したと聞いた」

チウ長老がカンルウに話《はな》し掛《か》けた。

「運が良かっただけです」

「謙遜《けんそん》しなくても良い。運だけで優勝できるものではないだろう」

「チウ長老に、そう言っていただけるだけで光栄です」

チウ長老が満足そうに頷《うなず》いた。

「ところで、我々はこの魔境に慣れておらん。慣れるまでよろしく頼むぞ」

「お任せください」

カンルウとジョンリンは、ククル谷までの途中で遭遇《そうぐう》した妖魔《ようま》を倒《たお》して先に進んだ。刺突《しとつ》狼《おおかみ》や鉄《てつ》爪熊《そうぐま》を倒すと、チウ長老の弟子であるチユェンが自分も戦いたいと言い出した。チウ長老がカンルウとジョンリンへ視線を向ける。

「彼らに無様な姿は見せられんぞ」

チユェンが自信ありそうな顔をする。

「大丈夫です。自信があります」

そう言ったチユェンの武器は刀だった。どういう刀術を身に付けているのか、カンルウは興味を持った。もう少しでククル谷というところで、カンルウたちは鎧猪《よろいいのしし》と遭遇。体長二メートル、鎧のように頑強《がんきょう》な皮膚《ひふ》を持つ大猪である。何らかの強力な武術か、宝剣や宝槍《ほうそう》の類がないと仕留められない妖魔だった。チユェンは、幅《はば》がある短めの刀を抜いた。その刀身は少し赤みのある銀色で至宝銀で出来ているようだ。

「それは宝刀ですか?」

カンルウがチユェンに確認《かくにん》した。

「ああ、宝刀青龍《せいりゅう》だ」

チユェンは鎧猪を見詰《みつ》めたまま答えた。それと同時に鎧猪が走り出す。チユェンも走り出し、鎧猪とぶつかる寸前に軽《かろ》やかに鎧猪の突進《とっしん》を躱《かわ》し、その横腹を宝刀で切り裂《きさ》いた。硬《かた》く頑丈なはずの鎧猪の皮膚を簡単に切り裂く宝刀の切れ味は凄《すご》かった。そして、速い突進を躱すチユェンの動きも凄い。チユェンは血を流す鎧猪の首に宝刀を軽く振り下ろす。それだけで鎧猪の首が切れて飛んだ。

それを見ていたカンルウとジョンリンの顔色が変わる。カンルウがチウ長老に顔を向けた。

「あれは何という刀術なのですか？」

「龍牙刀《りゆうがとう》という刀術だ」

その後、ククル谷に到着したチウ長老たちは十数匹《ひき》の鉱喰いミミズを狩り、必要な量の至宝銀を手に入れた。

◆◆◇◇◆◆◇◇◆◆

今日はカンルウが重奏剣《じゆうそうけん》を指導する日だったのだが、昨日魔境から帰ったばかりで疲《つか》れているから休みだという連絡《れんらく》を受けた。それで魔境へ行こうと準備をして虚礼山の裏側に回る道に行くと、シユンリンと知らない少女の姿が見えた。

「コウ、魔境に行くの？」

「はい。晶北湖《しようほくこ》に青羽根烏《あおばねからす》を狩りに行きます」

その時、知らない少女が口を挟《はさ》んだ。

「この子も内弟子なの？」

「いえ、コウは外弟子です」

「外弟子……でも、この若さで外弟子の試験に受かるというのも、凄いのかしら」

シュンリンが頷いた。

「コウは、この若さで丹《たん》の競祭で優勝しています。天才じゃないかと言われているんですよ」

このままだと照れくさい話になりそうなので、話に割って入る事にした。

「シュンリンさん、この方はどなたです？」

「ごめん、紹介していなかったわね。こちらは呉陽洞の内弟子バオ・チェンシーさんよ」

チェンシーはアシンと同じ年頃《としごろ》の美少女だった。ただ鋭《するど》い目をしているので、性格がきつそうに見える。実際はどうか分からない。

「そうなんですか。他の門派の道士に初めて会いました」

「そうだ。私たちも青羽根烏狩りに同行しない？」

「でも、コウの邪魔《じゃま》をしちゃ悪いわ。それにチェンシーさんは魔境から帰ったばかりで、疲れているのでは？」

「至宝銀を手に入れるために、鉱喰いミミズを狩りに行ったのだけど、兄弟子のチユェンが張り切りすぎて、ほとんど私の出番がなかったのよ」

出番がなかったので、体力は余っているらしい。チェンシーが俺《おれ》に顔を向ける。

「その青羽根烏だけど、何か特別なの？」

「クチバシが金属で出来ていて、それを使って作った剣は、普通の剣より切れ味がいいんです」

チェンシーが俺が持っている妖蛛大剣《ようしゅだいけん》に目を向けた。

「立派な武器を持っているじゃない」

「予備の武器が欲《ほ》しいんです」

俺は白狼戦鎚《はくろうせんつい》という予備の武器を持っていたが、油生管《ゆせいかん》の代償《だいしょう》としてアシンに譲《ゆず》ってしまった。予備の武器として山刀もあるが、この武器は弱い妖魔にしか通用しない。

「コウ、飛んでいる青羽根烏をどうやって仕留めるの？」

「罠《わな》を使って、仕留めるつもりです」

「へえー、そうなんだ。コウの事だから凄い武術でも、学んだのかと思ったわ」

斬撃《ざんげき》を飛ばすような武術の事を言っているのだろう。そんな武術に心当たりがある。本堂の書庫で見付けた『龍気剣術《りゆうきけんじゆつ》』である。龍気剣術は気を加工して『龍気』と呼ぶものにする。気を加工する事は大刀功狐炎《だいとうこうこえん》でも少しだけやっているが、龍気ほど特殊《とくしゆ》な加工はしていない。その龍気剣術の技《わざ》の中に【龍翼《りゆうよく》】というものがある。それは龍気で作られた斬撃を飛ばすという技で、龍気剣術の秘技となっている。

「そんな凄い技なんてできませんよ」

話を聞いていたチェンシーは、首を傾げた。

「コウは丹の競祭で優勝したんじゃなかったの？」

「そうなのですけど、コウは武術に関しても才能があるんです」

シュンリンは俺の事を高く評価しているようだが、彼女の前で武術の腕前《うでまえ》を披露《ひろう》したのは一度くらいしかないはずだ。

「シュンリンさん。俺の才能なんて、大した事はありません」

そういう俺にシュンリンが笑顔《えがお》を向ける。

「謙遜する必要はないわ。ちゃんとカンルウ師兄《しけい》とモン長老が話しているのを、聞いたんだから」

情報の出どころはカンルウらしい。あいつ、意外と口が軽いのだな。気を付けないと俺の噂《うわさ》が広まってしまう。そんな話をしながら、魔境に下りて進んでいると刺突狼の群れに遭遇した。俺は妖蛛大剣から鞘《さや》を取ると、前に進み出る。すると、六匹の群れから三匹の刺突狼が俺に向かってきた。

大刀功狐炎の呼吸法と要訣《ようけつ》で圧力を上げた気が体中を循環《じゅんかん》する。その御蔭《おかげ》で刺突狼の動きが遅くなっているように感じる。掬《すく》い上《あ》げるように下から妖蛛大剣を振り上げ、刺突狼の首を刈《か》る。振り上げた妖蛛大剣の刃《は》をひるがえし、そのまま二匹目の刺突狼の頭を真っ二つにした。そして、三匹目が襲《おそ》ってきたので、妖蛛大剣をクルッと回転させて柄《つか》の先端《せんたん》部分である石突《いしづき》で刺突狼の喉《のど》を突《つ》く。呻《うめ》くような声を上げ、刺突狼が地面を転がる。その刺突狼の口に向かって妖蛛大剣の切っ先を突き出し、それでトドメを刺《さ》した。

シュンリンは一匹の刺突狼と戦っていた。優勢に戦いを進めており、俺の加勢は必要ないみたいだ。チェンシーは一匹の刺突狼を倒し、二匹目と戦っている。これも俺の加勢は必要なさそうである。二人の戦いを見守っていると、すぐに終わった。二人とも刺突狼を倒したのだ。

「二人とも、お見事でした」

チェンシーは俺が倒した三匹の刺突狼を見た。

「お見事なのは、あなたよ。私たちよりも多い三匹を、より早く倒したのだから」

俺は肩《かた》を竦《すく》めると、先に進もうと言った。そのまま進んで魔境の大河である晶《しよう》禍《か》江《こう》の手前に存在する晶北湖に辿《たど》り着《つ》いた。それほど大きな湖ではないが、その水は綺麗《きれい》に澄んでいて周りにはドングリのような実をつける木々が生い茂っている。俺は背負い袋《ぶくろ》から剛狼《ごうろう》の毛から作った紐《ひも》を取り出した。この剛狼紐はタコ糸のように細いが、大人二、三人がぶら下がっても切れないほど頑丈だった。

「その紐で罠を作るの？」

シュンリンが質問してきた。

「そうです。この紐は頑丈で、罠を作るのに最適なんですよ」

俺が作る罠はシンプルなものだ。木の枝や低木のしなりを利用するもので、餌《えさ》を置いて近付いた獲物《えもの》がトリガーとなる木の棒を踏《ふ》めば罠が起動し、紐が獲物の足を引っ掛けて持ち上げるというものだった。この仕掛けを湖の周りに六ヶ所仕掛けた。後は巡回《じゅんかい》して罠に青羽根鳥が掛かるのを待つだけだ。罠を仕掛けて一時間ほど経《た》ってから巡回を始めた。

「罠に掛かっているかな？」

シュンリンがワクワクしているという顔で尋《たず》ねた。

「どうだろう？　そんなに早く掛かるとは思えないけど」

罠に近付くと何かが暴れている気配を感じた。

「掛かった」

俺は急いで罠の場所に駆《か》け寄《よ》った。そこで逆さまになって暴れていたのは、独角猿《どっかくさる》だった。その猿が餌として置いた牙兎《きばうさぎ》の肉片《にくへん》を俺から遠ざけるように手を動かす。

「そんなものを盗《と》る訳ないだろ」

俺は妖蛛大剣で首を串刺《くしざ》しにして仕留め、手早く毛皮を剥《は》いだ。

「その毛皮は必要なの？」

シュンリンが尋ねた。

「ええ、敷物《しきもの》にすれば暖かいんですよ」

罠を元《もど》の状態に戻し、餌は独角猿の肉片に変える。同族の肉は食べないかもしれないと思ったのだ。次の罠に向かった。次の罠にも何かが掛かっている気配がする。俺たちは近付いて確かめた。

「はあっ、また独角猿かよ」

その猿は手に握《にぎ》った餌を必死で取られないように胸に抱《だ》きかかえた。

「そんなに大切なら食べればいいだろ」

シュンリンが笑う。

「逆さまになった状態だと、食べられないいんじゃない」

「そんな繊細《せんさい》な生き物じゃないと思うけど」

俺は妖蛛大剣で仕留めて皮を剥いだ。そして、罠を元通りにする。次の罠にも独角猿が掛かっていた。紐で足を吊《つ》り上げられた猿は、俺を見て吠《ほ》えた。

「キーッ、キキッ」

暴れてから逃げられないと分かり、その猿は苦渋《くじゅう》の決断という顔で手に持った餌を俺に向かって投げた。これで解放しろ、という事らしい。見当違いな行動が、なぜか俺の怒《いか》りのツボを押したらしい。それに俺を裏切った前世の相棒が猿顔だったのを思い出す。

「アホかー！」

思わず最近稽古《けいこ》している雷功拳《らいこうけん》が出てしまった。浮陽気《ふようき》を使って風のように独角猿の傍《そば》に跳《と》び込んで、重陰気《じゅういんき》と浮陽気を同時に放出しながら【雷掌撃《らいしょうげき》】を顔に叩き込んだ。ドーンという轟音《ごうおん》が響き、独角猿の顔が陥没《かんぼつ》。その一撃で血を噴き出した独角猿が死んだ。それを見ていたチェンシーとシュンリンが引いた。

「コウ」

シュンリンが声を掛けてきた。俺は深呼吸した。

「済みません。昔の知り合いに似ていたもので、思わず怒《おこ》ってしまいました」

「そうなの。コウの知り合いは、猿顔だったのね」

「コウには、猿顔の知り合いを紹介しない方が、良さそうね」

チェンシーが言った。冷静さを失った事に、自分でもびっくりしていた。もしかすると、ストレスが溜まっていたのかもしれない。外弟子という立場はストレスが溜まりやすいのだ。三匹目の独角猿から皮を剥ぎ取った俺は、次々と罠を見て回った。だが、罠には獲物が掛かっていなかった。最後の罠を確認したが、空振りだ。

「掛かってませんね」

シュンリンがガッカリしたような声を出す。

「そんなに簡単に掛かるものじゃない、と思いますよ」

ちょっと休憩《きゆうけい》してから、二回目の巡回に向かう。その途中、牙兎に遭遇してシュンリンが倒す。最初に設置した罠のところに行くと、何かが暴れている気配がした。急ぎ足で近付いて正体を確かめる。

「よし、青羽根烏だ」

逆さまになって暴れているのは、全体的には黒い羽根で覆《おお》われているのだが、頭に三本の青い羽根を持つ大きな烏だった。気になるクチバシは、黒色の金属で出来ており、金属特有の光沢《こうたく》がある。

「青羽根烏と聞いたから、全身が青い羽根に覆われているのかと思っていたのに、黒なのね」

シュンリンは青羽根烏について知らなかったようだ。俺が近付くと金属のクチバシで突《つつ》こうとする。それを躱して剛狼紐で作った輪っかを、素早く首に掛ける。その紐を木の幹に結んで固定した。これでクチバシで攻撃できないだろう。少しの間暴れていたが、すぐにぐったりとして大人しくなった。俺は頭から綺麗な青い羽根を引き抜いた。

「ギャッ……ギャッ……ギャッ」

青い羽根を引き抜かれるたびに悲鳴を上げる青羽根烏。この青羽根は羽根ペンとして需要《じゆよう》があるそうだ。トドメを刺すより先に青羽根を引き抜いたのは、血で汚《よご》れると価値が落ちるからである。その後に青羽根烏の首を刎《は》ねてトドメを刺し、そのクチバシを剥ぎ取った。このクチバシの金属は『黒《くろ》鋼《こう》』と呼ばれているが、鉄は含まれていない。近い金属だとチタンだろうか？　だけど、チタンの色は黒じゃない。俺は目的のクチバシを手に入れたので、罠を解体して剛狼紐を背負い袋に仕舞った。それから罠を見て回ったが、五つ目までは何も掛かっていなかった。そして、最後の罠に近付くと何かが暴れている音が聞こえてくる。

「おっ、また青羽根鳥だ」

俺は二羽めの青羽根鳥から青羽根とクチバシを回収し、罠を解体した。

「シュンリンさんとチェンシーさんには、これをどうぞ」

青羽根を一本ずつ二人に差し出した。

「私たちが勝手に同行したのだから、気を使わなくていいのよ」

チェンシーが言った。シュンリンが頷いている。

「いえ、ここまで来た記念です」

「ありがとう」「そういう事なら」

二人は礼を言って受け取った。その後、何事もなく虚礼洞の入り口まで戻ったところで、誰かが立っている姿が見えた。

「チユエン師兄、何をしているの？」

「それは、こっちの台詞《せりふ》だ。中々帰ってこないから、心配していたんだぞ」

チェンシーがピクッと反応した。

「チウ長老も心配しているの？」

「そうだ」

「まずいわ。シュンリンとコウも一緒に来て頂戴《ちょうだい》」

なぜか分からないが、チウ長老のところへ連れて行かれた。本堂の客間では、チウ長老、ツェン長老、ミン長老の三人が椅子《いす》に座って話をしていた。チウ長老がチェンシーの姿を見ると、立ち上がる。

「どこに行っていたのだ？」

「外弟子のコウと偶然《ぐうぜん》会い、彼が青羽根烏を狩りに行くというので、同行しました」

「そういう事なら、一言連絡を残して行くべきだった」

「申し訳ありません」

「無事で戻ったのですから、良いではありませんか」

ミン長老がとりなすように言う。その時、チェンシーがチウ長老の顔を見ると、ハッとしたような表情を浮《う》かべる。チウ長老は猿顔だった。チェンシーが探るような視線を俺に向けてきた。俺が猿顔のチウ長老を見て怒りだすとでも思っているのだろうか？　俺が普段と変わらない顔をしているのを確認し、チェンシーはホッとしたようだ。俺は何で連れてこられたのだろう？　ミン長老がこちらに視線を向けてくる。

「コウ、青羽根烏は仕留められたの？」

「はい。二羽のクチバシを手に入れました」

「弓は持っていないようだけど、どうやって？」

「はあ、紐を使った罠で捕《つか》まえたんです」

「紐？　青羽根烏は妖魔だから力が強い。どんな紐を使ったの？」

「これです」

俺は剛狼紐を背負い袋から出して見せた。それを受け取ったミン長老は、ニコッと笑い納得《なっとく》したように頷く。

「考えたわね。剛狼の毛を紡《つむ》いで紐にしたのね。これなら青羽根烏が暴れても切れないわ」

褒《ほ》められたようだ。

「ありがとうございます」

一方、チウ長老は渋《しぶ》い顔をしてチェンシーの方を見た。

「ここに連れてきたのは、見識を広めるためでもある。遊んでいる暇《ひま》はないぞ」

「遊んでいた訳ではありません。コウたちと一緒に妖魔と戦いました」

チユェンが俺の方に目を向ける。

「小さな道士だな。まだ子供じゃないか」

「コウは、天才なのよ」

「こんな小僧《こぞう》が、強いというのか？」

それを聞いたミン長老は微笑《ほほえ》んだ。

「コウは外弟子ですが、丹の競祭で優勝したのよ」

チウ長老が頷いた。

「なるほど。煉丹術《れんたんじゅつ》の天才か。武術の腕はどうなのだ？」

「才能は、チユェンに匹敵《ひってき》するかも」

チェンシーがそう言うと、チユェンが面白くなさそうな顔をする。

一方、チウ長老は面白いという顔をしていた。

「それは見たいものだな。ツェン長老、チユェンとその子を競わせてみんか?」

ツェン長老は渋い顔になった。外弟子の俺が負けるのは確実だと思っているのだろう。そして、俺が負ければ、虚礼洞の恥《はじ》になるとでも考えているのだ。

「しかし、コウは外弟子なのですぞ。それに魔境から帰ったばかりで疲れているはず。見識を広めるという事なら、カンルウと競えば良い」

「ああ、武の競祭で優勝した内弟子ですな。彼と競わせるのも面白そうだ。だが、若い才能の持ち主が、どれほどの才能なのかも見たい」

この長老は他人の話を聞かない性格のようだ。それを聞いたミン長老がチウ長老に視線を向ける。

「チウ長老は殺し合いをさせようというのではなく、コウの技量を見たいだけなのでしょう」

「もちろんだ。この小さな外弟子が疲れて戦いたくない、と言うなら、彼に褒美《ほうび》を出すというのはどうだ?」

チウ長老の考えはズレている上に、一旦《いったん》言い出したら引かない性格でもあるようだ。諦《あきら》めたという顔をしたミン長老が俺に視線を向ける。

「コウはどうなの? チユェンと競うのを承知するの?」

その言葉を聞き、これはチャンスかもしれないと思う。このチャンスを逃がしてはダメだ。

「三ヶ月後に、内弟子になる試験を受けさせてください。それなら承知します」

ミン長老が驚《おどろ》いた顔になる。

「雷熊《らいくま》と戦う事になる。大丈夫なの？」

「雷熊なら倒せると思っています。ダメですか？」

「いいえ。あなたたち外弟子は、好きな時に内弟子となる試験を受けられるわ」

ミン長老はそう言ったが、実際は実力不足だとか言って試験を受けられない事がある。

「ツェン長老、良いですか？」

チウ長老をチラリと見たツェン長老が、ミン長老の言葉に頷いた。

「早すぎると思うが、本人がそう言うのならいいだろう」

「よし、決まった。では、どういう風に競わせる？」

チウ長老はのりのりな感じで尋ねた。

「簡単なのは、やはり模擬戦《もぎせん》ではないか？」

「そうだな。一瞬《いっしゅん》で終わりそうな気がするが、それでいいだろう」

爺《じい》さんたちが勝手な事を言っている。チユェンを見ると余裕《よゆう》の態度だ。自分が負けるとは、少しも考えていないのだろう。まあ当然だ。気のレベルも経験もチユェンの方が上なのだから。チユェンの体内を循環している気の流れがスムーズなので、気のレベルは第十一階梯《かいてい》くらいだろう。俺が第八階梯だから、三つほど差がある。年齢《ねんれい》も十歳ほど差があり、仙術《せんじゅつ》や武術の修行《しゅぎょう》経験もチユェンが随分《ずいぶん》と上だ。勝てる要素は、チユェンが油断する事だけだろう。

俺たちは本堂の隣《となり》にある訓練場へ移動した。訓練場に用意してある武器入れの中から模擬戦用の長めの棒を選び、持っていた妖蛛大剣と荷物はそこに置いた。チユェンは模擬剣を選んで手に取った。

「僕も鬼《おに》じゃないから、手加減はしてやるよ」

チユェンが余裕の態度で言う。簡単に倒されたら、力不足だと言われて内弟子試験が取り消されそうなのでありがたかった。訓練場の中央に向かう。そこでチユェンと向き合った。気を練り始めるとチユェンの気も強くなっているのを感じた。チウ長老が俺の方をジッと見ている。どれほどの実力があるか探っているのだろう。実力を隠《かく》すような余裕はないので、俺は気を第八階梯まで上げた。

た。

「ムッ、第八階梯か。内弟子試験の合格条件だ」

ツェン長老が呻くように言い、それを聞いたミン長老が頷く。

「外弟子から内弟子になれる才能の持ち主が現れたのね。久しぶりの事だわ」

「ふん。だが、あいつはどの長老の教えも受けておらん。習得しておるのは、指南書から得たものだけだ。それではチユェンに勝てん」

ミン長老が頷いた。仕方ないが、指南書には中核《ちゅうかく》となる技術や要訣しか書かれていない。どの武術も長老から弟子に受け継《つ》がれる口伝の部分があるのだ。

「あの小僧が得意とする武術を教えてくれ」

チウ長老がツェン長老に尋ねた。

「大刀功狐炎だ。だが、学び始めたばかりだぞ」

「だが、あの歳で第八階梯というのは才能がある。チェンシーより若いのに同じだ」

そんな声が聞こえてきた。チェンシーは刺突狼と戦っている時、気のレベルを第五階梯までしか上げていなかった。手の内を晒《さら》さないように隠していたのだ。チユェンが何という武術を得意としているのかは分からない。だが、彼の武器は刀だ。凄い刀術を習得しているに違いない。大刀功狐炎の術理で圧力を上げた気を全身に循環させ、ゾーン状態の進化版みたいな『泡沫の時《うたかたのとき》』の状態になる。その時、チユェンが素早い動きで踏み込んできた。俺の肩を目掛けて模擬剣が振り下ろされる。それを棒で受け流し、踏み込んでチユェンの足にローキックを叩き込んだ。この世界ではローキックが珍《めずら》しいので、チユェンは避《よ》けられずに受けてしまう。ドガッという鈍《にぶ》い音がしてチユェンの口から呻き声が漏《も》れ、後ろに跳んだ。俺は前世の格闘技《かくとうぎ》で使われている技の中で、ここであまり使われない技を思い出し、それらを対人戦に備えて練習していたのだ。

「ん？　あの技は？」

チウ長老がツェン長老に尋ねた。

「あれは虚礼洞の技ではない。コウ独自の技だろう。それほど強く蹴《け》り込《こ》んでおらんようだったが、効いたようだな」

近い距離での戦いは危険だと判断したチユェンが、リーチを活《い》かして模擬剣の連撃を放ってきた。連続で襲い掛かる模擬剣を棒で受け流す。だが、そのパワーは凄《すさ》まじく身体《からだ》が弾《はじ》かれるような衝撃《しょうげき》が襲い掛かった。その連撃で決めるつもりだったチユェンは、真剣な顔になって体内を循環する気の質を変えたようだ。そのせいなのか攻撃速度が上がる。目では追い切れないほどの速さで襲ってくる模擬剣を『泡沫の時』を使って何とか防御《ぼうぎょ》したが、ぎりぎりだ。

「あの連撃を防いだのか。予想以上に小僧の技量は凄かったようだな」

チウ長老の言葉に、ミン長老が頷いた。

「コウが、これほどの実力を持っているとは思いませんでした。ですが、ここまでのようです」

チユェンが質を変えた気を模擬剣に流し込み、その模擬剣で横に薙《な》ぎ払《はら》うような攻撃をしてきた。

俺は棒に狐炎《こえん》で使う気を流し込み、迎《むか》え討《う》った。模擬剣と棒がぶつかり、それぞれの気が衝突して一瞬だけ拮抗《きっこう》した。次の瞬間、棒が爆発《ばくはつ》したように砕《くだ》け散《ち》る。

「うわっ」

俺は慌《あわ》てて後ろに跳んだ。着地してから手に持っていた棒を確認すると、先端から八十センチほどが砕けてなくなっている。俺は溜息《ためいき》を吐《つ》いた。負けを認めるしかないようだ。

「参りました」

そう言うと頭を下げた。

「負けちゃった」

シュンリンが残念そうな顔で声を上げる。カンルウは、真剣な顔で俺に目を向けていた。負けた俺じゃなく、チユェンを観察すれば良いのに。

「あいつは、何で外弟子なんだ?」

カンルウがシュンリンに質問した。

「内弟子の試験を受ける金が、なかったそうよ」

「たった金貨八枚だ」

「そう言えるのは、生まれた家が金持ちの者だけよ」

シュンリンとカンルウが話している声が聞こえていた。ミン長老が傍に来て嬉《うれ》しそうな顔をする。

「負けたとはいえ、内弟子になっても恥《は》ずかしくない技量よ」

「ありがとうございます」

「そう言えば、青羽根烏のクチバシを取りにいったのよね？」

「はい、そうです。予備の武器を作ろうと考えているんです」

「そう、それなら私が武器にしてあげましょうか？」

「えっ、でも長老に支払うほど、余裕がないんです」

「もちろん無料よ。久々の逸材《いつざい》だから、内弟子になってもらいたいのよ」

そういう事で、青羽根烏のクチバシを使ってミン長老に刃の長さが三十センチほどの短刀を作ってもらう事にした。妖魔の解体にも使えるような武器で、短くした分、厚く頑丈な刀身にしてもらうように頼んだ。

「なるほど。そういう短刀なら、長い柄を付ければ大刀の代わりになりそうね」

「ええ、そういう事も考えています」

俺は黒鋼で短刀を作るところを見学したいと、ミン長老に頼んだ。

「いいでしょう。その前に、ちょっと見物していきましょう」

何を見物と思っていたら、ツェン長老とチウ長老がカンルウとチユェンに模擬戦をさせようと話をしていた。

「あなたも見たいでしょ」

「はい、興味があります。特にカンルウ師兄の『龍気剣術』を、見たいですね」

ミン長老が俺の顔をジッと見た。

「何か?」

「コウと話していると、もっと年上の者と話しているような気分になるわ」

俺は苦笑いした。今更《いまさら》、年齢に相応《ふさわ》しい話し方などできない。これで押し通すだけだ。そう考えていると、カンルウとチユェンが模擬剣を持って訓練場の中央へ進み出た。

「ミン長老。チユェンが使う刀術は、何という名前なんですか?」

「あれは龍牙刀よ。龍気剣術に匹敵すると言われている」

龍牙刀は気に独特の変化を加えた『震気《しんき》』と呼ばれるものを使うらしい。チユェンが俺と戦っている時に気の質を変えたが、あれが震気だったのだろう。シュンリンが俺の横に来て模擬戦の観戦を始める。その直後にカンルウとチユェンの二人が戦い始めた。二人は高速で動き回りながら模擬剣を打ち込む。普通なら防御できないと思えるような鋭い斬撃だ。二人とも『泡沫の時』と同じように、感覚や反射神経を研《と》ぎ澄《す》ませているのだろう。そうでないと反応できないような攻撃ばかりだ。カンルウの模擬剣が上から斜めに振り下ろされ、チユェンの肩から胸を切り裂こうとする。その斬撃を上半身を捻《ひね》って避けたチユェンが模擬剣を突き出した。その攻撃を横に跳んで躱したカンルウは、踏み込んで模擬剣を横に薙ぎ払う。チユェンが模擬剣で受け流す。その時、木と木が擦《こす》れ合《あ》う音が響いた。こういう攻防が一呼吸する間に繰《く》り広げられるのだから、凄いと思う。

「凄いわ」

シュンリンが独り言のように言う。

「さすが若手で一番の遣《つか》い手《す》ね。でも、呉陽洞のチユェンも負けてはいない」

ミン長老が模擬戦を見詰めながら言った。今のところ互角《ごかく》の勝負に見えるが、少しずつカンルウが追い込まれているように思える。

「どうした？　攻撃が単調になっているぞ」

チユェンの言葉を聞き、カンルウがムッとした顔になる。

「五月蝿《うるさ》い。次で決めてやる」

カンルウは後ろに跳んで距離を取る。そして、模擬剣を上段に構えると龍気剣術の龍気を強めてから飛ぶように突進する。間合いに入る直前に、カンルウが模擬剣を振り下ろして何かを飛ばした。俺はカンルウが勝ったと思った。だが、チユェンの身体が蜃気楼《しんきろう》のようにぼやけ、次に気付いた時にはチユェンの模擬剣がカンルウの肩に打ち込まれていた。

「そこまで。カンルウの負けだ」

ツェン長老の声が訓練場に響いた。俺の時とは違い、その顔には不機嫌《ふきげん》そうな表情が浮かんでいる。チユェンが満足そうな表情でチウ長老のところへ行き、その代わりにツェン長老がカンルウに近付いた。

「馬鹿者《ばかもの》！　焦《あせ》って大技の【龍翼】を出して、どうする」

カンルウは、シャンシー長老のところで基本から修行し直せとツェン長老に叱《しか》られている。俺の場合は負けて当然だったが、カンルウとチユェンは互角の相手だと思われていた。なので、負けたショックはカンルウの方が大きかったようだ。

「今の技は、何ですか?」

シュンリンがミン長老に尋ねた。

「カンルウが龍気剣術の【龍翼】で斬撃を飛ばし、チユェンが龍牙刀の【朧《おぼろ》】を使ったのよ」

どちらも『龍』の字が付いている武術だが、今日は龍牙刀に軍配が上がった。ただ龍気剣術が龍牙刀より劣《おと》っているという訳ではないようだ。負けたのはカンルウが焦ったという点が大きいのだろう。カンルウが焦った原因だが、長老たちに良いところを見せようと思っていたのか、チユェンに『単調だ』とか言われて心理的に追い詰められたのか。どちらにしてもカンルウの負けだ。

「面白いものが見れたわ。宝具工房《ほうぐこうぼう》へ行きましょうか」

俺はミン長老と一緒に宝具工房へ向かった。

「コウは、先ほどの模擬戦をどう思った?」

「二人の技量は、あまり変わらないと思います。少しだけチユェン殿《どの》の方が、駆け引きが上手かっただけだと考えています」

「なるほど。コウは鋭いわね」

その後に、俺はミン長老の作業部屋に案内された。土間の部屋には作業台や煉丹炉《れんたんろ》、それに宝具を作る鍛冶《かじ》道具があった。鍛冶に使う炉もあり、壁にはミン長老の作品である宝剣や用途不明の道具などが飾《かざ》られている。俺は背負い袋からクチバシを出してミン長老に渡した。

「コウ、青羽根鳥のクチバシで作った宝剣は高価なのだが、なぜか知っている？」

「分かりません。高価だという事も知りませんでした」

「青羽根鳥は、狩る事が難しい妖魔よ。だから、そのクチバシは貴重で高価になる。それなのに一日で二羽のクチバシを手に入れてくるなんて……」

ミン長老の話では、青羽根鳥狩りの成功率は低く一ヶ月掛けて一羽仕留めれば運が良いと言われているようだ。その理由は青羽根鳥が賢《かしこ》く、狩人《かりゅうど》が近付くと逃げてしまうからだという。罠に掛かって逆さまになって暴れている青羽根鳥を思い出した。あれが賢い……そうは思えないが。ミン長老は二人の直弟子を呼び出し、鍛冶用の炉に火を入れさせた。そして、二人の直弟子は炉に風だけでなく気も送り込む。この鍛冶用の炉も普通ではないようだ。炉の温度が上がり、ミン長老が青羽根鳥のクチバシを炉に入れる。しかし、そのクチバシが中々赤くならない。

「気が足りない。コウ、代わって気を流し込んで」

「分かりました」

俺は直弟子の師兄に代わり、炉に繋《つな》がっているロープのようなものを握る。このロープも高熱の炉に繋がっているのに燃えないのだから、特別なものなのだろう。俺はそのロープに気を流し込んだ。炉の炎《ほのお》が赤から青に変わった。

「その調子よ」

クチバシが真っ赤になり、それを取り出したミン長老が金鎚《かなづち》で叩きながら短刀の刃へと加工する。

日本刀を作る刀鍛冶の作業をテレビで見た事があるが、こんな簡単に形が変わるのはおかしい。ミン長老が叩くと、その部分がうねうねと動き自ら短刀の刃へと変化する。ミン長老の真剣な目が元クチバシである黒鋼を見詰めている。何度か黒鋼が叩かれると、それは短刀の刃へと変化していた。一見すると簡単なように見えるが、ミン長老は絶妙《ぜつみよう》な気の制御で黒鋼を加工しているようだ。今の俺には不可能なほど高度な気の制御だった。それから短刀の仕上げ作業が行われて完成となるという。それには五日ほど掛かるというので塀外舎《へいがいしや》に戻る事にした。外に出ると日が落ちて周りが暗くなっていた。

「はあっ、ちょっと疲れたな」

塀外舎に戻ると桶《おけ》に水を汲《く》んで、そこに持ち帰った毛皮を沈《しず》める。これは明日にでも職人のところへ行って鞣《なめ》してもらうつもりだ。身体が汗塗《あせまみ》れで汚れているのが気になり、水浴びして服を着替える。まだ春なので寒かったが、気持ち良い。俺が食堂へ行くと、何人かの外弟子から声を掛けられた。チユェンと戦った事が評判になっているようだ。

「コウ、呉陽洞の内弟子と戦ったそうじゃないか？」

ゼングが尋ねた。

「ああ、でも負けたよ」

「相手は内弟子だったんだから、仕方ないさ」

夕食を摂《と》って部屋に戻ろうとすると、外弟子の皆《みんな》が模擬戦について話して欲しいと頼んできた。そこで自分とチユェンの話はさらりと語ってから、カンルウとチユェンの模擬戦について詳しく話した。

「カンルウ師兄は負けたのか。残念だな」

ゼングが言うと、他の外弟子たちもそう思っているようだ。俺は疲れたので部屋に戻って休憩する事にした。内弟子試験は三ヶ月後という約束なので、その間に気のレベルを一つ上げるつもりだ。そして、大刀功狐炎をパワーアップしようと考えた。雷功拳や重奏剣のように、重陰気と浮陽気を取り入れられないかと考えたのだ。仙術における気が流れる通路は複雑である。虚礼洞では大まかに二つに分け、それを『陽脈《ようみやく》』と『陰脈《いんみやく》』と呼んでいる。重奏剣は陽脈をメインに使っており、その陽脈に重陰気を流すか浮陽気を流すかで違う効果を得るような術理になっている。ちなみに、なぜ陽脈かというと気を流しやすいからだ。雷功拳も陽脈を中心に使用しているが、【雷掌撃】の時だけ重陰気を陰脈に流し、陽脈を流れる浮陽気と一緒に掌《てのひら》から放出する。俺は暗くなってからオイルランタンを持って、練習場にしている場所へ向かう。山の中腹だが、平坦《へいたん》になっている場所があり、そこの木の枝にオイルランタンを吊るして練習を始めた。

「さて、どう改良するかだけど、浮陽気を使ってみよう」

そう呟《つぶや》いてから陽脈に普通の気ではなく浮陽気を流し、それに大刀功狐炎の呼吸法と要訣を使って圧力を掛ける。ゆっくりと圧力を掛けると、少しだけ圧縮された浮陽気となった。

「おっ、『泡沫の時』だ」

時間の経過が遅くなったような感覚を覚え、そう呟く。この技法は『龍気剣術』に書かれている技術で、龍気剣術の場合は、呼吸法や要訣が少し異なっている。ならば、龍気剣術の呼吸法や要訣を使ってみようかとも考えたが、この技術は俺が習得していないと思われている技術なのでやめた。

夜間練習を数日続けたある日、雑用が終わって塀外舎へ戻ろうとしているとミン長老と会った。

「コウ、黒鋼の短刀が出来たから取りにきて」

「はい、分かりました」

俺はミン長老と宝具工房へ行き、出来上がった短刀を受け取った。刃長三十センチほどの短刀は白鞘に収まっていた。抜くと黒鋼で作られた刃が顔を出す。それは鉈《なた》じゃないかと思うほど刃が厚く、頑丈なように見えた。

「切れ味を試してみたが、宝具と呼べるほどの切れ味よ」

「……そうですか」

俺が複雑な表情を見せたので、ミン長老が不審《ふしん》に思ったようだ。

「嬉しくないの？」

「嬉しいんですが……これは山に入った時に枝を払ったり、獲物を解体する時に使おうと考えていたんです」

もちろん予備の武器としても使うが、メインの使い方は山刀やナイフの代わりだと考えていた。それを聞いたミン長老は、呆《あき》れたような表情を浮かべる。

「そういう使い方もできると思うけど、かなり贅沢《ぜいたく》な使い方ね」

山刀や大刀の代わりとして使う場合は柄を長いものと替える必要があるが、簡単に替えられるように工夫しようと思う。ミン長老には贅沢な使い方だと言われたが、魔境へ狩りに行く時には荷物を少なくしたい。何本も予備の武器を持つのは嫌なのだ。まだ成長途中で身体が小さく、多くの武器を持ち歩くのに適した体格ではないというのが理由だった。予備の武器も用意できたので、その後は大刀功狐炎のパワーアップの練習に集中する事にした。

もう少しで一ヶ月が経過するという頃、浮陽気を使った狐炎ができるようになった。その威力《いりょく》は五割増しほどになったが、形は元のままで狐のようにはならない。

「もしかしたらと思ったけど、違ったな」

それで今度は、重陰気を使って狐炎を発動する練習を始めた。だが、中々成果を残せず、時間だけが過ぎる。そして、内弟子試験の直前になって気のレベルが第九階梯になった。その頃になってようやく重陰気の狐炎を成功させるコツが分かった。初めは重陰気を陽脈に流し込んで試したのだが、その方法では上手くいかない。それで試しに重陰気を陰脈に流し込んで試したら成功した。ただちょっと想像していたものと違った。成功した時、妖蛛大剣から白い炎が噴き出したのだ。

「えっ、何でだ?」

元々の狐炎はオレンジ色だったのだが、改良版の狐炎は白い。原因は重陰気を使ったからだと分かるが、原理が分からない。それで威力を確かめてみると凄かった。鎧猪の頭を一撃で真っ二つにして仕留められたのだ。これなら雷熊も倒せそうだ。但《ただ》し、残念な事がある。重陰気を陰脈に流しても、『泡沫の時』の状態にならなかった。『泡沫の時』の状態を維持《いじ》しながら重陰気の狐炎を放つには、浮陽気を陽脈に流す必要がある。つまり同時に二種類の気を制御しなければならない。この狐炎の強化版を『白炎《びゃくえん》』と名付けた。それからも鍛煉を続け、重陰気と浮陽気の二つを駆使《くし》した戦い方を磨《みが》いた。

三ヶ月が経過して内弟子試験を受ける日が来た。俺は本堂へ行き指定した部屋に入る。その部屋で筆記試験と気の試験があるのだ。

待っているとツェン長老、モン長老、それにシャンシー長老の三人が入ってきた。試験は三人の長老が試験官となるようだ。

「それでは、内弟子試験を始める」

ツェン長老が不機嫌そうな顔で宣言し、まず筆記試験の問題が出された。これは仙秘文字で書かれた文章を、辞書を使わずに翻訳《ほんやく》するものだ。

「外弟子試験の時は、筆記試験で最低だったお前が、どれほど成長したか見せてもらおう」

モン長老は俺が仙秘文字を読める事を言っていないのだろうか？　それとも信じていないだけか？

「始めよ」

ツェン長老の声が聞こえ、仙秘文字の問題をスラスラと解《と》き始《はじ》めるとツェン長老が驚いた顔になる。

「お前、仙秘文字が読めるのか？」

それを聞いたモン長老が、ツェン長老をジロリと睨《にら》む。

「コウは仙秘文字を読めると、私は伝えたはずですよ。信じていなかったんですか？」

ツェン長老は気まずそうに目を逸《そ》らした。そんな会話を無視して答えを書き続け、書き終わると解答用紙をツェン長老に渡す。それに目を通したツェン長老は、このくらいは当然だというような顔で鼻を鳴らす。

「ふん、いいだろう。筆記試験は合格だ。次は気を確かめる」

モン長老がツェン長老に顔を向ける。

「以前に確認したと聞きましたが」

ツェン長老が俺に視線を向ける。

「正式に確認する。いいな？」

「分かりました」

俺は自然体で立ち、全身に気を循環させる。そして、体内で気を練り上げた。

「第四階梯、第五階梯……第八階梯に達したわ」

モン長老が声を上げた。それを聞いていたツェン長老は、『合格』という声を上げた。

「ここまでなら、努力すれば合格する。だが、次の雷熊は命がけだぞ。本当に挑戦《ちようせん》するんだな？」

ツェン長老が確認する。

「はい。挑戦します」

「分かった。シャンシー長老、一緒に来てもらえますかな？」

「承知した」

すでに帰った呉陽洞のチウ長老も逞《たくま》しい体格をしていたが、シャンシー長老も逞しい体格の持ち主だった。チウ長老が隻眼ゴリラなら、シャンシー長老は赤鬼《あかおに》という感じだ。その日は魔境へ行くための準備をする事になり、塀外舎へ戻った。武器の手入れをして早めに寝る。

翌朝早く、ツェン長老とシャンシー長老を伴《ともな》って魔境へ向かう。モン長老はさすがに魔境までは付き合ってくれないようだ。その日の俺は剛狼糸製防刃《ごうろうしせいぼうじん》ベストを上着の下に着込《きこ》み、手には妖蛛大剣、腰《こし》の後ろには黒鋼短刀《こくこうたんとう》を差していた。背負い袋も持ってきているが、中は水筒《すいとう》と昼飯だけである。

「お前は、どんな武術を習得しているのだ？」

魔境の森を進みながら、シャンシー長老が質問してきた。

「『魔角戦鎚術《まかくせんついじゆつ》』『大刀功狐炎』『雷功拳』です」

それを聞いたツェン長老が腑《ふ》に落ちないという顔をする。

「『雷功拳』の指南書は、塀外舎の書庫にないはずだが？」

「一日だけ本堂の書庫で読むのを許された時に、少しだけ『雷功拳』の指南書を読みました」

ツェン長老が顔をしかめる。

「油断も隙《すき》もないやつだな」

「長老の教えを受けない代わりに、一日だけなら何冊読んでも良い、という条件だったのだ。問題にはならんだろう。それより武器は何だ？」

シャンシー長老は武器の方が気になるらしい。

「これは剣脚蜘蛛《けんきゃくぐも》の剣脚を、大刀風にしたものです」

「なるほど。剣脚蜘蛛を倒せるほどの実力がある、という事か」

ツェン長老が鼻を鳴らす。

「ふん。それはリキョウが倒したものではないのか?」

「いえ、自分で倒したものです」

「それを証明するためにも、雷熊を倒してみせろ」

俺たちは北にある晶禍江へ向かっていた。途中で遭遇した鉄爪熊や剛狼は、妖蛛大剣の一撃で倒した。

「なるほど。及第点《きゅうだいてん》ではあるが、攻撃が単調だな」

シャンシー長老の言葉を聞いた俺は、肩を竦めた。

「内弟子の師兄たちが指導している武術の中に、大刀の技はないんです」

「それで攻撃が単調なのか。ある意味仕方ないのだな。だが、お前の狐炎は、炎の形が雑だ」

「そこも習っていないからです」

シャンシー長老が溜息を吐いた。

「一つ質問があるのですが、道士の武術は妖魔用にあるのだと聞いています。それなのに複雑な駆け引きなどが必要なのですか?」

俺が尋ねると、シャンシー長老が『そんな事も教えていないのか』というような顔で、ツェン長老に目を向けた。

「外弟子には必要ない事だ」

「そうかもしれんが、こういうものは常識の範囲ではないのか？」

「見解の相違《そうい》ですな」

「……まあいい。確かに道士の武術は妖魔用のものが多い。だが、妖魔は獣型や虫型のものばかりではなく、人型の妖魔も生まれる事があるのだ」

赤銅色《しゃくどういろ》に焼けた肌《はだ》をしているシャンシー長老は、外見が赤鬼のようだ。しかし、その頭の中には長老と呼ばれるのに相応しい見識があるようだ。

「人型というと、もしかして武器を使うのですか？」

「そうだ。儂《わし》が戦った人型の妖魔の中には、剣の名手が居た」

これでシャンシー長老が『単調だ』と指摘《してき》した意味が分かった。対人用の技も必要なのだ。

「ところで、雷熊の『雷爪《らいそう》』と『雷靠《らいこう》』をどうするのだ？」

雷爪は爪《つめ》から伸《の》ばした妖気に強烈《きょうれつ》な電気を纏《まと》わせて攻撃するもので、雷靠は全身に雷《かみなり》を纏わせて体当たりするというものだ。

「長期戦は考えていないので、躱すか避けるだけです」

「短期戦か。よほど狐炎の威力に自信があるのだな」

シャンシー長老の言葉を聞いたツェン長老が、俺をジロリと睨む。

「自信過剰《じしんかじょう》だと、死ぬ事になるぞ」

「そうならないように、頑張ります」

俺たちは晶北湖の湖畔《こはん》を通りすぎ、大河晶禍江に辿り着いた。この河の幅は、数百メートルもありそうだ。

「こっちだ」

シャンシー長老は雷熊の棲《す》み処《か》を知っているそうだ。俺たちはシャンシー長老の案内で川上へと向かい、背の高い木が生い茂る森の中に入った。

「見ろ。雷熊の爪の痕《あと》だ」

木の幹に大きな爪の痕が刻まれていた。その爪痕には炭化して黒くなっている部分がある。雷爪で付けられたものなのだろう。問題は爪痕の高さである。想像していたより高い位置に付けられている。

「雷熊は思っていた以上に、大きいみたいですね」

ツエン長老が薄笑《うすわら》いを浮かべ、こちらに目を向ける。

「怖気《おじけ》づいたのではあるまいな？」

「そういう訳ではありません」

俺は周囲の気配を探り、左の方向に妖魔の気配を感知した。俺が先頭に立って進み、雷熊ではなく火炎蜘蛛《かえんくも》と遭遇した。

「こんなところにも、火炎蜘蛛が居るんだ」

俺が言うと、シャンシー長老が火炎蜘蛛を見てから口を開いた。

「こんなところに、こいつが居るのは珍しい。儂が倒してもいいぞ」

内弟子試験では途中で遭遇する妖魔も、試験を受ける外弟子が倒す事になっている。但し、それは規則という事ではなく、外弟子の技量を見て雷熊と戦って大丈夫か確かめるためだった。

「いいえ、俺が戦います」

こんな美味《おい》しい獲物を渡す訳がなかった。俺は背負い袋を置いて前に出ると、気を練り始めた。重陰気と浮陽気が体内を巡《めぐ》る。陽脈を流れる浮陽気の効果で『泡沫の時』の状態になり、火炎蜘蛛の動きが遅くなったように見えた。ただ火炎蜘蛛は体長三メートルほどの大きさがあるので、迫力《はくりょく》がある。火炎蜘蛛が長い足を使って近付いてくる。その動きを見極《みきわ》めようと観察しながら、火炎蜘蛛の火炎攻撃を警戒《けいかい》する。突然、火炎蜘蛛の口の辺りで火花が飛んだ。

「気を付けろ！」

シャンシー長老の警告が聞こえた。俺はブワッと吹き出された炎を横に跳んで避けると、そのまま火炎蜘蛛の横に回り込み、妖蛛大剣を握る手に力を込めて長い足を薙ぎ払う。妖蛛大剣の刃から炎が噴《ふ》き出し、二本の足を斬《き》り飛ばした。激怒《げきど》した火炎蜘蛛が、また炎を吹き出そうとした。今にも炎を吹き出そうとしている口に向かって妖蛛大剣を振り下ろす。火炎蜘蛛は横に跳んで避け、そのせいで吹き出した炎が明後日《あさって》の方向を焦《こ》がす事になった。それを見ていたシャンシー長老が、嬉しそうに笑う。

「見事なものだ。火炎蜘蛛の攻撃を見切っている」

ツェン長老は不機嫌な顔で戦いを見ている。

「火炎蜘蛛を倒せたとしても、雷熊を倒せるとは限らん」

その言葉を聞いた俺は、ツェン長老に対して怒りを覚えた。まるで内弟子試験に失敗して欲しいような言い草だったからだ。何か理由があるのだろうか？　火炎蜘蛛が警戒して下がろうとした。気の力で強化した筋力で素早く踏み込み、圧力を掛けた浮陽気を妖蛛大剣に流し込みながら振り下ろした。炎を噴き出しなら振り下ろされた妖蛛大剣が火炎蜘蛛の頭を切断する。

「見事だ」

シャンシー長老は褒めてくれたが、ツェン長老は不機嫌な顔のままだ。俺は火炎蜘蛛から手早く油袋と油生管《ゆせいかん》、それに八つの蜘蛛ガラスを剥ぎ取った。

「早くしろ。これは試験なんだぞ」

ツェン長老は相変わらずの塩対応だ。

「分かりました」

俺は周囲の気配を探りながら先に進んだ。そして、今度こそ雷熊を探し当てた。体長が三メートルほどもありそうな大熊で、黒い毛並みに稲妻《いなずま》のような模様が浮き上がっている。しかも額には金色に輝《かがや》く角があった。

「角から、バチバチと音が出ている」

俺は驚いて声を上げた。

「それが雷熊だ」

シャンシー長老が冷静な声で言う。雷熊というのは、電気ウナギみたいなものなのだろうか？　こ

んな化け物を何で試験の課題にしたんだ？　内弟子の中で倒せる者は何人くらい居るんだろう？　数々の疑問が、俺の心の中で渦《うず》を巻き始めた。

実際に目にした雷熊は、全身から殺気を放っているような妖魔だった。放り投げるように背負い袋を置いた俺は、妖蛛大剣を構えてジリジリと近付く。雷熊は、俺を敵だと認識して威嚇《いかく》してきた。その口から凄まじい咆哮《ほうこう》が響き渡った。その声には心の底から震《ふる》えるような響きがあり、思わず生《なま》唾《つば》を飲み込む。こいつは本当にヤバイ妖魔だ。俺は全力で気を練り始めた。圧力を掛けた浮陽気が陽脈を流れ始めると『泡沫の時』の状態が生まれる。雷熊の動きが遅くなり、その毛並みの一本一本がくっきりと見え始めた。雷熊が全力で向かってきた。どういう攻撃を仕掛けてくるか見極め、それを躱さなければならない。雷熊が右手の爪から妖気を噴き出し、それが爪の形になると火花を飛ばす。雷爪だ。俺は後ろに跳んだ。

『泡沫の時』を使ってじっくりと観察し、避ける距離も計算した。俺の胸の前を雷爪が通り過ぎる。雷爪が胸に一番近付いた時、バチッと音がして心臓に何かが突き刺さったような痛みが走る。避ける距離が足りなかったのか？　火花放電が俺に届いたようだ。だが、それは致命傷《ちめいしょう》ではなかった。気が付くと地面を転がっていたので、跳《は》ね起《お》きると雷熊から距離を取る。

「はあはあ……」

大きく呼吸して胸の痛みを散らす。雷熊は俺に休む時間を与えたくないようだ。唸《うな》りながら走ってくるので、右に大きく跳んで避ける。今度は雷靠だった。稲妻のような模様を描《えが》く白っぽい毛が、電気を帯びて金色に輝いている。その身体に触《ふ》れれば、俺の負けだ。

　最初の雷靠は躱したが、連続で仕掛けてきた。そこで斜め前方に低い姿勢まま跳んで攻撃を躱し、浮陽気を使った狐炎を雷熊の後ろ足に叩き込んだ。妖蛛大剣の刃が太い足の筋肉を切り裂く。足から血を噴き出しながら吠えた雷熊が地面に倒れる。チャンスだと思って跳び込もうとしたが、雷熊は雷爪を滅茶苦茶《めちゃくちゃ》振り回し、俺を近付けさせないようにする。

「惜《お》しかったな」

　そこまでの戦いを見ていたシャンシー長老が、チャンスを活かせなかった事に気付いていた。それが聞こえたツェン長老が眉《まゆ》をひそめる。

「ふん、危《あや》うい状況ばかりではないか」

　俺が雷熊の周りを回り始めると、雷熊は雷爪で攻撃してきた。足を怪我《けが》しているので、その攻撃には鋭さがなく避けるのが楽になっている。

「雷熊、想像以上だ」

　これが内弟子試験の課題なのか。難しすぎだろう。本当に合格した者が居るのか？　そんな疑問が頭に浮かんできた。

「内弟子試験の課題を剣脚蜘蛛から、雷熊に替えたのはツェン長老でしたな。その理由は何かな？」

　シャンシー長老がツェン長老に目を向けて質問した。

「これくらい厳しくしないと、才能のある者を選別できんだろう」

　シャンシー長老がジロリとツェン長老を見る。

「外弟子から内弟子になったブォウェンが、我々を出し抜いてウェイ掌門《しょうもん》の直弟子になった。それが面白くなかった、というのが理由なら、元に戻した方がいいぞ」

そんな長老たちの話が聞こえてきた。これは『泡沫の時』の状態だったからこそ聞こえたものだ。普通の状態なら聞こえないほど小さな声である。雷熊が激怒して咆哮を上げ、全身に気を漲《みなぎ》らせる。すると、額にある一本角が火花放電をバチバチと撒《ま》き散らし、極限に達すると大きな稲妻を放った。但し、周りには多数の木があるので、そちらに引き寄せられた。妖気が介在《かいざい》しないと雷を制御する事はできないらしい。

だが、落雷した轟音で心臓がドクンと鳴るほど驚いた。それを隙だと思ったのか、雷熊が突進してきて雷爪を振り回す。それを避けて狐炎で雷熊の足を切り付ける。怪我をしている反対側の足を斬り裂くと、雷熊が地面に倒れて転げ回る。

「今だ！」

シャンシー長老が大きな声を上げる。俺は気の力で強化した脚力を使って飛ぶように近付き、圧力を掛けた重陰気を流し込んだ妖蛛大剣を、雷熊の首に振り下ろした。妖蛛大剣から白い炎が吹き出す。すると、後ろの方から驚いたような叫《さけ》びが聞こえた。

「な、何だあれは⁉」

その叫びと同時に雷熊が雷爪で防御しようとした。その雷爪に白い炎が直撃して切り裂く、次の瞬間ギチッという音が響いて妖蛛大剣の刃が雷熊の首を切断した。

「ふうっ、白炎にして良かった。狐炎だと雷爪で防がれていたかもしれない。……あっ」

妖蛛大剣の穂先《ほさき》を見るとヒビが入っている。作ってから一年くらいしか経っていないのに。『これで、内弟子だ』という嬉しさと妖蛛大剣が壊《こわ》れたというショックで、体中から気が抜けた。その時、ガシッと肩を掴《つか》まれた。振り返ると目を見開いたシャンシー長老が睨むようにこちらを見ている。

「先ほどのは何だ？」

その時は頭が働いていなかったので、何を言っているのか分からなかった。

「先ほどというと？」

「隠すな。白い炎の事だ」

「ああ、あれは狐炎に独自の工夫を凝《こ》らしたもので、『白炎』と名付けました」

「どうやったのだ？」

シャンシー長老が俺の肩を揺さぶりながら質問する。それをツェン長老が止めた。

「早く剥ぎ取りを済ませろ。こんなところに長居は無用だ」

そう言われた俺は、雷熊から角と爪、それに毛皮を剥ぎ取った。

「よし、行くぞ」

ツェン長老が先頭に立って戻り始めた。すると、シャンシー長老が俺の横に並ぶ。

「白炎と狐炎は、全然違ったぞ」

「見た目は違いますが、狐炎の一種です。直弟子にしてくれるなら、詳しく教えますよ」

シャンシー長老が顔をしかめる。

「直弟子の枠《わく》が一杯《いっぱい》なのだ。朝練に参加する事を許可するから、それでどうだ？」

知らなかったが、長老には直弟子の枠というものがあり、無制限に直弟子を増やせないらしい。たぶん一人の長老に弟子が集まるのを防ぐためなのだろう。

「分かりました。白炎というのは、重陰気を使った狐炎です」

「す、素晴らしい。お前は天才か。文句なしの合格だ。そうだろう?」

そう問われたツェン長老が苦虫を噛《か》み潰《つぶ》したような顔をしながら頷いた。これだけ外弟子が嫌《きら》いなのに、何で外弟子の管理なんかしているのだ。この長老を外弟子の管理から外《はず》すべきだな。


俺たちは虚礼洞へ戻ってきた。

「今日は塀外舎に戻れ。明日の朝一番に儂の部屋に来い。いいな」

ツェン長老から言われた。

「分かりました」

俺は素直に塀外舎に戻り、雷熊の毛皮だけ処理してから夕食も摂らずに寝た。合格したという興奮もあったのだが、精神と肉体の両方が疲れていたので気を失うように眠ってしまう。日が昇《のぼ》ると同時に起きた俺は、支度《したく》をして食堂へ向かった。

「コウ、昨日の試験はどうだったんだ?」

俺の姿を見付けたゼングが傍に来て尋ねた。その後ろにはアシンが立っている。

「よしなさいよ。昨日の夜は誰にも顔を合わせずに、すぐに部屋に戻ってしまったのよ。それがどういう事か分かるでしょ」

アシンは内弟子試験に不合格だったと思っているらしい。

「いやいや、ちゃんと合格したからね」

ゼングとアシンは驚いた顔になる。

「本当に雷熊を倒したのか？」

「嘘《うそ》でしょ」

何で信じてくれないんだ。俺が毛皮を見せると言うと他の外弟子たちも見たいと言うので、一緒に納屋《なや》に行った。そこには雷熊の毛皮を塩漬《しおづ》けしたものが置いてあった。それを見たゼングたちは口をポカーンと開けて驚く。

「雷熊って、こんなに大きかったのね」

アシンは大きさに驚いたようだ。それから合格を祝福する言葉をたくさんもらった。外弟子たちは希望を感じて嬉しそうだ。食堂に戻って用意された料理を食べてから、ツェン長老の部屋に向かう。

「ツェン長老、コウです」

「入れ」

長老の声が聞こえたので中に入ると、ツェン長老が支度を整えて待っていた。

「これからウェイ掌門のところへ行く」

虚礼洞のリーダーであるウェイ掌門が住んでいる青霊堂《せいれいどう》は、本堂から山道を少し登ったところにある。小さな寺院のような建物があり、そこで掌門が修行していると聞いていた。ツェン長老に連れられて中に入り、広間で待っていた掌門の前に進み出る。

「外弟子のコウというのは、この子で間違いないのか？」

ウェイ掌門がツェン長老に質問した。その声には人を従わせるような響きがあり、全身から何かの力が溢《あふ》れ出ている。ただ俺がこれほど若いとは思っていなかったようだ。俺は初めて掌門を間近で見た。掌門の身長は、それほど高くない。それでも大きく感じるのは身体から溢れる力のせいだろう。顔は厳格な性格が滲《にじ》み出《で》ているようで、髭《ひげ》と髪《かみ》が真っ白になっている。

「間違いありません」

それから正式に虚礼洞の一員となる儀式《ぎしき》が行われ、俺は掌門に対して三跪九叩頭《さんききゅうこうとう》という礼をして内弟子となった。この礼は一度跪《ひざまず》いて、三回頭《こうべ》をたれるという動作を三回繰り返すものだ。それが終わると掌門がツェン長老に目を向けた。

「ツェン長老、長らく外弟子の管理を任せておったが、本日をもって解任する」

「な、なぜでございますか？」

「モン長老の諫言《かんげん》により、内弟子に外弟子を指導するように命じたが、自分自身は一度も指導しなかったそうだな。よほど指導が嫌いなのだろう」

「ですが、他の長老たちが暇な訳ではありません」

ツェン長老が外弟子の管理を続けたいような事を言った。外弟子を嫌っているはずなのに、俺には理解できない。

「儂の直弟子ブォウェンに、外弟子を任せる事にする。あれも外弟子出身だ。外弟子のために努力するだろう」

そう言われたツェン長老は、俺を残して部屋から出ていった。おい、俺はどうすればいいんだ。最後まで面倒《めんどう》みろよ。

「目出度《めでた》い日だというのに、済まんな。ところで正式に内弟子となったからには、先達《せんだつ》の誰かに師事する事になる。誰を選ぶ？」

「シャンシー長老から学びたかったのですが、直弟子の枠が一杯だと言われました」

「武術を極めたいと思う者には、人気があるようだな。まあ、急ぐ必要はない。一年以内に決めれば良い事になっておる」

「分かりました」

ウェイ掌門が値踏《ねぶ》みするように俺を見た。たぶん気の流れをチェックしたのだと思う。

「内弟子になったからには、人里に現れた妖魔を退治するという、道士の義務も生じる事を忘れるな」

この世界では、道士や神仙が妖魔を倒すという事になっている。これは天が定めたものだと言われており、虚礼洞でも国王から要請《ようせい》があれば道士を派遣《はけん》する事になっていた。但し、派遣されるのは内弟子以上の者だ。

「新しい部屋を用意する。明日にでも移るがいい」

「ありがとうございます」

入門の儀式が終わった俺は、雷熊の毛皮を持って街へ行って職人に鞣すように頼んだ。それから虚礼山の塀外舎へ戻ると、外弟子の皆に内弟子になった事を報告する。

「おめでとう」

「何年ぶりかな。とにかくおめでとう」

「コウは凄いな」

外弟子たちが口々に祝ってくれるので、それが嬉しかった。俺はツェン長老が外弟子の管理を外され、掌門の直弟子ブォウェンが管理する事になったと伝えた。それを聞いた外弟子たちは喜んだ。

「あの人は元外弟子だから、僕たちの事を真剣に考えてくれるよ」

シャオタンが言った。それを聞いたインジェが頷く。

「内弟子試験の雷熊を倒すという課題も、変えてくれるんじゃないか」

「コウが居なくなると考えると、寂《さみ》しくなるわね」

アシンが言った。

「そうだ。コウから教わった事を他の外弟子にも、教えていいか？」

インジェが尋ねた。

「構いませんよ」

『冥明功中伝《めいめいこうちゆうでん》』などの事は変に思われるかもしれないが、これは虚礼洞の利益になる事だ。咎《とが》められるという事はないだろう。俺は内弟子の宿泊施設《しゆくはくしせつ》である道修舎に部屋をもらい、そこで生活する事になった。約束した朝練についても、シャンシー長老が正式に許可してくれた。これから一年以内に誰に師事するか決めなければならない。まずはツェン長老を除外して考える事にする。この師事する対象は長老に限った事ではなく、高弟《こうてい》と呼ばれている先輩たちも含まれている。これからじっくりと考えるつもりだ。

「コウ、おめでとう。おれも内弟子を目指して頑張るから、これからも教えてくれ」

ゼングは俺が内弟子になった事を喜んでくれた。

「もちろんだ。ゼングだったら、必ず内弟子になれるよ」

外弟子の管理がツェン長老から掌門の直弟子ブォウェンに交代した事で、内弟子試験はもっと簡単なものに変わるはずである。入門して二年も経っていないアシンやゼングだとこれから数年の修行が必要だが、インジェやシャオタンの実力なら、もう少し修行すれば合格するはずだ。

気になるのはツェン長老だった。俺のせいで外弟子の管理者という地位を奪われたと思っているはずだ。何かちょっかいを出してくるかもしれないので、用心した方が良いだろう。そういう厄介事もあるが、内弟子になって一番嬉しいのは本堂の書庫にある本や巻物が読める事だ。これで本格的に神仙になる修行が始められる。

【あとがき】

お読みいただき、ありがとうございます。月汰元《つきたげん》です。

この作品は、中国で制作された仙人や武術家を題材とするアニメを見た時に、そういう世界観も面白いと考えて書き始めたものです。仙人などが出てくる小説として一番有名なのが、「西遊記《さいゆうき》」と「封神演義《ほうしんえんぎ》」だと思います。それらの小説の中の仙人は、すでに仙人として成長した後の人物が登場しています。ですが、この作品の主人公は、これから修行を始めて成長するので、その成長過程を楽しんでもらえたら嬉しいです。このようなジャンルの小説は『仙侠《せんきょう》小説』と呼ばれており、中国や台湾で流行《はや》っているようです。私が見たアニメも、そんな小説をアニメ化したものでした。この物語の最初は仙術より武術の要素が多めになっているので、『武侠《ぶきょう》小説』と『仙侠小説』を合わせたようなジャンルになっています。

話は変わりますが、兵庫県知事の選挙を見ていてテレビや新聞などのオールドメディアが力をなくしていると感じました。オールドメディアの選挙予想が、外れる傾向が増えてきたからです。これはオールドメディアよりソーシャルネットワーキングサービス、略称『SNS』を見ている人が増えたからだと解説している動画も見ました。私もテレビを見る時間が確実に減っています。

ただ選挙で投票するのは、年齢が上の人が多いと聞いていますので、それらの人々もSNSを使っているのだなと感じる情報でした。そこで思ったのは投票方法の事です。投票所へ行って投票するのではなく、オンラインで投票できるようになれば、若者の投票率も増えるのではないかと感じました。オンライン投票だと不正投票が増えるという人も居ますが、マイナンバーカードと暗号キーの配布を組み合わせるなどの方法で、安全なオンライン投票ができるようなシステムを国が作って提供すれば良いと思う。そうすれば、若者の投票率も上がって若者の意見を政治家が取り上げる事も多くなるのではないだろうか。未来は若者が創るものなのだから、若者の意見も重要だと思う。

そのような真面目な事も時には考えながら、夢物語を書いています。それは現実逃避の一種じゃないかという考え方もありますが、人生には夢のある話も必要です。仕事で悩んでいる時や勉強に疲れている時、気分転換に読むような物語も必要だろう。偶《たま》には人が感動するような物語を書きたいと思う事もありますが、それには時間と膨大なエネルギーが必要でしょう。

途中で話が逸《そ》れてしまいましたが、この作品は昔ハマっていた香港の金庸という武侠小説家と最初に書いた仙侠アニメの影響を受けています。特に仙侠アニメの影響は大きいのですが、残念ながら仙侠アニメの日本語版がほとんどないという現状です。仙侠アニメは、日本においてはマイナーな存在なので、もう少し広まっても良いような気がします。

二〇二四年十一月二十二日　　月汰元

本書は、カクヨムに掲載された「不死を求める者、これを道士と呼ぶ」を加筆修正したものです。

DRAGON NOVELS
ドラゴンノベルス

不死を求める者、これを道士と呼ぶ

2025年2月5日　初版発行

著　者　月汰元《つきたげん》

発行者　山下直久

発　行　株式会社KADOKAWA
〒102-8177　東京都千代田区富士見2-13-3
電話0570-002-301（ナビダイヤル）

編　集　ゲーム・企画書籍編集部

装　丁　coil

DTP　株式会社スタジオ205プラス

印刷所　大日本印刷株式会社

製本所　大日本印刷株式会社

DRAGON NOVELS ロゴデザイン　久留一郎デザイン室+YAZIRI

ISBN978-4-04-075694-3　C0093

◇◇◇

イラスト：武田ほたる
不死を求める者、
これを道士と呼ぶ
KADOKAWA

・大好評連載中・
続きは カクヨム ネクスト で!!
虚礼洞の弟子として修行を続けるコウ。
名秘伝書を次々と取得し、様々な妖魔を倒して、
道士としての技量を上げながら不死へと至る道を歩んでいく――
検索
カクヨムネクスト